Karl Layton
Der Verräter des Herrgotts
Die Föderation der Erde – Saga 2

Karl Layton

Der Verräter des Herrgotts

Science Fiction

Bibliografische Information der Deutschen Nationalbibliothek:
Die Deutsche Nationalbibliothek verzeichnet diese Publikation
in der Deutschen Nationalbibliografie;
detaillierte bibliografische Daten sind im Internet
über http://dnb.dnb.de abrufbar.

BoD-Auflage 1, 2024.
Ersterscheinung 2023
E-Mail: kontakt@teichert-online.de

Korrektorat: Marlisa Linde

Cover: Collage von R.Thalmann aus einem Bildelement von Leroy Skalstad sowie
freiem Material von Andrey C. Alle Rechte am eigenen Bildelement und an der
Collage vorbehalten. Die Vorlagen stehen in keinem Zusammenhang mit dem
Roman. Umschlaggestaltung: R.Thalmann.

Verlag: BoD • Books on Demand GmbH, In de Tarpen 42, 22848 Norderstedt
Druck: Libri Plureos GmbH, Friedensallee 273, 22763 Hamburg

ISBN: 978-3-7597-4907-9

Inhaltsverzeichnis

DIE ANOMALIE

08:23 Uhr, Mittwoch, 30.05.2255 Greenwich-Erdzeit

An Bord der *EPS Devilbuster*, 864 Lichtjahre von der Erde entfernt

Für Jes Weber, Captain und einziger Pilot des privaten Frachters *EPS Devilbuster*, ist es wieder einer der langweiligen Frachtflüge, die sich endlos dahinziehen, während ihr alter Frachter mit seinen vierhundert Licht durch den Plus-100 Hyperraum fliegt. Mit abgeschalteten Antienergie/Energie-Triebwerken schiebt er sich stur durch diesen fremdartigen Raum und benutzt die Steuerdüsen nur dann, wenn es zur Kurskorrektur sein muss. Die rothaarige Frau mit ihrem wuseligen Lockenkopf, etwas korpulent geworden über die Jahre, sitzt bequem im Kapitänssessel und starrt auf den Hauptbildschirm, auf dieser kleinen, mit Krimskrams vollgestellten Brücke. Denn im Zeitalter von Antigravaggregaten sind die Zeiten vorbei, in denen Raumschiffe alles festgezurrt und perfekt verstaut haben müssen. Kisten und Kasten stapeln sich hier und auf der grauen, fleckigen Hauptkonsole lagern sogar Lebensmittel, die wirklich nicht mehr alle bissfrisch sind. Sogar der Sitz für den Copiloten rechts ist vollgestopft mit allerlei Taschen und Boxen. Der Hauptbildschirm zeigt das übliche konturlose Grau des Hyperraums, durchsetzt mit den zahllosen bunten Blasen, wo sich andere Universen in den Hyperraum hineinstülpen. Es ist nicht der normale Hyperraum des Einsteinuniversums, dieser Plus-100-Raum, sondern eben der eines Paralleluniversums, in dem die Zeit um den Faktor einhundert schneller verläuft. Was ausgesprochene Vorteile bei langen Reisen bedeutet. Eben eine Zeitabweichung mit Faktor Einhundert. Während sich Jes Weber einhundert Stunden lang in ihrem alten Frachter langweilt, vergeht auf der Erde oder irgendwo anders im Einstein-Normalraum nur eine Stunde. Was die Zeit nicht daran hindert, sich kaugummiartig langzuziehen auf den langen Reisen. Seufzend streicht Jes über das verbraucht wirkende Material ihres Sessels und der Konsole. Sie kann ja dankbar sein, denkt sie, dass sie den alten Frachter überhaupt ihr Eigen nennen kann. Denn sie ist wohl die einzige Privatperson auf der Welt, die nicht zu den Superreichen gehört, die ein Raumschiff im Privatbesitz hat. Der Grund dafür ist eine längere Geschichte. Eine um den Planeten Bluepond und eine angreifende Flotte der Beelze-Rasse, die sie damals als Captain der Space Navy mit Mann und Maus vernichtet hat. Inklusive der Rettungskapseln und ihrer Beelze-Insassen. Eine Maßnahme, die sie immer noch als völlig angemessen empfindet in Anbetracht der Tatsache, dass die Beelze eine Rasse aus genetisch hochgerüsteten Superkriegern sind, jedenfalls im männlichen Teil. Und was die genetisch aufgerüsteten, drei Meter hohen Superkrieger mit den Föderations-Wissenschaftlern gemacht hätten, wenn sie es bis zum Planeten Bluepond geschafft hätten, das will sie sich lieber nicht vorstellen. Aber sie war wegen ihres Gewaltexzesses, wie es der Taktische Direktor der Earth Federation Space Navy genannt hatte, entlassen worden. Aber sie hatte Hilfe bekommen. Von einem gewissen Admiral Brander. Thomas Brander, der Staatsgründer der Föderation der Erde und Gründer der Raumflotte, der irgendwie immer seine Finger in allem hat, was mit der Navy zu tun hat, wie man sagt. Brander hatte einige Strippen gezogen und so war ein Frachter, der eigentlich nicht mehr raumtüchtig war, wieder mit abgezweigten Flottenressourcen raumtüchtig gemacht worden. Und Jes fliegt seither durch die Einsamkeit des Raums und bemüht sich, sich nicht von den Hyperraumblasen hypnotisieren zu lassen. Und sich nicht von den radikalen Fraktionen der Greys und ihrer Untertassenraumschiffe oder von den Luminos und ihren eigenartig geformten Raumern erwischen zu lassen. Obwohl man von den Luminos neuerdings nichts mehr hört. Wohl schon seit zwei Jahren. Die Navy hält sich mit Informationen zurück, aber soweit man den Nachrichten glauben kann, wird erforscht, wieso man selbst in der Nähe von Luminos Prime keine Luminosschiffe mehr gesichtet hat.

Jes hat einen Kurs gewählt, der die Reise noch etwas länger machen wird, aber dafür nicht auf den direkteren, üblichen Schiffslinien liegt. So kann sie auf Geleitschutz verzichten, denn in der Einsamkeit des Raumes sind Zufallsbegegnungen völlig unwahrscheinlich. Die Reise zur Sternenbasis 12, die man auch *Farout Station* nennt, hat eine Länge von etwa 1200 Lichtjahren. Damit braucht die *Devilbuster* dafür geschlagene drei Jahre Bordzeit. Drei Jahre, in denen im Normalraum allerdings nur etwa zwölf Tage vergehen. Doch das lässt die Zeit an Bord des Frachters trotzdem unendlich lang werden. Kaum ist Jes weggesackt in einen traumlosen Schlaf, da wird sie gleich wieder geweckt, als hinter ihr das schmatzende Geräusch der Luke zum Kontrollraum erklingt und gleich darauf Gläser hell klingen. Jes lächelt und dreht sich um. Es kann niemand anderes als Darla sein. Darla Lawrence, ihre Lebensgefährtin und Helferin für alle möglichen Dinge, die an Bord erledigt werden müssen. „Butlerin" nennt Jes sie auch manchmal neckend. Denn Darla ist jemand, auf den der Term „sie hat nichts gelernt" absolut zutrifft. Immer mehr Menschen gibt es auf der überbevölkerten Erde, die sich dort in übervollen Siedlungen gewissermaßen stapeln. In riesigen Hochhaussiedlungen oder gar schwebenden Städten, Unterwasserstädten oder Habitaten im Orbit der Erde oder freischwebenden, riesigen Raumstationen irgendwo in der Peripherie des Solsystems. Oder natürlich auf Luna oder dem Mars. All die Leute zu versorgen funktioniert insbesondere durch die Fähigkeit der Menschheit, mittlerweile irgendeine Grundmaterie atomar und molekular in alles Mögliche umzubauen. Die überreichliche Versorgung mit Energie, die einfach von einem höherwertigen Kontinuum durch die sogenannte XU-Technologie abgesaugt wird, macht es möglich. So durch ein BASIC genanntes, staatliches Versorgungsprogramm mit allem Notwendigen und noch einigem an Luxus versorgt, sehen viele Menschen nicht mehr die Notwendigkeit, noch irgendetwas zu lernen oder gar zu arbeiten. Zu diesen Menschen gehört Darla. Darla hat sich ein kurzes, rosa Kleidchen angezogen, das gut zu ihrer gebräunten Haut und ihrem schwarzen Haar mit einer roten Rose darin passt, wie Jes denkt. Darla ist barfuß und Jes lächelt über ihren rosa Nagellack, als sie schief grinsend mit einem Tablett und zwei Bechern Kaffee hereinkommt. Der Duft des Gebräus erfüllt die enge Brücke. „Du hast noch nicht genug Flecken auf dem Overall, dachte ich mir", erklärt Darla lächelnd. Jes fährt mit ihrem Sessel herum und nimmt dankbar einen Becher entgegen, während sich Darla einfach vor ihre Füße hinhockt. Schließlich ist der andere Sessel durch Krimskrams besetzt.

„Das ist besser ein starker Kaffee, wir haben noch über zwei Jahre bis Raumbasis 12", gluckst Jes, die sich mit Darlas Anwesenheit sofort besser fühlt. Nun ist es erst drei Wochen her, dass der

Bordcomputer der *Devilbuster* Jes aus ihrem Stase-Schlaf geweckt hat, aber die Zeit wird eben doch lang. Geweckt wegen leicht unregelmäßig laufender Antimaterie-Injektoren.

„Wusstest du, dass viele Physiker denken, dass Zeit gar nicht existiert?", fragt Darla grinsend.

„Für eine ungebildete BASIC-Tusse sagst du manchmal ganz schön kluge Sachen." Jes nippt an dem heißen Gebräu. Darla streckt ihr die Zungenspitze raus und fügt einen „Lippenpupser" mit dem entsprechenden Geräusch hinzu, wie sie ihn so oft macht.

„Du kannst dich wieder in die Stasekiste legen", erklärt Jes ihrer Gefährtin nicht zum ersten Mal. „Ich habe das mit den Antimaterie-Injektoren wirklich unter Kontrolle." Sie deutet auf einen Seitenbildschirm, auf dem bunte Grafiken bis hin zu einer DNA-artigen Spirale alle möglichen geheimnisvollen Dinge anzeigen. Darla seufzt nur, als sie die Grafiken sieht. „Ah-ah", macht Darla in verneinender Betonung. „Wir haben abgemacht, dass ich wach bin, wenn du wach bist." Jes nickt. „Noch ein paar Tage, dann können wir uns beruhigt wieder in die Kiste legen. Zwei Jahre wird es also nicht dauern." Jes zwinkert ihrer Gefährtin zu.

Darla macht ein leicht schmollendes Gesicht. „Da vertraue ich ganz unserem Captain." Als beide gerade wieder einen Zug vom heißen Kaffee nehmen, gellt plötzlich eine Sirene durch die enge Kammer und rote Warnlampen leuchten über dem Hauptbildschirm und anderswo an den Wänden. „Fuck", entfährt es Jes und sie spuckt braunen Kaffee auf ihren ohnehin schon fleckigen Bordoverall. Als sie auf den Hauptschirm sieht, schluckt sie schnell runter, was sie noch an Kaffee im Mund hat. Denn die sonst grundsätzlich immer gleichbleibenden Extrauniversaltaschen, jene bunten Interferenzen fremder Universen, sie… bewegen sich. Etwas, das sonst wirklich niemals vorkommt und das sie entsprechend in ihrem langen Raumfahrerleben auch noch nie gesehen hat. Nicht vorher bei ihrer Karriere bis hin zum Commander bei der Space Navy und nicht in ihrer Zeit als Frachterkapitänin. Denn Extrauniversaltaschen bewegen sich einfach nie und verändern auch nicht ihre Größe, wie sie es jetzt gerade tun. „Was zur Hölle?", entfährt es Jes und Darla ist aufgestanden und starrt auf den Hauptbildschirm. „Die tun das doch sonst nicht, oder?", fragt sie. „Allerdings nicht", murmelt Jes. „Und… sieht es nicht so aus, als ob die Dinger auf uns zu kommen?", fragt Darla. Jes antwortet nicht, denn sie drückt schon auf diversen Touchscreens herum, um das Schiff herumschwenken zu lassen. Die Backbord-Gravitondüsen geben an Impulsen, was sie können. „Schwenke um hundertachtzig Grad herum und gebe dann voll Schub", keucht Jes und lässt dabei die Frontdrüsen zum Bremsen feuern, was sie hergeben. Es dauert eine gefühlte Ewigkeit, bis der Frachter herumgeschwenkt und wieder ein normaler, bewegungsloser Hyperraum auf dem Frontschirm zu sehen ist. Auf einem zweiten Schirm lässt Jes das Bild nach Achtern anzeigen, das immer noch die wabernden Extrauniversaltaschen zeigt. „Keine Ahnung, was hier los ist", stößt Jes atemlos hervor. Sie sieht wie gebannt auf den Bildschirm mit der Rückansicht, da gibt Darla einen unterdrückten Schrei von sich und zeigt auf den Hauptbildschirm. „Was…?", beginnt sie eine Frage. Jes sieht sofort auf den Bildschirm und ihr bleibt der Mund offen stehen. Es ist, als hätte sich dort eine Art mechanische Öffnung im Raum gebildet. Anders kann sie es in diesem Anblick nicht umschreiben. Wie eine Art stählernes, rundes Tor, in dem sich gerade irgendein Lamellenverschluss langsam öffnet, im Hyperraum unmittelbar vor der *Devilbuster*. Nur dass das Ding merkwürdig flimmert. „Das Tor…", stößt Jes hervor. „… zur Hölle", ergänzt Darla mit schwacher Stimme, als das Schiff schon hindurchfliegt. Jes sieht, dass es nichts als Schwärze hinter dem Tor gibt, doch im nächsten Augenblick sieht sie überall ein helles oranges Leuchten wie von glühenden Kohlen. Gleißender Feuerschein ist überall um das Schiff herum und auf dem Statusbildschirm erscheinen rote Temperaturwarnungen. Alle möglichen Systemanzeigen wechseln von Grün auf Rot. Sie merkt, wie ihr heiß wird. „Schilde auf einhundert Prozent", gibt die emotionslose Stimme des Bordrechners über die Frontlautsprecher am Hauptbildschirm bekannt. Doch es wird immer heißer und heißer und bald sind beide Frauen völlig verschwitzt. Jes drückt hektisch auf den Touchscreens und Tastaturen herum, aber sie weiß nicht, was sie machen soll.

„Jes. Jes, Schatz!"

Die Kapitänin sieht sich verzweifelt nach Darla um.

„Darla?"

Die Angesprochene schmiegt sich an die rothaarige Kapitänin. „Bleib jetzt ganz nah bei mir, Jes."

Beide Frauen klammern sich aneinander, als die Schirme kollabieren. Danach hat die *Devilbuster* nur noch Sekunden.

DER AUFTRAG

14:00 Uhr, Mittwoch, 30.05.2255 Greenwich-Erdzeit

Kolonie „Gottes Neue Welt", etwa 1500 Lichtjahre von der Erde entfernt. Hauptstadt Santa Maria, Kathedrale der Silberritter

Paulus

Das Kreischen des Weckers weckt Paulus. Er wird mürrisch wach. Der Tag, der vor ihm liegt, ist voller Herausforderungen und eine ruhmreiche Mission lockt. Aber auch unsagbare Qualen liegen vor ihm. Das übliche halt, denkt er. Neben ihm bewegt sich Dolores. Dolores, die üppige Nonne vom Orden der *Gratificadas*, die mit ihm das Bett geteilt hat. Die Gratificadas, die Ordensfrauen, deren spezielle Aufgabe es ist, die *Ritter der Wahren Menschheit* zu belohnen für all ihre Opfer. Ritter, von denen er einer ist. Nur wieso, denkt er, muss man, um Gottes Werk zu tun, immer in gottloser Frühe aufstehen? Dolores dreht sich zu ihm um, während er eben noch ihren Rücken bewundern konnte. Ihre großen Brüste werden nur unvollkommen von den seidigen Laken bedeckt. Er kann nicht umhin, sie wieder zu bewundern. Dolores blinzelt verschlafen in das grelle Licht, das durch das kleine Fenster in die Kammer fällt. „Der Morgen kommt immer", murmelt sie. Bei diesen Worten verspürt Paulus Unruhe in den Eingeweiden. Denn was vor ihm liegt, wird alles andere als ein Vergnügen sein. Unter anderem wird er wohl in etwa einer Stunde sterben. Wie schon des Öfteren, denkt er verschmitzt. Belustigt stellt er fest, dass Dolores immer noch ihre Nonnenhaube auf dem Kopf trägt. Mit einem ärgerlichen Schnaufen rupft sie sich die Haube vom Kopf, so dass ihr kurzgeschnittenes rotes Haar zum Vorschein kommt. Er bewundert die Sommersprossen auf ihrem Gesicht im Licht der Morgensonne. Oder von dem, was man hier als Morgensonne hat. „Dass du auch immer willst, dass ich die Haube sogar im Bett trage", murrt sie. Paulus grinst nur. „Möchtest du einen Kaffee, Ehefrau?", fragt er neckisch. Denn nach dem Brauch der *Vereinigungskirche der Wahren Menschheit* ist eine Begleitung für eine Nacht wie Dolores natürlich mit ihm verheiratet. Für die eine Nacht.

„Weißt du Paulus", beginnt sie mürrisch. „Es fällt langsam auf, dass du immer mich als deine Belohnung auswählst. Sandra macht schon genug Andeutungen. Du solltest mal eine andere nehmen." Er steht auf, nackt wie er ist.

„Ich liebe nur dich, meine werte Gattin", lacht er. Statt einer Antwort setzt sich Dolores im Bett auf. „Computer. Scheidung!", ruft sie. Sofort erscheint das holografische Abbild eines alten, weißhaarigen Mannes in weißen Gewändern. Paulus beobachtet ihn verschmitzt und sieht erwartungsgemäß, wie die Holoprojektion Dolores mit einem ausgestreckten Zeigefinger zurechtweist. „Erst Anziehen bitte! Bedecke deine Blöße, Ordensfrau!", grollt die Projektion. Paulus gackert und geht ins Bad. „Du musst deine Kurven schon bedecken, oh Gesegnete Mutter vom Orden der Gratificadas", lacht er und schließt die Tür. „Schlaumeier", grummelt Dolores, die sich ihre schwarze

Nonnenkleidung zusammensucht und ihre weiße Haube wieder aufsetzt. „Duschen kann ich ja bei uns drüben."

Im Spiegel im Badezimmer besieht sich Paulus sein zerfurchtes Gesicht. Zerfurcht wäre es auch ohne die zahlreichen rituellen Tätowierungen, deren schwarze Linien sein Gesicht verunstalten. Oder eher in etwas wie eine Raubtiermaske verwandeln. Linien, die je nach Ausgestaltung sowohl Verdienste auf Missionen für die Kirche wie auch disziplinarische Tadel darstellen. Beide Linien, die dicken für die Verdienste und die dünnen, gewundenen für die Tadel, halten sich erstaunlich die Waage. „Na dann mal auf in den Tod", grummelt er und greift nach dem Rasierapparat, um in seinem irgendwie selbst für ihn alptraumhaft aussehenden Gesicht wenigstens die Bartstoppel zu entfernen.

Der Saal ist riesig und Paulus kennt ihn schon zur Genüge. Rechts oben auf den Tribünen sitzen zahlreiche Priester in ihren weißen Gewändern mit den aufgedruckten roten, dekorativen Mustern. Unten steht der ehrwürdige Abt Aloisius mit seinem goldenen Amtsstab. Links knien die Ordensschwestern der Gratificadas. Die weißbehaubten Köpfe gesenkt über ihren schwarzen Kutten. Zwölf an der Zahl, die Paulus und seinen treuen Knappen Jacob daran erinnern sollen, welche fleischlichen Freuden die Kirche für erfolgreiche Ritter bereithält. Als Lohn für all die Qualen. Aber das Eindrucksvollste ist natürlich die *Capitale* selbst, wie sie genannt wird. Eine Art Mutter aller Torbögen. Mehr gestaltet wie eine eigene, kleine Kirche befindet sie sich innerhalb der Kathedrale. Mit dem über eine Treppe theatralisch im Boden versenkten Durchgang in die Sterbekammer, in der gleich sein etwas weniger tätowierter Knappe und er selbst ihr Leben aushauchen werden. Paulus stehen Tränen in den Augen als er kurz vor dem Treppenabgang hochsieht zu einem Alkoven in der Mitte der Capitale. Hier ist in der Art eines kleinen Balkons eine winzige Fläche, auf der eine junge Frau steht. Nur bekleidet mit bänderartigen, weißen Wickeln, die mehr von ihrem Körper zeigen als verhüllen. Vor dem Bauch hält sie eine stählerne Dornenkrone in den zittrigen Händen. Er glaubt Blut an ihren zarten Fingern zu sehen, wo sie sich gestochen hat. Alles ein Zeremoniell, das vom Großen Propheten selbst stammt, wie Paulus weiß. Der Große Prophet Pjotr der Erste. Einst ein Milliardär von der Erde aus Russland und seines Zeichens Gründer der Vereinigungskirche der Wahren Menschheit, die hier auf Welten, die der Föderation unbekannt sind, in aller Heimlichkeit ihr gottgefälliges Reich erbaut hat. Mit völlig neuartiger Technologie, die aus den Forschungsabteilungen der Raummarine der Erdföderation selbst stammt. Dank großartiger Verbindungen selbst in diesen geheimsten Teil dieser Earth Federation Space Navy. Denn vor dem Willen des Einen Gottes kann sich niemand verbergen, denkt Paulus und fügt ein *Amen* hinzu. Als er und sein Knappe Jacob vor der Treppe ankommen, wird die vorher einschmeichelnde Orgelmusik theatralisch. Die blitzenden Orgelkörper sind links und rechts in die Capitale eingebaut und vibrieren zu der dramatischen Musik. Paulus hebt den Blick und sieht deutlich, wie die junge Frau dort oben zittert. Man sieht es besonders an ihren unbekleideten Oberschenkeln. *Ich kenne nicht einmal ihren Namen,* denkt Paulus. *Aber sie wird sich gleich wegen uns opfern.* Sie ist nur eine unechte Frau, kein Teil der Wahren Menschheit, lehrt die Kirche. Doch so sehr Paulus auch daran glauben will, so sehr hat er Mitleid mit der ängstlichen jungen Frau. Er kann sich in etwa zusammenreimen, was ihr geschehen ist. Sie wird höchstwahrscheinlich ein Passagier oder Crewmitglied auf einem zivilen Schiff gewesen sein. Eines der zahlreichen Kolonistenschiffe, die teils mit staatlicher Förderung seit einiger Zeit in den Weltraum aufbrechen. Längst nicht immer mit Geleitschutz durch die Earth Federation Space Navy. Die Kirche kapert manche dieser Schiffe und jüngere Frauen werden dann als Nonnen rekrutiert, ob sie wollen oder nicht. Aber dafür müssen sie einige Bedingungen erfüllen. Sie müssen natürlich der *Wahren Menschheit* angehören. Das bedeutet, sie dürfen nicht durch die gottlosen Backupanlagen re-inkarniert worden sein und dürfen in ihrem Leben weder Naniten- noch computerbasierte Implantate gehabt haben. Auch nanitenbasierte oder molekülmanipulierende Verjüngungsbehandlungen sind verboten. Die junge Frau hier wird zu der Gruppe gehören, die entweder noch ein Computerimplantat im Hirn hatte, als sie aufgegriffen wurde oder bei der entsprechende Spuren nachweisbar waren. Oder sie hat gar nicht die jugendlichen Mitte Zwanzig, die sie zu haben scheint, sondern hat sich nur durch gottlose Technologie verjüngt, wie so viele Föderationsbürger. Die Inquisitoren der Kirche werden sie überzeugt haben, dass es nur einen Weg für sie gibt, vor Gott Buße zu tun. Indem sie sich als Opferfleisch für die Kirche zur Verfügung stellt. Und sicherlich weiß sie, denkt Paulus traurig, was ihr bevorstehen wird, wenn sie den Willen der Kirche verweigert. Ein weitaus schlimmeres Schicksal wäre das, als die Prozedur, die ihr jetzt bevorsteht. Obwohl die wahrlich grausam genug ist. Er betritt die erste Stufe hinab und sieht, wie die junge Frau mit Entsetzen im Gesicht die Dornenkrone hoch über ihren Kopf hebt. Die Musik erreicht ein andauerndes Crescendo und die Frau steht starr da, die Krone hoch über dem Kopf. Paulus sieht deutlich ihren Bauch zittern und wie schweißüberströmt sie ist. Aber es ist für sie so schmerzloser und schneller, als länger in den Fängen der Inquisitoren zu sein, denkt er traurig. Er sieht, wie sein Knappe mit einem Lächeln im Gesicht und glänzenden Augen zu der Opferfrau hochsieht. Ihm gefällt so etwas, das weiß Paulus nur zu gut. Paulus schließt die Augen und geht in die Tiefe. Hinter und über sich hört er die helle Frauenstimme des Opfers die rituellen Worte förmlich herauskreischen. „Für den Einen Gott der Wahren Menschheit!". Dann hört man ein grausames Zischen und der süßliche Gestank nach verbranntem Fleisch reicht bis herunter in die Senke, in der Paulus und Jacob jetzt stehen. Den Anblick, wenn helle Energie aus der Dornenkrone fährt und den gesamten Körper einer Opferfrau zu Asche verbrennt, will er nie wieder in seinem Leben mit eigenen Augen sehen. Das erste Mal, wo er vor Jahren hingesehen hat, reicht ihm vollkommen. Mit etwas wackeligen Knien geht er zusammen mit einem wesentlich gefasster wirkenden Jacob in die kleine Kammer, die unter der Capitale liegt. Zwei stählerne Särge stehen hier. Offen, aber mit reihum gehenden Austrittsöffnungen für ein Energiefeld, das bei beiden Särgen als Deckel fungieren wird. Das Gespann Paulus und Jacob hat die grausame Prozedur nun wirklich oft genug durchgemacht, dass er alle Details kennt. Was uns nicht umbringt, macht uns härter, ist eine alte Binsenweisheit, die aber wirklich stimmt, wie er weiß. Obwohl er jedes Mal, wenn er so wie jetzt hier steht, doch denkt, dass das

Zerbrechen vielleicht doch eine realistische Möglichkeit ist. Ob er es irgendwann einmal nicht mehr schaffen wird, sich hier zum freiwilligen Tode niederzulegen?

„Was sagst du eigentlich zu Jackson?", fragt ihn da plötzlich Jacob. Da unten vor den beiden Särgen.

„Wer?" Paulus ist durcheinander, was sein Knappe hier fragt. Jacob verdreht die Augen. „Jackson. Anthony Jackson, Unionisten, der nächste Präsident der Föderation. Wird im September vereidigt. Das musst doch selbst du mitbekommen haben." Er grinst Paulus an. „Verehrter Herr Ritter", setzt er sarkastisch hinzu. Denn obwohl Jacob „nur" sein Knappe ist, haben die beiden Ordensangehörigen einen sehr lockeren Umgangston.

„Nun… Jackson ist sicherlich besser als DeKlerk", weicht Paulus aus. Er hat jetzt nicht den Nerv, die lächerliche Politik der Earth Federation zu diskutieren. Natürlich ist Jackson für die Interessen der Vereinigungskirche besser als die vorherige Präsidentin DeKlerk. Man muss sich das einmal vorstellen. Eine Frau als Oberhaupt der Föderation. Das würden nur die progressivsten Kräfte der Vereinigungskirche gutheißen.

Jackson gehört wie auch DeKlerk den Unionisten an. Der Partei, die führend in der Föderation ist und im Wesentlichen die Interessen des alten Westens der Erde vertritt. Der angelsächsischen Welt mit der alten angeschlossenen NATO. Offiziell existiert alles nicht mehr. In der Praxis aber eben doch in Form der Unionistenpartei. Im Gegensatz zu den Föderalen, die von der Planetaren Republik *Arret* dominiert werden. Dem vom legendären und bei der Kirche verhassten Admiral Brander gegründeten Staat auf dem alten Ancient-Planeten. Die Basis, von der aus er unter Verwendung der aufgefundenen Alien-Raumschiffflotte die Föderation der Erde überhaupt erst gegründet hat. Die Föderalen sind schon lange ausgebootet. Immer noch die zweitgrößte Föderationspartei, aber seit langer, langer Zeit nicht mehr an der Regierung.

„Wenigstens richtet sich Jackson halbwegs nach der Glaubensfront", merkt Jacob an. „Bleibt ihm ja auch kaum etwas anderes übrig." Paulus sagt nichts, sondern besieht sich nervös die beiden Stahlsärge. Er fühlt Panik im Bauch, als er auf den rechten sieht. Der, der gleich seiner sein wird. Draußen ist immer noch die Musik zu hören. Langsam, fordernd, abwartend, hat er den Eindruck. Und es riecht penetrant nach verbranntem Fleisch. Dem der jungen Frau, denkt er voller Grauen.

„Wir müssen langsam in die Kiste, Jacob. So gerne ich auch die Politik der Ungläubigen mit dir diskutieren würde." Es hat ja doch keinen Zweck, das hinauszuzögern.

Jacob zuckt mit den Achseln. „Jackson ist ja selbst ein Fake. Ein falscher Mensch. Hat angeblich vor dreißig Jahren einen Bootsunfall gehabt und sich damals aus dem gottlosen Backup reinkarnieren lassen." Paulus nickt nur. Die Vereinigungskirche lehnt ebenso wie die weniger radikale Glaubensfront der Erde die Backupanlagen zum gottlosen Re-Inkarnieren von verstorbenen Menschen ab. Sieht die entstandenen Kopien als seelenlose Kunstmenschen an und nicht mehr als richtige menschliche Wesen. Aber er muss zugeben, dass die Kirche selbst Re-Inkarnation praktiziert. Wenn auch mit dem Segen des Propheten, angeblich sanktioniert vom Herrgott selbst und nur zum heiligen Zweck des Glaubenskampfes. Für Gott, Allah, Jahwe und den Drachengott. Und dem heiligen Spagetti-Monster, fügt er in Gedanken immer ketzerisch an. Denn irgendwo in den Weiten des Datennetzes der Föderation gibt es da so eine Witzreligion.

„Rein jetzt!", stößt Paulus hervor und macht sich selbst Mut. Dazu steigt er umständlich über den hohen Rand des Sarges und bemüht sich, nicht wieder auszurutschen wie beim letzten Mal, wie er sich erinnert. Jacob tut es ihm gleich. „Immerhin hat der Große Prophet jetzt die Glaubensfront als selig anerkannt." Selig, ein Begriff, der nicht mehr wie früher im Christentum verwand wird, ist Paulus klar. Eher wie früher das Wort *koscher* im Judentum oder das Wort *halal* im Islam. Paulus macht es sich im Sarg so bequem wie es geht. Und starrt direkt auf die schönen Deckengemälde, die Ordensritter bei ihren heiligen Kämpfen zeigen. Und beim Lieben der Ordensschwestern, die nur noch mit ihren weißen Hauben bekleidet sind.

„Dann gute Nacht, Jacob."

„Gute Nacht, Ritter Paulus."

Ein Kribbeln erfüllt seinen Schädel, als die Anlage die Atome seines Körpers scannt.

„Ich sehe dich auf der anderen Seite", flüstert er, als der Vorgang beendet ist. Dann gibt es nur noch gleißendes Licht und Schmerz, als heiße Energie seinen Körper verschmoren lässt. Er ist fast sofort tot, nach kurzem, intensivem Schmerz. Keiner der beiden kann noch merken, wie eine nanitische, silbrige Masse aus einer sich auftuenden Öffnung in die beiden Särge auf die verschmorte, breiige Masse der zwei toten Körper strömt.

Kolonie „Gottes Neue Welt", etwa 1500 Lichtjahre von der Erde entfernt. Hauptstadt Santa Maria, Kathedrale der Silberritter

Paulus

Wo bin ich? Die Frage ist das Erste, was er wahrnimmt. Danach fragt er sich, wer *er* eigentlich ist. Es dauert eine Weile, bis die Information kommt. Er ist Paulus. Mit bürgerlichem Namen war er einst Peter Halifax. Aus San Francisco. Aufgewachsen in einer lockeren, Tech-verliebten Familie. Als er zwanzig war, sah seine Mutter plötzlich wieder selbst wie zwanzig aus und brachte junge Männer mit ins Haus, die in seinem Alter waren. Einer davon war sein Kumpel Tom von der Uni. Ihre Ehe mit seinem Vater, der Verjüngungsbehandlungen als widernatürlich ablehnte, zerbrach. Vater war nicht religiös, aber sehr naturverbunden. Gehörte zu *Lifern*. Einer Bewegung, die aus den alten ökologischen Bewegungen der Erde bis hin zur Extinction-Rebellion des frühen 21. Jahrhunderts erwachsen war und davon ausging, dass die gesamte Erde ein lebender Organismus sei. *Living Earth* eben. Ein Organismus, den die Menschheit mit Überbevölkerung und Klimaregulierung stören würde. Überbevölkerung, die durch die Verjüngungsbehandlungen, welche die Technologie der Alienrasse namens Ancients zur Verfügung gestellt hatte, noch verschlimmert wurde. Allen orbitalen Habitaten, Meeresboden- und Antigrav-Städten und der Kolonialisierung von Luna, Mars, Arret, Cona, Socona, Bluelark und toten Planeten in anderen Sonnensystemen zum Trotz. Sein Vater war nicht auf der Linie der bald entstehenden *True Human* oder Wahre-Menschheits-Bewegung, aber nahe dran. Die *Life*-Partei und die Glaubensfront arbeiten im Föderationssenat zusammen und das nicht ohne Grund.

Paulus ist plötzlich alles wieder präsent. Kurz zuckt sein erwachender Geist zusammen. Die Schmerzen! Die Qual! Doch nein, es ist vorbei. Er fühlt sich wohl. Er hat die Wiederauferstehung in seinen *Astralkörper* hinter sich. Doch nach der Wiederauferstehung ist vor dem nächsten Tod, das weiß er nur zu gut. Aber die Rückkehr in seinen alten Körper wird leichter werden. Oder besser in ein Replikat seines alten Körpers. Er beginnt seinen neuen Körper zu fühlen. Natürlich ist der Astralkörper nicht wirklich der *Himmlische Körper*, den die Menschen sicher einst im Himmelreich nach dem Jüngsten Tag oder gottgefällig zu einem anderen Zeitpunkt erhalten werden. Die Lehre der Vereinigungskirche ist hier unspezifisch, um verschiedene religiöse Vorstellungen mit einzuarbeiten. Ein ätherischer Energiekörper ist es jedenfalls nicht, sondern ein ganz und gar weltlicher. Ein machtvoller, neuer, materieller Körper, der die Ritter der Wahren Menschheit dazu befähigt, Gottes Werk wesentlich effektiver zu verrichten, als mit den schwachen biologischen Körpern, die sie von Geburt an haben. Keine gottlose Re-Inkarnation wie beim offiziellen Backupprozess der Föderation, bei dem sich die Menschen mit jeder Iteration immer weiter von ihrem ursprünglichen Menschsein entfernen. Nein, ein vom Großen Propheten und von Gott selbst gesegneter Prozess, der die Ritter zu seinem Instrument macht. Ritter und Knappen genau gesagt. Paulus öffnet die Augen. Sieht das himmlische Gemälde mit den üppigen Körpern der Nonnen und den in die Schlacht reitenden Ordensrittern vor sich. Mit Kampfschiffen als Schlachtrössern. Als er sich aufsetzt, lächelt er. Wieder einmal stellt er fest, dass er in seinem Astralkörper wesentlich orthodoxer denkt als in seinem biologischen Körper. Die Stärke des Astralkörpers gibt ihm Kraft. Er setzt sich auf und sieht Jacob, der sich im

Nachbarsarg ebenfalls erhoben hat. Jacob sieht aus, als hätte jemand aus flüssigem Metall einen Abdruck von seinem früheren Körper nachgegossen. Was auch so etwa das ist, was passiert ist. Mit Wohlgefallen sieht Paulus auf seinen eigenen, stahlglänzenden Köper herunter. Nanitentechnologie, denkt er schmunzelnd. Eine Technologie, welche die Föderation seit dem Nanitenkrieg kaum noch einsetzt. Er erhebt sich mühelos aus dem Sarg. „Gesegnet sei der Eine Gott der Wahren Menschheit", spricht er die religiöse Formel, in die Jacob sofort einfällt. „Nun auf zu unserem Himmlischen Streitwagen", fügt Paulus dem Ritus entsprechend hinzu und der Knappe nickt dazu. „Möge der Eine Gott uns Kraft geben", entfährt Jacobs Lippen, während er den Kopf gesenkt hält. Der nanitische Körper von Paulus analysiert ihm die Zusammensetzung der Luft, die er atmet und weist auf die Verbrennungsrückstände hin, die darin enthalten sind. Kurz stellt sich Paulus die hilflose Frau vor, wie sie draußen auf der Capitale stand. Fast unbekleidet und die tödliche Dornenkrone in der Hand. Trotz der Energie, die ihn im Astralkörper durchflutet, fühlt er einen Stich.

Kurze Zeit später bewegen sich beide Ordensangehörige durch den langen, schmalen Gang, der sie zum Hangar ihres Streitwagens bringen wird. Als sie durch eine sich automatisch öffnende Doppeltür treten, sehen sie ihn vor sich. Die ebenso silbrig schimmernde Außenhülle ihres Himmlischen Streitwagens, wie er oft umschrieben wird. Nach Föderationskategorien wäre er ein Protector oder Großjäger, allerdings einer mit Langstreckenfähigkeiten. Ein korvettengroßes Raumschiff, beschränkt in seiner Funktion auf militärische Einsätze und daher eher wie ein Jäger aufgebaut als ein konventionelles Großraumschiff. Die *Michael*, ein Himmlischer Streitwagen der

Erzengel-Klasse. Sie besteht allerdings im Gegensatz zu ihren beiden nanitischen Besatzungsmitgliedern nicht ganz aus den silbrig glänzenden Naniten, sondern hat nur einen äußeren Schutzmandel aus den Nanobots. Die schmale, geländerlose Fortsetzung des Ganges, aus dem die beiden Ordensmänner heraustreten, führt direkt zur Einstiegsschleuse des Schiffes. Beide Männer schreiten darauf zu in ihren blitzenden Stahlkörpern. „Bin gespannt, was wir diesmal für eine Mission bekommen", bemerkt Jacob. „Die Jagerei von Greys, die sich in unserem Raum herumgetrieben haben, war ja nicht das Pralle. Und einem Wissenschaftsschiff, das uns an der Supernova neulich zu nahekam, ein bisschen Angst einzujagen unter voller Tarnung, war auch nicht gerade eine erbauliche Mission." Paulus seufzt. „Wir tun, was immer das Werk des Herrn ist." Jacob nickt. „Natürlich, natürlich, was immer dem Herrn gefällt." Jacob macht eine abwiegelnde Geste. „Allerdings ist mir gesteckt worden, dass es vielleicht diesmal eine größere Sache ist. Vielleicht was mit der Föderations-Navy." Paulus bleibt an der geschlossenen Luftschleuse stehen. „Wirklich? Vielleicht mal eine Jagd auf eine Navy-Fregatte. Das wäre ja mal was. Den Navy-Leutchen mal beibringen, uns nicht in gottlose Scharmützel mit Gott-weiß-welcher Alienpest da draußen zu verstricken.

Hat dir dein Kontakt im Konzil das gesteckt?" Jacob lächelt geheimnisvoll. „Der Herr gibt es den Seinen. Details weiß ich aber auch noch nicht. Unser *Michael* wird es uns gleich verraten." Paulus lächelt, als er das neunmalkluge Mienenspiel seines Knappen in der metallglänzenden Gesichtskopie des Astralkörpers verfolgt. Man fühlt sich doch wie im Originalkörper, wird ihm klar. Von extra Stamina abgesehen. Auch wenn man streng genommen schon gestorben ist, als der biologische Körper von Energie verbrannt und dann von Molekülmanipulator und Naniten teils sogar atomar umgewandelt worden ist in die neue Form. Die Hirnmuster werden 1:1 in eine Hirnnachbildung aus Nanobots übertragen. Aber man fühlt sich wie das alte Original. Das muss, wird ihm klar, die Seele sein, die da transferiert wird. Mag die föderale Wissenschaft auch der Meinung sein, dass es keine gäbe.

„Dann mal schauen, mit wem wir gleich die Klingen kreuzen." Der Ritter und sein Knappe betreten ihr Kriegsschiff. Die Schiffe der Erzengelklasse sind im Wesentlichen einhundertdreißig Meter lange Eier; silbrig glänzend durch ihre Nanitenaußenhaut. Innen bieten sie eine enge Luftschleuse, einen Vorraum und einen knappen Kontrollraum für den Ritter und seinen Knappen, die immer die Besatzung eines solchen Schiffes bilden. Es fehlen die Mannschaftskojen und irgendwelche Aufenthaltsräume mit Kantinen und ausladenden Sanitärzellen, wie sie ein Föderationsschiff kennt. Denn die zweiköpfige Crew bemannt das Schiff nur mit ihren Astralkörpern. Oder wie man sagen könnte, mit ihren komplett aus Naniten aufgebauten Alter-Egos. Auch fehlen dem Schiff die Kriechgänge für menschliches Personal und Wartungsschächte für Reparaturdroiden, wie sie die Navyschiffe der Menschheit kennen. Die Vereinigungskirche hingegen setzt bei ihren Himmlischen Streitwagen komplett auf Reparaturen auf Nanitenbasis. Zwar wird vermieden, dass Naniten alles und jenes im Raumschiff mit ihren eigenen Körpern bei Reparaturmaßnahmen ausfüllen, aber die winzig kleinen Helfermaschinen transportieren im Schiff vorhandene Grundstoffe an die entsprechenden Stellen, wo sie gebraucht werden und bauen sie dort ein. So reparieren sich an Bord eines Erzengelklasse-Protectors Dinge wie von Geisterhand und das kompakte

Raumschiff ist dadurch sogar langstreckenfähig. Grinsend besieht sich Paulus die beiden Sitze für Piloten und Copiloten in dem spartanischen Cockpit, das nur einen Hauptbildschirm und drei Notpulte mit konventionellen Bildschirmen und ein paar Tasten aufweist neben den beiden unbequemen Stahlsesseln im Zentrum der Brücke. Alles ist darauf ausgelegt, dass die zweiköpfige Besatzung über die üblichen drahtlosen Schnittstellen ihrer Nanitenkörper direkt mit dem Schiffsrechner kommuniziert und nicht etwa konventionelle Terminals benutzt. Jacob hat sich schon niedergelassen in dem stahlglänzenden Sitz, der wie ein Zahnarztstuhl aus der Hölle wirkt, mit einer Stahlklammer für den Hals und sonst komplett geraden Stahlflächen inklusive massiver Armlehnen. Ein Stahlsessel wie aus einem Block. Klobig und einem Menschen sicherlich sofort alle möglichen Schmerzen bereitend. Doch Jacob hat sich bereits darin niedergelassen und sein variabler Körper hat sich längst der eckigen Form der Sitzfläche angepasst. Gerade und ohne Mienenspiel sitzt der Körper des Knappen fast kerzengerade in seinem Sitz und wirkt komplett wie eine Statue. „Ihr seht wieder famos aus, Eure Silbrigkeit", neckt Paulus und setzt sich selbst. In einer merkwürdig fließenden Bewegung dreht sich der ausdruckslose Kopf des Knappen zu ihm um, ohne dass sonstige Köperteile mit in Bewegung geraten. Das Gesicht Jacobs bleibt fast ausdruckslos. Nur die linke Augenbraue, natürlich in dem silbrigen Nanitenmaterial nur angedeutet, bewegt sich etwas in die Höhe. Paulus lässt das glucksen, während er es sich selbst bequem macht. „Vergiss den Sicherheitsgurt nicht", versucht er einen Witz, doch Jacob antwortet nicht. Natürlich gibt es keine Gurte, denn die Nanitenkörper können sich molekular mit dem Stahlsitz verschränken. Paulus glaubt eine leichte Vibration im Schiff wahrzunehmen und die Sensoren seines künstlichen Körpers bestätigen das sofort. Die Systeme des Schiffes fahren hoch und beide Besatzungsmitglieder werden mit den in Grün gehaltenen Statusmeldungen versorgt, als sich ihr Himmlischer Streitwagen bereitmacht. Antienergie/Energie (AE/E)-Generator, Gravitonfeldgenerator, Gravitontriebwerke, Warp-Triebwerke, konventionelle Schilde, konventionelle Tarnvorrichtung, 3-Gen- und 4-Gen-Tarnvorrichtung, AE/E-Waffen, Thermowaffen, Disruptoren. Alles scharf und bereit. Gravitonfeldgenerator aktiv und bereit, die normale Schwerkraft an Bord zu halten. Auch die Lebenserhaltung fährt hoch und stattet das Schiff mit einer normalen Raumtemperatur und sogar atembarer Luft aus. Auch wenn die Besatzung beides absolut nicht benötigt. „Es ist schwer", konstatiert Paulus gedanklich, „sich von den Gewohnheiten des Fleisches zu verabschieden. Selbst wenn man mit so übermächtigen Astralkörpern ausgestattet ist."

Als das Schiff, die silberglänzende *Michael*, durch ihre Antigravfelder mühelos die Schwerkraft des Planeten verlässt, da wirft Paulus einen Blick zurück auf den Planeten, der das Zentrum der Vereinigungskirche darstellt. Doch wie immer ist der Anblick alles andere als hübsch. Denn Gottes Neue Welt ist nichts andere als eine der zahllosen toten Welten, die es draußen in der Heimatgalaxis der Menschheit gibt. Die zahllosen Kuppeln und unterirdischen Anlagen sind so angelegt, dass man sie mit bloßem

Auge nicht erkennt, passen sie sich doch unbeleuchtet an das Felsgestein an. Das Silbergesicht von Paulus verzieht sich kurz zu einer leichten Grimasse, doch dann konzentriert er sich auf die Meldungen. Das Schiff liegt auf Kurs und wird mit seinem Gravitonantrieb noch etwa einen Tag weiter beschleunigen, bis es den Abstand erreicht hat, ab dem das Einschalten des Warpantriebs gefahrlos möglich ist. Zeit noch für ein paar Gebete, um Kraft für die neue Mission zu erhalten, über die die das Schiff seinen Ritter und seinen Knappen gleich informieren wird.

An Bord des Himmlischen Streitwagens Michael, Nähe Planet Ire, 457 Lichtjahre von der Erde

Paulus

Der Himmlische Streitwagen liegt schon seit vielen Stunden bewegungslos im Raum, geschützt durch seine 3-Gen-Tarnvorrichtung. Eine technische Neuerung, die erst seit dem Ende des zwanzig Jahre zurückliegenden Nanitenkrieges der Menschheit zur Verfügung steht. Noch etwas instabil, wird sie in die neueste Generation der Schiffe der Earth Federation Space Navy eingebaut. Paulus weiß genau, wie die feindliche Space Navy die neuen Schiffstypen ausstattet. Dabei machen zwei Klassen beim Feind den Anfang mit 3-Gen-Technologie. Die *Lotus*-Klasse-Korvetten und die nagelneuen *Nemesis*-Klasse-Fregatten, von denen erst wenige Schiffe die Testphase schon abgeschlossen haben. Die 3-Gen-Technik wird ansonsten von Earth Federation-Navyschiffen nur in speziellen Torpedos verwendet und das auch nur bei ausgesuchten Raumschiffen.

Das Kirchenschiff *Michael* hat dagegen schone eine etwas ausgereiftere Version dieser Tarnvorrichtung – und sogar die noch strikter unter Verschluss gehaltene Tarnvorrichtung der vierten Generation. Alles durch den berühmten Fleet Admiral Javier Esparza, der zweite Oberkommandierende der Space Navy und Nachfolger des Gründungsadmirals Thomas Brander. Schon lange ist Esparza im Ruhestand, aber seit dem Verlust seiner geliebten Tochter Dolores zu Beginn des Nanitenkrieges hat er zu Gott gefunden. Zum Einen Gott der Vereinigungskirche der Wahren Menschheit. So hat es Esparza eingefädelt, dass die Kirche, großzügig finanziert durch den Milliardär Juri Karlow alias

Prophet Pjotr der Erste, der Wahren Menschheit einen eigenen Planeten mit ihrer eigenen Kolonie und sogar hochgerüsteten eigenen Raumschiffen geschaffen hat. Raumschiffe, die alles übertreffen, was die Earth Federation Navy derzeit hat und die auch die nächste Generation bereits übertreffen werden. Selbst der Antrieb der *Michael*, ein Raumverzerrungsantrieb oder eben Warpantrieb, ist etwas, das die gegenwärtigen Navyschiffe nur in jenen spärlich vorhandenen neuen Korvetten der *Lotus*-Klasse und den neuen Fregatten der *Nemesis*-Klasse verbaut haben. Die bisherigen Raumschiffklassen der Föderation haben immer noch den alten AE/E-Antrieb, der um ganze Größenordnungen langsamer beschleunigt. Der alte AE/E-Antrieb benötigt den Übertritt in den Hyperraum, um den Naturgesetzen des Einsteinraums zu entgehen und Lichtgeschwindigkeit zu erreichen und zu überschreiten. Hingegen unterliegt der Warpantrieb nicht diesen Einschränkungen. Denn er verzerrt nur den Raum um das Schiff herum, anstatt das Raumschiff selbst zu bewegen. Aber auch Raumschiffe mit Warpantrieb treten in den Hyperraum und dann in den Plus-100 Hyperraum über. Allerdings nur wegen des günstigen umgekehrten Zeitdilatationseffekts.

Lichtgeschwindigkeit könnten sie auch im Normalraum überschreiten. Aber dann würde eine Reise über eintausend Lichtjahre bei der maximal erreichbaren Geschwindigkeit von eintausend Licht immer noch ein Jahr dauern. Hingegen dauert sie durch Benutzung des Plus-100 Hyperraums keine vier Tage.

Jetzt liegt die *Michael* ruhig im Raum, völlig unsichtbar durch ihr 3-Gen-Tarnfeld, das sie komplett aus dem Normalraum nimmt und beobachtet über Passivscan das Sternensystem mit der *New Ireland*-Kolonie und insbesondere dem Planeten *Ire*, wie er benannt worden ist. In dessen Orbit liegen gleich zwei Raumschiffe der Space Navy. Die Korvette *Gilgamesh* der kompakten *America*-Klasse und der Zerstörer *Atlantis* der bauchigen *Avalon*-Klasse. „Die haben ja viel aufgeboten", bemerkt Jacob mit ironischem Tonfall. Paulus nickt. „Da haben wir sie. Die Zwischengeneration. Noch alte Technologie wie die *Moondreamer*-Fregatten, aber alles etwas modernisiert. Aber noch kein Warp und kein 3-Gen. Von 4-Gen ganz zu schweigen."

„Sie werden", beginnt der Knappe mit leuchtenden Augen, „ihr gottgefälliges Wunder erleben. Nicht mal die neue *Lotus*- oder die *Nemesis*-Klasse der Föderation hätten gegen uns eine Chance. Und diese Schiffe hier schon gar nicht."

Paulus schweigt einen Moment. „Nun, mit einer *Lotus*-Korvette oder einer *Nemesis*-Fregatte zu tanzen hätte durchaus sein Risiko. Aber mit den *Americas* und den *Avalons* kommen wir problemlos klar.

„4-Gen-Feuerleitlösung für je einen Warp-Torpedo?", erkundigt sich Knappe Jacob. Es wäre, ist Paulus sofort klar, eine narrensichere Art und Weise, die beiden Schiffe zu vernichten. Es ist nicht einmal klar, ob die beiden Föderationsschiffe schon 3-Gen-Ortungstechnologie an Bord haben. Sollte das der Fall sein, könnten sie in der Tat 3-Gen-Torpedos erkennen. Zwar sind diese dem Normalraum entrückt, aber eben auf einer Art von Frequenz, die auch die Föderation neuerdings verwendet. Daher könnten aufgerüstete Föderationsschiffe dieser Klassen sie im Anflug sehen, wenn sie über entsprechende Ortungsgeräte verfügen. Im Gegensatz zu 4-Gen-Torpedos. Daher hat sein Knappe Recht. Sie können einfach zwei 4-Gen-Torpedos losschicken und die beiden Föderationsschiffe werden von einer Sekunde zur anderen vernichtet. Sie werden es vorher nicht einmal bemerken.

Es gibt allerdings eine Sache, die Paulus bei dieser Angriffsmethode wirklich stört. Schlichtweg, dass die beiden Schiffe in blitzschnellen Explosionen vergehen würden, wenn die beiden Torpedos in der Nähe der AE/E-Maschinenkerne der beiden Raumschiffe wieder in den Normalraum eintreten und explodieren würden. Aggressiv und wie im leichten Drogenrausch fühlt sich Paulus. Und so ist es ihm ein starkes Bedürfnis, den beiden Zielen mitzuteilen, von *wem* sie vernichtet werden und warum. Anstatt sie einfach in die Luft zu jagen. Denn die *Michael* hat den beiden Rittern nicht nur mitgeteilt, was nach dem Wunsch der Kirche vernichtet werden soll, sondern auch warum das Ziel gewählt worden ist. Die Kolonie *New Ireland* ist ausgewählt worden, weil hier unlängst zwei Missionare der Vereinigungskirche erst interniert und dann zurück zur Erde deportiert worden sind. Die Kirche will her ein Exempel statuieren und gewissermaßen Gottes Faust über die Kolonisten bringen. Aber leider in einer Art und Weise, durch die weder die Navy noch die restliche Föderation weiß, was genau sie getroffen hat. So sollen auch keine kritischen Informationen über die Art der Raumschiffe der Kirche offenbart werden. Denn die Flotte der Erzengel befindet sich ja gerade noch im Aufbau.

„Also gut", erklärt Paulus. Das Ortungsbild ist alt, aber wenn die Schiffe sich nicht im Orbit bewegt haben, können wir ihre Position errechnen. „Feuerleitlösung bereit", meldet Jacob. „Torpedos los!", befiehlt Paulus. Die ganze Konversation findet mündlich statt, obwohl sich beide Astralkörper natürlich auch gedankenschnell ohne Akustik verständigen könnten. Aber so nickt der Knappe sogar, verharrt aber bewegungslos, als er dem Rechner der *Michael* den Befehl zum Feuern gibt. Zwei Torpedos feuert der Himmlische Streitwagen ab, auf je eines der Föderationsschiffe gezielt. Mit eigenen 4-Gen-Tarnvorrichtungen versehen, bleiben die Geschosse mit ihren AE/E-Sprengköpfen auch außerhalb des Tarnfeldes der *Michael* unsichtbar. Die Torpedos werden praktisch sofort ihre Endgeschwindigkeit von etwa halber Lichtgeschwindigkeit erreichen und überbrücken daher die zehn Lichtsekunden bis hin zu den beiden Raumschiffen in etwa zwanzig Sekunden. Entsprechend ist die Wartezeit in dem Kriegsschiff der Kirche sehr kurz. Kurz vor dem Einschlag sollen beide Torpedos per gestreutem Hyperfunk ihr anvisiertes Ziel melden. In diesem Fall erhält das Kirchenkriegsschiff allerdings nur von einem Torpedo eine Meldung. Gemeldet wird visuell und per Navigationsdatensatz das Vorhandensein des eckigen Zerstörers der *Avalon*-Klasse, der *EFS Atlantis*. An einen Sieg oder auch Überleben ist für dieses neu gebaute, fünfhundert Meter lange Raumschiff nicht zu denken. Der Torpedo rast entrückt vom Normalraum in Sekunden heran und dringt in den letzten Momenten seiner Existenz einfach in die Substanz des Raumschiffes der Föderation ein. So als wäre es gar nicht vorhanden oder nur eine Projektion. In einem winzigen Sekundenbruchteil fliegt er durch den Stahl, die Maschinen und auch menschliche Körper im Inneren, ohne irgendeine Spur zu hinterlassen. Solange, bis er sich in unmittelbarer Nähe des AE/E-Maschinenkerns befindet. Dies ist genau der Moment, in dem er wieder in den Normalraum übertritt und gleichzeitig seine eigene Antimaterie/Materie-Ladung aufeinanderprallen lässt. Er schickt kurz vorher noch eine letzte Meldung heraus. Die Vollzugsmeldung. Denn nichts kann die *Atlantis* jetzt noch retten.

Direkt nach der Meldung vergeht das Föderationsschiff in einer gewaltigen Explosion.

Die Meldung des zweiten Torpedos, der die *Gilgamesh* hätte vernichten sollen, bleibt allerdings aus. Sekunden später hat die *Michael* das Ortungsbild ihres eigenen, passiven Scans. Die *Atlantis* hat sich im Orbit des Planeten plangemäß in eine Trümmerwolke aufgelöst, aber die kleinere Korvette *Gilgamesh* hat überlebt! Sie hat den Orbit verlassen und offensichtlich 4-Gen-Gegenmaßnahmen ausgestoßen, die entsprechend mit dem angreifenden Torpedo synchronisiert diesen vernichtet haben.

„Heiliger...", beginnt Paulus. „Die haben 4-Gen-Gegenmaßnahmen?", wundert sich Jacob. „Leider sind wir bezogen auf die neuesten Upgrades der Föderationsschiffe nicht mehr aktuell", knurrt Paulus. „Seit Esparza verschwunden ist, funktioniert unser Maulwurf bei der Flotte nur noch sporadisch." Er beobachtet die Meldungen der Sensoren des Himmlischen Streitwagens und dann sieht er es. „Die *Gilgamesh* hat 4-Gen-Ortung!", flucht er. Damit ist klar, dass die Sensoren der Föderationskorvette sowohl im 3-Gen- wie auch im 4-Gen-Band alles anmessen können, was da durch die Gegend fliegt. „Sie sehen uns", haucht Jacob mehr, als dass er es sagt. Paulus fühlt etwas, das ein Kribbeln der Kopfhaut wäre, würde er noch seinen normalen biologischen Körper haben. Denn wenn die Korvette jetzt auch noch 4-Gen-Torpedos hat, wird der Kampf ein fairer werden. Wobei die Karten des Kirchenschiffes immer noch besser sind, schließlich ist die dicht an dicht mit Waffen und Aggregaten vollgestopfte *Michael* kampfstärker als eine Korvette der *America*-Klasse, die trotz ähnlicher Größe viel Raum für Crewquartiere und Wartungsgänge verliert.

Wenige Minuten vorher…

10:54 Uhr, Freitag, 01.06.2255 Greenwich-Erdzeit

An Bord der *EFS Gilgamesh*, im Orbit des Planeten Ire, 457 Lichtjahre von der Erde

Crew der *Gilgamesh*

„Na, was liest du gerade?" Lieutenant Claire Deveraux sitzt auf dem Kommandantenplatz der nicht so geräumigen, eckigen Brücke der Korvette und dreht sich in ihrem Sessel zu Fähnrich Paul Scaffold um, der offensichtlich in ein Pad vertieft an seiner OPS-Konsole sitzt. Sonst hält sich niemand auf der Brücke auf. Es ist die dritte Wache und daher ist Deveraux als Zweite Offizierin des Schiffes die Kommandantin vom Dienst. Ihre OPS-Station, die sie immer dann innehat, wenn die Vollcrew des Schiffes in besonderen Situationen versammelt wird, hat sie an einen anderen OPS-Offizier abgegeben, eben Fähnrich Scaffold. Es müssten noch vier weitere Crewmitglieder auf der Brücke sein, aber es sind nur zwei an ihren Plätzen. Chief Petty Officer Henry Lane ganz vorne rechts an der Kommunikationskonsole und schräg dahinter Navigatorin Wanda Berry. Es fehlen der Taktische Offizier Charly Watts und der Rudergänger Brandon Lee, die beide wieder einmal im Maschinenraum sind, um mit dem Chefingenieur an den leidigen Störspannungen herumzudoktern, die den Sensoren des Schiffes Probleme machen. Genau gesagt seit dem letzten ausufernden Test der kürzlich eingebauten 3-Gen- und 4-Gen-Upgrades in Sachen Ortung und Torpedo-Gegenmaßnahmen. Die *Gilgamesh* ist eines der ersten Schiffe mit diesen Upgrades und das Oberkommando wartet auf Statusberichte. Außerdem ist der langatmige Dienst an dieser Hippiekolonie *Ire* völlig ereignislos und eintönig. Daher ist manches Crewmitglied froh, endlich etwas zum Reparieren oder Umbauen gefunden zu haben. „Ich lese das Neuste von Admiral Brander", antwortet OPS-Offizier-vom-Dienst James Scaffold und erwähnt den Oberkommandierenden der Space Navy. „Es gibt ja immer mehr Leaks von Geheimsachen über den Admiral. Das sind schon erstaunliche Geschichten." Deveraux brummt Zustimmung. „Und ziemlich beunruhigend ehrlich gesagt. Ich meine, dass der Typ, der der Gründervater der Raumflotte ist, nun mehrere alte Geheimidentitäten in der Zeit vor der Föderation gehabt haben soll,…" Sie lässt den Rest des Satzes im Raum hängen. „Man sagt ja, dass die Unionistenpartei diese Geheimsachen absichtlich an die Öffentlichkeit durchsticht, um Brander damit zu demontieren." Scaffold stimmt ihr zu. „Genau. Schließlich soll der neue Star der Unionisten, dieser Jackson, ja wohl eine Anklage gegen Brander vorbereiten, sowie er Präsident wird. Und will Admiral Brander entlassen." Deveraux nickt. „Die Topkapi-Newswebseite kündigt noch mehr Enthüllungen nächste Woche an. »Die Wahrheit über den Nanitenkrieg« wird hier angekündigt. Wieder nickt Deveraux. „Ja", seufzt sie. „Nichts gegen die Verdienste von Brander. Aber vielleicht wird es Zeit, dass unserem Navy-Übervater endlich mal die Federn etwas gestutzt werden." Sie hat den Satz noch nicht ganz ausgesprochen, da leuchtet roter Alarm an den zahlreichen Alarmlampen auf der Brücke auf. Eine Sirene erklingt zweimal, bevor sie wieder verstummt. Der Hauptbildschirm und das Taktische Diagramm in der Holowanne davor beginnen sich mit Schrift und Diagrammen zu füllen. „Fuck", entfleucht es Deveraux. Sie ahnt Schlimmes, als das grüne Symbol des Zerstörers *Atlantis* zu blinken beginnt. OPS-Offizier Scaffold drückt auf seiner Konsole herum.

„*Atlantis* zerstört!", tönt es da schon vom Bordcomputer über die Deckenlautsprecher. Deveraux springt auf und rast rüber zur Taktischen Konsole, die in Abwesenheit von Watts unbesetzt ist. „Automatische Gegenmaßnahmen ausgestoßen!", ruft sie aus und sieht noch mal genauer hin. „Gen4-Gegenmaßnahmen!", gibt sie verblüfft von sich. Damit weiß sie, dass die neue Ortungstechnik, die auch mit einer Gen4-Tarnvorrichtung getarnte Objekte erkennen kann, einen Anflug von 4-Gen-Torpedos registriert hat. „*Atlantis* zerstört. Gen4-Warp-Torpedo!", meldet Scaffold von der OPS-Station und man merkt ihm seine Aufregung an. Deveraux fühlt sich unterdessen von den Ereignissen überrollt, als sie, für sie ungewohnt, an der Taktischen Konsole steht. „Ein anfliegender Torpedo zerstört. Keine weiteren geortet", ruft sie aus. „Keine Raumschiffe in Ortung. Schalte auf Gen4-Aktivscan", meldet Scaffold. Deveraux saugt die Luft ein und sie drückt hektisch auf Tasten herum, als sich im Rückteil der Brücke das Schott mit dem charakteristischen Geräusch öffnet. Sie sieht, wie der Taktische Offizier Watts und der Rudergänger Lee auf die Brücke zu ihren Plätzen rennen. Sie gibt Watts den Platz an der Taktik frei und begibt sich in die Mitte der Brücke. Dann befiehlt sie „Nav! Ausweichmanöver Epsilon-Fünf" und weiß, dass trotz des Schwerkraftzugs des Planeten die Korvette in ihrem Antigravfeld frei von der Anziehungskraft des Planeten ihre Ausweichmanöver fliegen kann. Die kompakten Schiffe der *America*-Klasse sind ohnehin als wendige, kleine Kriegsschiffe konstruiert. Sie bleibt im Zentrum der Brücke, den Blick fest auf die taktischen Diagramme gerichtet, die in einer zweidimensionalen Version auf dem Hauptschirm und in einer 3D-Version im Holobecken zu sehen sind.

„Raumschiff geortet!", ruft Scaffold und der Taktische Offizier meldet sofort „Korvette, unbekannte Bauform." Vom Kommunikationsoffizier Lane schallt es „Kein Transpondersignal!".

„Rufen!", befiehlt Deveraux, doch es wird nie eine Antwort erfolgen.

„Übernehme Kommando", ist plötzlich zu hören, als sich nochmals das Brückenschott öffnet und der Kapitän der *Gilgamesh*, Captain Frank Waters, auf die Brücke rennt, noch mit dem Reißverschluss an seinem dunkelblauen Overall beschäftigt. Weitere Offiziere kommen auf die Brücke, als sich die sogenannte Vollcrew versammelt, bei denen die jeweiligen Sektionschefs ihre Stationen einnehmen. Deveraux findet sich alsbald an ihrer angestammten OPS-Konsole wieder. Sorgenvoll betrachtet sie wieder die Taktischen Diagramme, doch das fremde Schiff schwebt regungslos im Raum, ein paar Lichtsekunden entfernt.

„Mind-Reader!", befiehlt Captain Waters, ein Mann mit leicht lichtem Haar, der wie Ende Vierzig wirkt und offensichtlich auf irgendwelche modischen Verjüngungsbehandlungen verzichtet hat. Er hat mittlerweile seinen Uniformoverall geschlossen und es sich auf dem Kommandantensitz „bequem" gemacht, der in eine halb liegende Position fährt. Die informell „Frisörhaube" genannte Vorrichtung fährt nun bei ihm und allen anderen Crewmitgliedern, die sich in ihren Sesseln niedergelassen haben, aus dem Rückteil der Lehne aus. Im Gegensatz zu ihrem Namen handelt es sich allerdings nur um eine etwa handtellergroße gewölbte Konstruktion. Sie ist dazu gedacht, der Crew eine gedankenschnelle Kommunikation untereinander und mit dem Bordcomputer zu ermöglichen. Alles über eine Virtuelle-Realitätsumgebung. So können Schiff und Crew wesentlich schneller reagieren, als es über verbale Kommandos und Tastendrücken der Fall wäre. Lieutenant Deveraux will allerdings die Sekunden einsparen, die durch das Eingehen in die VR-Umgebung verloren gehen würden und bleibt vor ihrer OPS-Konsole stehen.

Sie beugt sich zu einem Mikrofon herunter und erstellt eine Sprechverbindung zur Technik. „Chief-Eng Smith. Haben Sie den verdammten 4-Gen-Torpedo bereit?"

Das Problem der *Gilgamesh* ist, dass sie zwar Ortungs- und Gegenmaßnahmen-Technologie für Tarnvorrichtungen der dritten und vierten Generation hat, aber keine Offensivwaffen, die entsprechend getarnte Schiffe erreichen können. Ein mit einer 3-Gen- oder 4-Gen-Tarnvorrichtung versehenes Objekt, sei es ein Schiff oder ein Torpedo, ist so dem Normaluniversum entrückt, dass es weder durch konventionelle Torpedos noch Strahlwaffen erreichbar ist. Diese würden buchstäblich durch das Zielobjekt hindurchgehen. Deswegen hat Deveraux zusammen mit der afroamerikanischen Chefingenieurin ein kleines „Feierabendprojekt", nämlich den Umbau eines Torpedos mit einer 4-Gen-Tarnvorrichtung. Keine leichte Arbeit, denn erstens ist diese Technologie notorisch instabil und zweitens muss der Torpedo sehr genau scannen, auf welcher genauen Verschiebung sich das Zielobjekt gerade befindet. Keine einfache Sache, wo es das Charakteristikum der 4-Gen-Tarntechnologie ist, ständig die (für 3-Gen-Tarnvorrichtungen feste) Dimensionsverschiebung in ihrer Frequenz zu ändern. Deveraux und Smith haben zwar einen solchen Torpedo fertig, aber ungetestet und eben nur genau einen. „Du kannst deinen süßen Hintern drauf verwetten, dass ich das Ding fertig habe, Deveraux, Mädchen", tönt die gewohnt legere

Redeweise der Chefingenieurin aus dem Konsolenlautsprecher. Jedenfalls redet sie wegen der privaten Freundschaft mit Deveraux immer so lax. „Und schon in Rohr Vier geladen. Irgendeine Idee wer uns angreift? Ich meine…", beginnt Smith, doch Deveraux unterbricht sie.

„Smith! Mache einen Override der Brücke und schicke das Ding einfach los. Ziel ist das einzige Fremdschiff in der Ortung. Es wird sein Ziel schon selbst finden!" Irgendein Rumpeln dringt aus dem Lautsprecher. „Da kannst du deinen weißen Hintern drauf verwetten", poltert Smith wie gewohnt drauflos. Während sie in die virtuelle Umgebung eintritt und gerade die Verbindung zum Mind-Reader aufbaut, hört sie noch, wie der Bordcomputer ihr über die Deckenlautsprecher die letzte Maßnahme der schon in der Mind-Reader-Trance befindlichen Brückencrew mitteilt. „Hauptdisruptoren auf Ziel. Feuer. Torpedorohre Eins bis Drei Feuer." Deveraux weiß, was das bedeutet. Zwar können diese konventionellen Waffen den durch ein 4-Gen-Feld geschützten Feind nicht erreichen. Aber da die 4-Gen-Technologie noch mehr als die 3-Gen-Technologie instabil ist, kann so ein Beschuss durchaus Sinn machen, um den unbekannten Feind über eine kollabierende Tarnvorrichtung zurück in den Normalraum zu bringen. Kaum ist Deveraux in der virtuellen Umgebung, hört sie schon eine Beschwerde der Taktik.

„Rohr Vier immer noch Offline. Technik hat Override", dröhnt es durch die virtuelle Umgebung. Deveraux ertappt sich dabei, sich räuspern zu wollen. Obwohl man in der Mind-Reader-Verschaltung natürlich gedanklich und nicht verbal kommuniziert. „Wir schicken unseren einzigen 4-Gen-Torpedo darin los", erklärt sie und merkt, wie sie rot anläuft.

„Ohne mich zu konsultieren?", fragt der Captain wütend. „War noch während der Übergabe", erklärt Deveraux und hofft, dass ihr gedanklich dem Captain übermittelter Satz nicht allzu trotzig klingt.

„Rohr Vier feuert!", erklärt da auch schon Watts von der Taktik. Vom Captain kommt der Befehl an die Navigation, einen Fluchtkurs festzulegen. „Bringen Sie uns hier weg!", könnte man es in konventionelle Sprache übersetzen. Navigatorin Berry plottet einen Fluchtkurs weg vom System. Deveraux empfindet kurz Scham. Den Planeten mit seiner manchmal fast hippieartigen Kolonistentruppe schutzlos einem unbekannten Feind zu überlassen, erscheint auf den ersten Blick verantwortungslos. Andererseits hat die *Gilgamesh* gegen einen Feind mit 4-Gen-Tarnvorrichtung ohnehin keine Chance. Die Föderationskorvette kann den entsprechend getarnten Fremden zwar sehen, aber ihre Waffen können ihn nicht erreichen. Von dem einen Basteltorpedo einmal abgesehen.

„Wer zur Hölle ist das?" dröhnt die Frage des Captains für die virtuelle Umgebung ungewohnt vokalisiert durch die Schwärze der simulierten Brücke mit ihrem 3D-Taktikdiagramm, einem simulierten Hauptbildschirm und den Avataren für die Brückencrewmitglieder. Eine rhetorische Frage, ist sofort jedem klar. Denn bislang gilt es als sicher, dass nur die Föderation über die 3-Gen- und 4-Gen-Technologie verfügt. Stammt sie doch aus Archiven der ausgestorbenen Ancient-Alienrasse, die Admiral Brander einst geheim gehalten und erst nach dem zwanzig Jahre zurückliegenden, sogenannten Nanitenkrieg eingeführt hat. Dass eine unbekannte Rasse über eine solche Technologie verfügt, ist höchst alarmierend. Nur war in der Hektik der Schlacht bislang keine Zeit, das auch nur zu erörtern.

„Unsere Torpedos explodieren, einziger 4-Gen-Torpedo auf dem Weg", meldet die Taktik, gefolgt von einem enttäuscht klingenden „konventionelle Torpedos haben keine Wirkung". Captain Waters fragt sofort nach, ob ein Fluktuieren der Tarnschilde des Feindes festzustellen sei. „Nur zwei Prozent, kaum mehr als üblich", gibt Deveraux zurück.

„Dann hoffen wir auf Ihren Privattorpedo, Lieutenant", erklärt Waters grimmig. Deveraux sagt dazu nichts, auch wenn die virtuelle Umgebung ihr gedankliches Nicken entsprechend an den Captain überträgt. Sie weiß, dass es sicher wenig erfolgversprechend ist, die eigene Existenz an eine solche Apparatur zu knüpfen.

„Könnten das die verdammten Greys sein?", fragt der Captain. Deveraux verneint.

„Nein Sir, die Bauweise hat wirklich nichts mit einer Untertasse zu tun." Waters entgegnet, dass es ja eine Weiterentwicklung sein könnte. „Oder Luminos." Jene mysteriöse Rasse, die immer wieder durch sinnfreie Angriffe auf Föderationsschiffe und –Anlagen auffällt, so als wollten die Luminos eher irgendwelche spannenden Schlachten führen als konkrete taktische oder gar strategische Ziele zu erreichen.

„Feind ändert Kurs!", meldet sie sofort, als sie sieht, wie das Feindschiff manövriert. Ein sehr rasches Manöver, das auf hohe Agilität des fremden Schiffes hindeutet. *Super*, denkt sie resignierend. *Nicht nur die besten Waffen, sondern auch noch wendig wie ein Kleinwagen.* Kurz darauf ist das Raumschiff nicht mehr zu sehen. Ihre Sensoren zeigen ihr an, dass das Schiff einen Warpantrieb verwendet hat, um damit entsprechend schnell zu beschleunigen. Warpantriebsschiffe, welche die Föderation erst seit neuestem hat, sind um Klassen besser in der Beschleunigung. Sie macht eine entsprechende Meldung und sieht das Schiff dann wieder zur Ruhe kommen, nochmals manövrieren und... „Kurs auf unser Heck!", meldet sie und ihre Stimme würde in ein Kreischen abgleiten, wenn sie denn akustisch wäre. „Feind feuert Torpedo!", meldet die Taktik. Nah wie das Raumschiff an der Föderationskorvette ist, ist keine Zeit mehr für Gegenmaßnahmen, wie Deveraux sofort weiß.

Sekunden später erklingt Eindringlingsalarm von den Deckenlautsprechern überall im Schiff.

Chefingenieurin Smith erhält dazu in ihrem Maschinenraum eine Grafik auf den nächstgelegenen Bildschirm projiziert, die ihr anzeigt, dass ein Torpedo einfach irgendwo im Heckbereich von Deck 3 materialisiert ist. Mitten in einer Anlage der Luftaufbereitung, gar nicht weit von der sogenannten Magnetic Bottle entfernt, in der Energie und Antienergie miteinander reagieren. „Holy flying Fuck", entfährt es ihr noch und sie versteht sofort, was das bedeutet. Der Feind hat einen Torpedo, der in ein 4-Gen-Tarnfeld gehüllt war, mitten in der *Gilgamesh* wieder in den Normalraum zurückkehren lassen. So dass sich das Ding einfach dort materialisiert hat, wo es in der dampfenden Kammer zwar absolut nichts zu suchen hat, aber erst einmal auch keinen Schaden anrichten wird. Doch sie ahnt, dass sich das bald ändern wird. Auf der Brücke meldet OPS-Offizierin Deveraux noch, dass das nahe am Heck der Korvette materialisierte Feindschiff wieder abdreht, da ist es auch dank seines Warpantriebs ein paar Lichtsekunden weitergeflogen und kommt zum Stillstand. Mit genug Abstand, eine Detonation der *Gilgamesh* unbeschädigt zu überstehen, wie ihr klar wird.

11:02 Uhr, Freitag, 01.06.2255 Greenwich-Erdzeit

An Bord des Himmlischen Streitwagens *Michael*, Nähe Planet Ire, 457 Lichtjahre von der Erde

Paulus und Jacob

„Ja, wir haben sie!", jubelt der Knappe rechts von Paulus in der engen Brücke des Himmlischen Streitwagens, als würde er sich über einen Sieg bei einer sportlichen Veranstaltung freuen. Im silbrigen Gesicht von Paulus bewegt sich die linke Augenbraue in ungeahnte Höhe. Das bislang überlebende der beiden Föderationsschiffe, die Korvette *Gilgamesh*, löst sich soeben in einer gewaltigen Explosion auf. Die beiden Besatzungsmitglieder der *Michael* bekommen es auf mannigfaltige Art und Weise mitgeteilt. Nicht nur über den Hauptbildschirm, sondern auch mittels diverser Datenströme direkt in ihre nanitischen Körper. „Aber", mahnt Paulus, „der 4-Gen-Torpedo, den sie ausgestoßen haben, ist immer noch unterwegs. Tatsächlich hat das Föderationsschiff kurz vor seiner Zerstörung, bei der es nicht einmal Rettungskapseln absetzen konnte, noch einen einzigen 4-Gen-Torpedo ausgestoßen. Neben einigen konventionellen Torpedos und einem Disruptorstoß auf die *Michael*, die allerding hinter ihren 4-Gen-Schilden der Gefahr entrückt war. Doch der 4-Gen-Torpedo ist immer noch unterwegs zur *Michael*. Er ist aber nur noch ein paar Sekunden entfernt und ändert immer wieder den Kurs. Dabei rast er mit seinem Warpantrieb immer wieder los, kommt irgendwo falsch heraus, setzt neuen Kurs und versucht dann wieder die *Michael* zu erwischen.

Natürlich könnte sich der Himmlische Streitwagen durch Flucht aus dem System entziehen, bis dem Torpedo einstweilen die Energie ausgegangen ist. Er wird, so weiß Paulus, nur ein begrenztes Antienergiekontingent an Bord haben, so dass er bald schon antriebslos im Raum schweben wird.

„Kurs setzen auf außerhalb dieses Sonnensystems", befiehlt Paulus gedankenschnell dem Rechner. Doch die Bearbeitung durch den Computer der *Michael* wird aufgeschoben, als der Knappe Jacob einen Protest einlegt.

„Wir können nicht vor den Gottlosen fliehen, wo wir ihr Schiff schon vernichtet haben", wendet der kirchentreue Knappe ein. Paulus unterdrückt einen Fluch. Genau in diesem Augenblick passiert es. Eine gewaltige Erschütterung wirft das Schiff hin und her, roter Alarm heult auf und blitzschnell bekommen die beiden Ordensangehörigen mitgeteilt, dass der 4-Gen-Torpedo im Schiff materialisiert ist. Mitten in einem Kontingent von Kampfrobotern, die das Schiff für alle Fälle noch mit an Bord hat. Sekundärexplosionen erschüttern das Schiff, als einige der Roboter explodieren. Erst dadurch entsteht ein Hüllenbruch, wie Paulus jetzt gemeldet wird. Denn der Torpedo war ja vorher einfach wie ein Geist durch die Außenhülle des Schiffes geflogen. „Sie zahlen es uns heim", murmelt Paulus und zählt seine letzten Sekunden. Denn gleich wird der Torpedo explodieren und das Schiff vernichten. „Zwei zu eins steht es dann", geht dem Ritter der Kirche bitter durch den Kopf.

„Nanitenumwandlung des Fremdtorpedos hat begonnen", vermeldet Jacob mit ruhiger Stimme. Paulus, der noch immer sein Ende erwartet muss schlucken. Wieso lebt er noch? Er stellt gedankenschnell eine Verbindung zum Bordrechner her und erhält ein detailliertes Scanergebnis von dem Torpedo, der in den Eingeweiden der *Michael* steckt. Er ist nicht explodiert. Offensichtlich nicht. Und der Scan zeigt auch warum. Die internen Systeme des Torpedos haben diverse Überladungen, die vermutlich durch die 4-Gen-Technik ausgelöst worden sind. Überhaupt sieht der Torpedo eher wie eine Bastelarbeit aus. Keine solide Technik jedenfalls. Es ist ein bekanntes Problem, dass die 4-Gen-Technik einen ganzen Strauß von Störspannungen erzeugen kann. Offenbar hat die unfertige Konstruktion hier ihm und seinem Knappen das Leben gerettet. Er atmet auf und stellt halb belustigt fest, dass sich in der Tat der Bauch seines silbrigen Astralkörpers dabei hebt und senkt. Dass um die einhundertdreißig Menschen auf den beiden Föderationsschiffen gestorben sind, lässt Paulus kalt. Sie haben sowieso meist keine Seelen mehr. Viele sind bereits Backups. Faksimiles ihrer ursprünglichen, natürlichen Existenzen. Oder haben die Moleküle ihrer Körper durch Atommanipulation verändert, bis hin zu gottlosen Upgrades. Nichts, worum man sich Sorgen machen muss, wenn man sie vernichtet. Die Navy wird sie ohnehin neu auferstehen lassen.

„Gepriesen sei der Herr, der seine schützende Hand über uns gehalten hat. Sowieso ist der gottlose Feind mit minderen Fähigkeiten verflucht, die seine Handlungen ad absurdum führen", frohlockt neben ihm Jacob. Und erwähnt noch, der feindliche Torpedo sei schon halb aufgelöst und würde problemlos in die Materiestruktur der *Michael* integriert. Paulus unterdrückt mühevoll ein Kopfschütteln. Es ist weniger *mindere Fähigkeit,* sondern eher ein langsameres Ausrollen der neuen Technologien, die die Föderationsnavy hier behindert hat. Das ist ihm klar. Auch weil die Navy nicht damit gerechnet hat, dass ihre neuesten Technologien so ungeniert von einem ehemaligen Flotten-Oberkommandanten gestohlen und anderweitig verwendet werden. Dass die Korvette, die eigentlich dem Angriff hätte schutzlos ausgeliefert sein sollen, es trotzdem fast geschafft hat, die *Michael* zu vernichten, spricht für die Fähigkeiten der Flotteningenieure. Das muss er neidlos zugestehen. Und, wäre die *Michael* auf Admiral Brander selbst getroffen, der ja immer noch dann und wann eigene Missionen fliegt, so hätte er nicht auf den Ausgang der Konfrontation wetten wollen. Aber Brander sitzt ihren Informationen nach daheim im Büro im Flottenhauptquartier in Terrania City, einer der schwebenden Städte der Erde. Mit ihm eines Tages vielleicht einmal eine Konfrontation zu haben, das ist etwas, auf das sich Paulus trotzdem freuen würde. Denn das wäre eine wahre Herausforderung. Thomas Brander, Gründer der Flotte, Held von Johnson's Star und Held des Nanitenkrieges. Aber auch „Extrauniversal-Schlächter" genannt. Ein unhandlicher Begriff, der auf eine Raumschlacht abzielt, bei der er eine ganze angreifende Flotte von Luminos vernichtet hat mit einer einzigen Korvette. Aber eben auch seine eigene Besatzung gnadenlos verheizt hat. Einen Strahlenschaden soll er seither haben, der ihm aufs Hirn geschlagen ist, sagt man. Brander ist auch der Mann, der die Menschheit immer wieder in galaktische Konfrontationen verstrickt. Wie mit Leonen und Avianern, was letztlich zum Nanitenkrieg geführt hat. Weil er seine Nase in ein Paralleluniversum gesteckt hat, einer alten avianischen Legende nachgehend.

Paulus merkt, wie er so brütend in seinem Pilotensessel mehr und mehr in Rage gerät. Die Lösung muss sein, auf diesem Wege umzukehren, hin zu einer natürlicheren Existenz der Menschheit. Weg von galaktischen Konfrontationen, hin zu einem natürlichen Leben nur auf der Erde oder wenigstens nur auf den von den Ancients übernommenen Kolonien. Ohne die Nase in alle möglichen außerirdischen Affären zu stecken. Am besten auch das Altern und den natürlichen Tod zu akzeptieren, anstatt in seelenlosen Replikatkörpern herumzulaufen. Und keine künstlichen Menschen zu erschaffen, die mit falschem Fleisch und falschem Blut und Rechnern unter der stählernen Schädeldecke ihre eigenen Ziele verfolgen und teils als kommerzielle Produkte mit Menschen in gottlosen Zweierbeziehungen leben.

„Lass uns diesen Kolonisten zeigen, was Gottes Zorn bedeutet!", sagt er laut, als er fühlt, wie der Astralkörper seinen Verstand entsprechend stimuliert und er ein „High" erlebt. „Auf nach New Ireland!", ruft auch Jacob aus. Der Himmlische Streitwagen beschleunigt. Seine Scans zeigen, dass der Planet mit seinen Kolonisten völlig schutzlos daliegt. Es ist nur ein Augenblick, bis die *Michael* in den Orbit des Planeten einschwenkt.

13:02 Uhr, Freitag, 01.06.2255 Greenwich-Erdzeit (auch New Ireland-Koloniezeit)

Kolonie New Ireland, Planet Ire, 457 Lichtjahre von der Erde

Sarah McKinley und Tomas Dooley

„Okay, ich sehe ein, dass du als Möchtegern-Ire unbedingt heute Abend zum Guinness-Wettrinken musst." Sarah McKinley, die rothaarige Irin, die trotz ihres Alters von über 120 wie eine junge Frau Ende Dreißig aussieht, macht dazu ein halbernstes Schmollgesicht.

„Was heißt hier Möchtegern-Ire? Wir Dooleys leben seit 2093 in Irland. Und meine Familie lebt immer noch dort." Seine Stimme überschlägt sich, als er gekünzelt spricht und den rechten Zeigefinger zur Decke ihres Apartments hebt. „Wir sind so echt irisch wie Irischer Coddle", ruft er und erwähnt dabei das irische Nationalgericht aus Kartoffeln, Bratwurst und Brühe. „Aus Liverpool kommt deine Familie", grinst sie. „Die Geisteshaltung ist, was zählt", kontert er. „Und außerdem ist es kein Guinness-Wetttrinken, sondern die ernsthafte Verkostung eines neuen Replikator-Äquivalents des Originals!" Sarah macht ein skeptisches Gesicht. „Die Atommanipulatoren nennt man ja neuerdings Replikatoren, aber was sie produzieren, ist immer noch nicht so ganz das Wahre. Ob deine Verköstigung wirklich so ein Vergnügen wird?"

Was immer Tomas antworten wollte, geht unter, als aus dem Lautsprecher des Standard-Wandcomputer-Terminals eine überlaute Durchsage kommt.

„Bürger der Kolonie. Dies ist eine Durchsage des Notfallsystems der Raumflotte der Erdföderation. Raumschiffe sind unberechtigt in dieses Sonnensystem eingedrungen. Die Navy fängt derzeit die eingedrungenen Schiffe ab und klärt den Grund ihres unplanmäßigen Hierseins. Befolgen Sie dringend die Sicherheitsmaßnamen der Stufe Drei. Sehen Sie von jedweden Raumfahrtaktivitäten im System ab oder kehren Sie zur Kolonie zurück, wenn Sie den Planeten verlassen haben. Befolgen Sie Anweisungen des Navypersonals und bewahren Sie Ruhe. Die Navy wird Sie informieren, wenn die Situation geklärt ist. Ende der Durchsage."

„Verdammt", flucht Tomas. „Was soll das? Warum geben die nicht mehr Informationen?" Er sieht, dass Sarah ein wirklich besorgtes Gesicht macht. Da sie bis vor zwei Jahren noch Offizierin der Raumflotte war und sogar auf der legendären *Moondreamer* gedient hat als Brückenoffizierin, weiß er, dass sie in Flottensachen immer im Bilde ist.

„Das bedeutet nur, dass irgendjemand ins System eingedrungen ist und sich nicht korrekt identifiziert hat. Das sind üblicherweise Greys oder Luminos. Beides ernst genug. Die Greys schlimmer als die Luminos, aber die beiden Kriegsschiffe der Navy sollten damit fertig werden. Wir werden gleich Näheres hören. Entweder sie rufen Alarm der Stufe 2 aus oder sie geben eine Entwarnung. Dieser Text, den wir gerade gehört haben, wird von der Systemortung oder von einem der Kommunikationsoffiziere eines unserer beiden Navyschiffe ausgelöst. Auf simplen Knopfdruck von der COM-Konsole. Es ist ein Standardtext." Beide stehen im Raum und starren ein paar Sekunden auf das Terminal. Schließlich seufzt Sarah und geht zu dem Standardcomputerterminal und drückt einen Knopf. Ein Rufton ist aus dem Lautsprecher zu hören. Das geht so gut eine Minute lang. "Verdammt, Jochen meldet sich nicht." Jochen Gruber, ein

Offiziersanwärter der Navy und einer von zwei Kontaktleuten, die die Raumflotte auf der etwa sechshundert Seelen zählenden Kolonie hat. Wobei er zurzeit allein ist, weil sich seine Stellvertreterin gerade zu einer Nachschulung auf dem Zerstörer *Atlantis* befindet. Ein Schiff, das entgegen der Klassifizierung als Kriegsschiff längst zu etwas wie der erweiterten Kolonie für New Ireland geworden ist. Als Krankenhaus und oft genug auch als Unterhaltungszentrum mit seinen Sim-Konsolen und dem Holo-Kino. Denn ganz so abwechslungsreich ist das Leben unter der riesigen Glaskuppel der Kolonie auf dem grünen Rasen doch nicht, wie sich das manche anfangs erhofft haben. „Ich gehe rüber, Tomas", erklärt sie. „Du bliebst besser hier. Zwar ist nur Stufe Drei ausgerufen, aber es ist doch besser dabei im Haus zu bleiben." Tomas zieht ein Gesicht. „Oh komm, die Greys ballern entweder nur auf die Navyschiffe oder sie sprengen unsere ganze Kuppel weg, wenn sie an denen vorbeikommen. Da hilft mir unser Apartment auch nicht."

Sarah steht augenrollend in der Tür. „Doch. Wenn ein Streifschuss die Kuppel ruiniert und Luft entweicht, bis du hier drin sicherer. Gerade weil diese Luxushäuser eine atmosphärische Notversiegelung haben!"

„Schon gut Lieutenant, schon gut", resigniert er und will sie wieder einmal mit ihrem Offiziersdienstgrad aufziehen. Doch sie ist schon längst aus dem Zimmer gelaufen, hastet aus dem Flur und kramt im Büro der Wohnung in einem Container herum, der sich nach Fingerabdruckprüfung für sie öffnet. Drinnen ist in Tuch eingeschlagen eine weißgraue, schlanke Handwaffe. Ein Disruptor. Höchst illegal für sie, da sie eine solche Waffe nicht als Flottenangehörige im Ruhestand besitzen darf. Sie steckt sich die

Waffe locker in den Hosenbund ihrer schwarzen Trainingshose, kontrolliert kurz im Spiegel, dass ihr Haar wie üblich hinten zu einem Pferdeschwanz gebunden ist und schlüpft barfuß in ihre weißen Turnschuhe. Draußen wird nur ein geschultes Auge den illegalen Disruptor von einem Paralysator mit eingebautem Thermostrahler unterscheiden können. Fast hätte sie es vergessen. Sie kramt schnell auch den kombinierten Lähm- und Thermostrahler hervor und wirft ihn Tomas zu, bevor sie ins Treppenhaus entschwindet. „Schieß dir damit nicht den Fuß ab, lass ihn lieber auf Lähmung", rät sie ihm noch. Das Letzte, was sie von ihm hört, ist ein *„Für die Föderation! Für die freien Völker der Galaxis!"* Sie hat keine Ahnung, wo sie das Zitat hintun soll. Vielleicht irgendwas aus den Uralt-Cartoons, die er so gerne ansieht. Oder ein Zitat aus dem Nanitenkrieg. Eines von beiden. Ganz ernst nimmt der den Alarmzustand offensichtlich nicht. Aber selbst Sarah muss zugeben, dass sich alles vermutlich in den nächsten Minuten in Wohlgefallen auflösen wird. Trotzdem ist man, was immer da kommen mag, mit einem Disruptor im Hosenbund sehr viel besser vorbereitet als ohne. Sie hastet im Laufschritt die fünf Etagen bis ins Erdgeschoss herunter und nimmt nicht den Fahrstuhl, weil das länger dauern würde. Draußen hastet sie etwa zweihundert Meter über die große grüne Wiese mit den kleinen Baumgruppen und Parkanlagen, die im Wesentlichen die Kolonie New Ireland ausmachen. Unter einer riesigen Glaskuppel mit ihrem Stahlrippen und Querverstrebungen, durch die hell die Sonne vom Ire-System scheint. So idyllisch das Sonnenlicht auch erscheint, atmen kann man die Luft des kargen Wüstenplaneten draußen nicht, geht ihr wieder mal durch den Kopf.

Genau in der Mitte der Kuppelanlage liegt ein kleiner, dunkelblauer Bau. Das Kontaktbüro der Raumflotte auf New Ire. Eigentlich nur ein quaderförmiger Standardbau mitten auf der grünen Wiese mit zwei Tannen daneben und normalerweise immer von einem der beiden Flottenangehörigen besetzt. Sarah sieht auf ihren Flottenchronometer am Handgelenk. Es ist kurz nach ein Uhr mittags, da wird Gruber sowieso in dem Flottencontainer sein. Oder in „der Garnison", wie er den Bau üblicherweise nennt. Der blaue Kunststoffcontainer hat einiges an Fenstern und wirkt ein bisschen wie ein Open-Air-Büro, was er ja auch ist. Da geht auch schon die Tür auf und Jochen Gruber kommt Sarah entgegengelaufen.

„Ich weiß auch nicht, was los ist. Die haben Alarm gegeben, aber die beiden Navyschiffe sind einfach verschwunden!" Sarah kommt schnaufend vor Jochen zum Stehen. Jochen ist ein Mann, der etwa wie ein leicht dicklicher Spätteenager aussieht, obwohl er in Wirklichkeit über siebzig Jahre alt ist. Zahlreicher Verjüngungsbehandlungen seit dank. Jochen trägt wie fast immer die beige Hemd/Hosenkombination, welche die Flotte schon seit ein paar Jahren ausrangiert und mit der dunkelblauen Version ersetzt hat. Dass Jochen die alte trägt, ist so etwas wie seine persönliche Note, wie er manchmal sagt.

Der umrandete, einsame Streifen eines Fähnrichs ist auf seinen Schulterklappen zu sehen und ein einsames, eckiges Kragenabzeichen in der hohlen Variante gibt seinen Rang wieder. Er trägt wie üblich nicht seine Waffe, sieht Sarah sofort. Es ist auf der friedlichen Kolonie auch nicht notwendig. Eine Kolonie, wo alle noch etwas gedrängt unter der einen fertiggestellten Kuppel leben und darauf warten, dass die Fertigungsroboter der Navy endlich die zweite fertig haben. Damit in der nächsten Phase der Kolonie die dominierenden Mietskasernen-ähnlichen Häuser durch anheimelnde Landhäuser ersetzt werden können, die inmitten von kleinen Wäldchen geplant sind. Ein Endausbau, der wohl erst mit vier oder fünf Kuppeln möglich sein wird.

"Erst ist die *Atlantis* aus der Ortung verschwunden, kurz danach die *Gilgamesh*. Die *Gilgamesh* hat kurz vorher noch roten Alarm gehabt. Ich habe mir die Empfangsprotokolle genau angesehen", erklärt Jochen aufgeregt und deutet durch die geöffnete Tür in den vorderen Raum mit seinen großen Fenstern und Konsolen, der den Hauptteil der „Garnison" darstellt.

Sarah braucht einen Augenblick, um die Nachricht auf sich wirken zu lassen.

„Aber Transpondersignale empfängst du doch noch? Ich meine, per Hyperfunk müsstest du sie ständig haben." Jochen schüttelt den Kopf. „Nein nichts. Ich habe die Schiffe noch nicht gerufen, von wegen Funkstille im Alarmfall, aber sogar die Transponder sind nicht zu empfangen." Sarah überlegt eine Weile. „Das heißt, sie haben ihre Tarnvorrichtungen an und sind auf Niedrig-Emission gegangen." Jochen nickt. „Vermutlich." *Leider nur die alten Tarnvorrichtungen der zweiten Generation, die auch nicht viel besser als die der ersten sind. Aber warum sollten sie das tun?* Die alten Tarnvorrichtungen, mit denen der Zerstörer und die Korvette ausgerüstet sind, würden höchstens gegen die Beelze helfen. Technologisch rückständig, wie diese aggressive Rasse ist, kann man sie wohl mit der alten Tarnung noch täuschen. Doch Greys und Luminos, die üblicherweise hinter Angriffen auf Kolonien stecken, würden diese Vorrichtungen sofort im wahrsten Sinne des

Wortes durchschauen. Föderationsschiffe würden sich nicht mal die Mühe machen, diese im Kampf gegen Luminos oder Greys einzuschalten.

„Also greifen uns vielleicht Beelze an, die technologische Hilfe von anderen hatten. Und die Captains der *Gilga* und der *Vic* nehmen das ernst genug, um zu versuchen, mit den Tarnvorrichtungen einen Vorteil zu erlangen.

Jochen sieht sie zweifelnd an.

„Jochen", sagt sie und spricht es wie immer als „Jocken" aus, denn sie hat wie viele englischsprechende Menschen Schwierigkeiten mit dem kratzigen, deutschen CH. „Du musst die höchste Alarmstufe ausrufen. Wir werden angegriffen!" Jochen macht eine abweisende Handbewegung. „Angegriffen? Warten wir erst einmal ab."

Sarah sieht, dass zahlreiche Leute aus den Häusern kommen. Sie sehen rüber zu dem dunkelblauen Häuschen in der Mitte des großen Rasens.

„Geh wenigstens ran an die Konsole. Ob jemand ruft!" Sarah schiebt Jochen praktisch an einen der beiden Sitzplätze an der Konsole in seiner „Garnison".

Mino Bradley
„Das war lecker", spricht Mino zu sich selbst. Mino, eine junge braunhaarige Frau, die einen der Bungalows am Ostende der Kolonie bewohnt. Natürlich auch unter der großen Kuppel. Sie

schiebt den Teller mit den Resten von Kartoffeln und Kochfisch in Sahnesoße ein paar Zentimeter weg und streckt sich am Esstisch aus. Sie sieht auf die Wanduhr. Gleich halb Zwei und damit längst am Ende ihrer Mittagspause. Aber gut, auf New Ireland ist alles ein bisschen gemütlich. Sie sieht aus dem Fenster, auf die unvermeidliche grüne Wiese, die irgendwann in die stählerne Basis der riesigen Kuppel mit ihren kleinen Generatorgebäuden davor übergeht. Hier am Rande der Anlage. Sie seufzt. Ja, muss sie sich eingestehen, sie bereut es ein bisschen, vor einem Jahr hierhergezogen zu sein. Und ihr neuer Mann, Edward Collins, war ausgerechnet einer dieser strenggläubigen Idioten gewesen. Nichts gegen gläubige Menschen, oh nein, aber dieser neue *Kirche der Wahren Menschheit*-Extremismus, in den sich Edward immer mehr reingesteigert hatte, er konnte zu nichts Gutem führen. Sie vergräbt das Gesicht in den Händen, hier am Küchentisch in der Wohnküche ihres kleinen Bungalows. Mehr Lebenserfahrung hätte sie haben sollen, dann wäre sie nicht auf Edward reingefallen, hat ihre Mutter prompt dazu gesagt auf der letzten Videonachricht, die mit dem letzten Navyschiff rübergeschickt worden ist von der Erde. Na, denkt sie. Ihre Mutter hat gut reden. Die ist schon über hundert und nun schon zum dritten Mal Mutter geworden, mit immer um die zehn Jahre Abstand dazwischen. Aber Mino war nun Mal eine Firstliferin. Es war ihr erstes Leben. Keine Verjüngungsbehandlung, nichts. Sie war wirklich erst Zweiundzwanzig und war halt Hals über Kopf in Edward verliebt gewesen. Doch dann war es dicke gekommen. Edward und noch ein paar andere hatten eine Art Revolution hier veranstalten wollen. Wollten ihre Glaubensregeln auf die Kolonie übertragen und einer von Ihnen, dieser Frank Byrne, sollte eine Art Kanzler werden, wie sie das genannt hatten. Sie hatten niemanden direkt gezwungen, aber die geschlagenen dreiundzwanzig Leute, die alle fanatische Mitglieder der Vereinigungskirche waren, darunter auch Edward, hatten eine Art Mafia gebildet, wie man in der Kolonie gesagt hatte. Einschüchterungen, mysteriöse und nervige Unfälle wie defekte Heizungen und Replikatoren immer bei den Leuten, die etwas gegen die „Rechtgläubigen" hatten, wie sie sich selbst genannt haben. Undenkbar war so etwas in der kleinen Kolonie vorher gewesen. Viel konnte die Navy nicht machen. Captain Rodriguez von der *Atlantis* im Orbit hatte dazu gesagt, das seien interne Angelegenheiten der Kolonie und eine Frage der Meinungs- und Glaubensfreiheit, welche die Föderationsverfassung hochhalte. Deren Recht würde auch New Ireland unterliegen. Nur wenn wirklich Verbrechen begangen worden wären, könnte die Navy eingreifen. Aber nicht bei durchgebrannten Generatoren, die nicht wirklich lebensnotwendig waren.

Doch am Ende hatten sich die Leute von New Ireland zusammengetan. Die schweigende Mehrheit. Und hatten ihrerseits die Revoluzzer zusammengetrieben. Dann war es zu der Konfrontation gekommen, ohne die Rodriguez nicht hätte eingreifen wollen. Ein paar der Leute der sogenannten Vereinigungskirche hatten plötzlich Handstrahler gezogen. Am Ende hatte es drei tote Kolonisten gegeben und eine halbe Stunde später hatten sich die Revoluzzer dem Marines-Kontingent der *Gilgamesh* ergeben. Denn gegen vierzig Soldaten in Kampfanzügen und doppelt so vielen Kampfrobotern waren die Fanatiker gar nicht erst angetreten. Es war schon ein Overkill, als der Himmel unter der Kuppel voller stahlblitzender Roboter war, die langsam herunterschwebten, erinnert sich Mino kopfschüttelnd. Dass es da oben im Dach Luftschleusen gab, hatte sie damals ganz vergessen. Sie steht auf, stellt das schmutzige Geschirr in den *Cleaner* genannten Kasten, der einer Mikrowelle des 21. Jahrhunderts gar nicht mal unähnlich sieht und stellt ihn an. Dann geht sie rüber zur Tür, um in ihre weißen Sneakers zu schlüpfen. Das ist der Augenblick, als sie einen lauten Knall auf dem Dach hört.

Sie steht mitten im Raum und sieht nach oben. Da ist nichts zu sehen außer der Decke, die mit diesen brauen Kunstholzbrettern einen halbwegs anheimelnden Anblick bietet. Doch dann stutzt sie. Glitzert da irgendetwas silbern? Sie grübelt. Was kann da oben bloß kaputt gegangen sein? Sie kennt sich mit der Technik nicht aus, aber allzu viele Installationen sollten da oben auf dem Dach eigentlich nicht sein. Sie blinzelt, aber es sieht wirklich so aus, als ob dort etwas Silbriges durchsickert. Und dann geschieht es. Ein regelrechter Strang Silbermasse ergießt sich als langer Faden vom Dach und reicht herunter bis zum Boden, wo er sich in einer Pfütze sammelt. Entsetzt geht Mino rückwärts auf den Ausgang ihres Bungalows zu. Sollte die Föderation eine einheimische Lebensform übersehen haben? Angeblich ist der Wüstenplanet doch absolut tot und hat nicht einmal Mikroorganismen. Sie dreht sich zur Tür um, da prallt sie gegen etwas Kaltes, Silbernes. Sie sieht direkt in das Gesicht eines Mannes. Oder besser, einer silbrigen Statue eines Mannes. Ein Gesicht, das durch merkwürdige Runen entstellt ist, die sich ebenfalls silbern auf der Oberfläche abzeichnen. Das Silbergesicht verzieht sich zu einem Grinsen. „Hallo Misses Collins. Grüße von der Wahren Menschheit soll ich überbringen!"

Zur selben Zeit im Sol-System

13:10 Uhr, Freitag 01.06.2255 Greenwich-Erdzeit

06:20 Uhr, 04.06.002 Bordzeit *EFS Nemesis*

Orbit des Planeten Erde, an Bord eines Shuttle auf dem Weg zur *EFS Nemesis*

Commander Nancy Bellini

„Wie war der Urlaub, Ma'am?", fragt Frank Felton, seines Zeichens Lieutenant-Commander und Zweiter Offizier der brandneuen Fregatte *Nemesis*, Registriernummer F-1501, Prototyp einer ganzen Klasse, von der es bislang erst fünf in der Flotte gibt. Nancy Bellini ist seine Vorgesetzte, der Erste Offizier des Schiffes. „Danke, Mister Felton, es war entspannend", sagt sie und nimmt ihre Augen keinen Augenblick von dem großen Bildschirm in dem halbvollen Shuttle, das ein paar Offiziere vom Sahara Space Port hoch zum Schiff bringt. Sie weiß, dass der Bildschirm die Darstellung des Schiffes elektronisch aufbereitet, aber trotzdem oder gerade deswegen genießt sie den Augenblick, als die *Nemesis* größer und größter wird. Das Schiff ist 350 Meter lang und damit etwa 50 Meter länger als die alten *Moondreamer*-Klasse Fregatten, die ihr noch vertrauter sind als ihr neues Schiff. Denn lange Jahre hat sie dort gedient. Sogar auf der *Moondreamer* selbst. Erst unter Fleet Admiral Brander bei der legendären Mission 2235 im System Avian Prime, als sich der Dimensionstunnel auftat und eine Bedrohung aus einem Paralleluniversum der Föderation de facto den Krieg erklärte, was man später den Nanitenkrieg nannte. Die *Moondreamer* konfrontierte die Bedrohung an ihrem Ursprungsort und vernichtete sie. Doch so wichtig und erfolgreich die Mission auch war, folgte danach eine weniger schöne Phase, als die alte Fregatte einen Refit bekam. Das Oberkommando, damals schon misstrauisch gegenüber den vielen Solo-Aktionen von Admiral Brander, ließ die Crew lange Zeit verhören und das alte Schiff wieder und wieder auf den Kopf stellen. Doch Bellini blieb an Bord, diente unter der ehemaligen Taktischen Offizierin Saskia Petrova weiter auf dem alten Schiff, als diese das de-facto Kommando bekam. Brander blieb im Hauptquartier an seinem Schreibtisch als Oberkommandierender, der versuchte die ganze Nachforschungsaktion für die Crew so kurz wie möglich zu gestalten und Petrova hatte als Erster Offizier das Kommando übernommen - später auch offiziell als Captain. Als dann der Prototyp *Nemesis* fertiggestellt war, ein radikal neues Schiff voll mit aus dem Nanitenkrieg mitgebrachter Technologien fremder Rassen, da war sie mit dabei und wurde Petrovas Erster Offizier. Auch Executive Officer oder XO genannt. Nun hat das Schiff endlich alle Tests bestanden und ist offiziell in Dienst gestellt.

Sie musterte begeistert den schlanken, mit weißer Formenergie eingekleideten Leib des neuen Schiffes, der einer Keil-Grundform folgt, allerdings breiter ist. Ganz etwas anderes als der vernarbte, dunkle Stahlleib der alten Moondreamer. Das Heck der Nemesis ist völlig glatt, weil hier im Gegensatz zum alten Antienergie/Energie-Antrieb keine Austrittsdüsen vorhanden sind. Stattdessen sind komplizierte Projektoren überall in der Außenhülle des Schiffes, durch die Plasma zirkuliert, mit dessen Hilfe das Schiff die Grundstruktur des Weltraums verzerrt. Backbord und steuerbord hat das Schiff zwei schiffslange, riesige Waffenträger angebracht, die keine Röhren mehr sind wie bei älteren Schiffsklassen, sondern quaderförmig. Die Hauptdisruptoren der Fregatte und im Gegensatz zu älteren Konstruktionen doppelläufig konstruiert. Außerdem besitzt das Schiff eine Tarnvorrichtung der dritten Generation, die es schlichtweg aus dem Raumzeitkontinuum nimmt – was streng genommen eine Art Phasenversetzung darstellt, soweit Bellini die komplizierte Technik verstanden hat. So dass das Schiff von normalen Geschossen oder Energiestrahlen oder Sonstigem, das sich durch den Normalraum bewegt, nicht getroffen werden kann. Die Ortungssysteme der *Nemesis* sind sogar mit der phasenvariierenden Tarntechnologie der vierten Generation kompatibel. Wichtig auch, dass die Fregatte sowohl Torpedos mit der 3-Gen- wie auch der 4-Gen-Tarntechnologie an Bord hat. Noch mehr Wunderwerke der Technik verbergen sich unter der makellosen, weißen Außenhaut.

Deutlich erkennt sie den Schriftzug. EFS NEMESIS und darunter die Registriernummer F-1501. Eine logische Fortsetzung der Nummern F-1 bis F-1500 der alten *Moondreamer*-Klasse, die diesen Zahlenraum reserviert hatte.

„Ja, sie ist eine Schönheit", schnurrt Felton, der auch die Taktische Abteilung der *Nemesis* leitet. „Erste ihrer Klasse und kampfstärkstes Schiff der Flotte." Bellini nickt, die Augen immer noch auf dem Bildschirm. „Sie dienen ja offenbar immer nur auf den Prototypen einer Klasse, wenn man das so sagen kann", flachst Felton. Bellini lässt es ihm durchgehen, denn wie auf vielen gut geführten Schiffen herrscht zwischen den Führungsoffizieren ein vertrauter, manchmal kumpelhafter Umgangston.

„Das kann man so sagen, Mister Felton. *BigM* und jetzt *BigN*", flachst sie zurück. „Ich denke, die *Nemesis* wird sich den Ehrentitel verdienen."

Eine halbe Stunde später hat sich das Shuttle mit seinem Graviton-Antrieb hochgeschraubt zur *Nemesis* und die Offiziere an Bord können das großzügige Fly-In/Fly-Out – Deck des Schiffes bewundern, das so viel besser als das beengte Flugdeck der alten *Moondreamer*-Klasse ist. Das hintere Landedeckschott ist geschossen, das in Weiß und Blau gehaltene Flugdeck mit dem großen F-1501 – Schriftzug hell beleuchtet und das Shuttle gleitet majestätisch langsam an ein paar anderen Shuttles verschiedener Größe vorbei. Die Arbeit der Piloten vorne, wenn man denn bei der vollautomatischen Steuerung von Arbeit reden kann, ist dabei durch ein Trennschott mit Luke vor den Augen der Passagiere verborgen.

Als Bellini hinter ein paar anderen Offizieren das Flugdeck betritt, bleiben diese stehen und dem Brauchtum folgend setzt sie sich als ranghöchste Offizierin sofort an die Spitze des locker dastehenden Trupps. Ein junger Mann in einem dunkelblauen Overall mit den zwei bronzenen Abzeichen eines Chief Petty Officers kommt auf die Offiziere zu, die im Gegensatz zu ihm alle die dunkelblaue Hemd/Hosen-Kombination der Flotte tragen. Der Chief, der *Petty Officer of the Watch,* bleibt in der beinahe-Strammsteh-Manier vor Bellini stehen, die sich bei der Flotte für solche Gelegenheiten eingebürgert hat. „Erlaubnis an Bord kommen zu dürfen", erfragt Bellini stellvertretend für die ganze Gruppe mit den traditionellen Worten und der Chief, der ein Namensschild mit PETERS an seiner Brust hat, antwortet ebenso traditionell mit „Erlaubnis erteilt, Ma'am." Bellini hat es schon erwartet; jetzt kommt auch der *Officer of the Deck* aus seinem Büro neben dem ins Schiff führenden Doppelschott heraus und grüßt Bellini und die anderen Offiziere mit der Hand an der Stirn. „Ma'ams, Sirs, Willkommen an Bord."

"Stimmt das eigentlich", fragt Felton Bellini im Weggehen, „dass früher auf der *Moondreamer* noch ein ganz und gar unmilitärisches Umgehen miteinander stattgefunden hat?" Bellini wirft ihm einen scharfen Blick zu. „Vielleicht vor meiner Zeit, im 21. Jahrhundert. 2085 oder so. Aber zu meiner Zeit schon nicht mehr." Sie grinst. „Admiral Brander hat sich zwar nie an die Regeln gehalten. Aber wir anderen mussten das schon."

Kurze Zeit später geht Bellini durch die modisch achteckigen und reichlich weiß-ausgepolsterten Gänge der *Nemesis* in Richtung Stabsbesprechungsraum auf Deck 9. *Wenigstens habe ich diesmal vermieden, die Brücke und den Raum auf Deck 8 zu suchen*, denkt sie schmunzelnd. Denn auf ihrem alten Schiff, der *BigM*, waren Brücke, Stabsbesprechungsraum und Kapitänsquartier eben dort. Als sie kurz vor dem Doppelschott zur Brücke und dem angrenzenden Besprechungsraum angekommen ist, geht sie sofort in die Quasi-Strammsteh-Haltung der Navy über, die man einnimmt, wenn einem deutlich höhere Offiziere begegnen. Denn hier geht ein Admiral den Gang hinunter, wie man sofort an den zwei Sternen auf den Schulterklappen und den Kragenabzeichen erkennt. Admiral Gwyldis, einer der Admiräle der ersten Stunde, der kurz nach Flottengründung dazugekommen ist, als die Baltischen Staaten neben der Planetaren Republik Arret die einzigen Mitgliedsstaaten der Föderation waren. Bellini baut locker „Männchen", wie bei der Flotte üblich und Gwyldis, der sich gerade mit Captain Petrova unterhält, grüßt ebenso locker zurück.

Gott, denkt sie, der Admiral muss um die Zweihundert sein. *Nur Brander selbst ist noch älter.*

„Ah Commander Bellini. Sie kennen Admiral Gwyldis?" Bellini nickt dem hochgewachsenen, schlanken Mann zu, der wie ein leicht angegrauter Anfang-Fünfziger wirkt, obwohl er deutlich älter ist. Anti-Age-Behandlungen sei Dank, wie in der Föderation üblich.
„Ja Captain."

„Dann gehen Sie bitte schon in den Besprechungsraum. Wir besprechen uns dann gleich dort." Captain Saskia Petrova, selbst schon eine Legende der Flotte wegen ihrer Rolle als Taktische Offizierin auf der Brücke der *BigM* während des Nanitenkrieges, vertieft sich wieder in ihr Gespräch mit dem Admiral. „Also Sir, ich bin sicher, dass die *Nemesis* allen Anforderungen gerecht wird. Sie ist sicherlich ein völlig neuer Prototyp und ihre Schwesterschiffe sind immer noch in der Testphase. Aber wir kennen die Technologie ja schon von den neuen *Lotus*-Korvetten. Da bin ich sicher...", hört sie im Weggehen das Gespräch zwischen Captain Petrova und dem Admiral.

Bellini betritt den Stabsbesprechungsraum und stellt zu ihrer Verblüffung fest, dass er völlig leer ist. Niemand von den anderen Stabsoffizierin ist da. Als sie der in das Flottenabzeichen integrierte Kommunikator in den Besprechungsraum bestellt hat, hat sie natürlich angenommen, dass alle Stabsoffiziere anwesend wären. Sie muss eine ganze Weile auf Captain Petrova warten.

„Also", beginnt die Kapitänin gedehnt. "Du weißt, dass die Flotte im Prinzip nicht gerade hervorragend dasteht. Jedenfalls momentan und was die öffentliche Meinung und die Politik angeht", leitet sie ein. „Und Nancy, zwei Offiziere wie du und ich, die unter Admiral Brander selbst gedient haben, sind automatisch in die große Politik involviert, ob wir wollen oder nicht." Bellini fällt auf, dass Petrova auf vertrauliche Anrede umgestellt hat. Ohne „Mister" und „Commander", sondern stattdessen Vornamen. Bellini nickt und gibt sich Mühe, irgendein Grimassieren bei der Erwähnung von politischen Intrigen zu unterlassen. Denn das ausgedehnte Debriefing nach Rückkehr der *Moondreamer* und Branders Erfolg bei der großen Endschlacht des Nanitenkrieges ist ihr noch in unguter Erinnerung. Petrova will den Hintergrund offensichtlich noch etwas weiter auswalzen.

„Brander ist in der Presse wegen seiner Tarnidentitäten, die er allen vorgespielt hat. Offenbar war er als ein gewisser Mister Richard Fuhrmann geboren worden, hat dann als Greis plötzlich den Schlüssel zu den überall herumschwirrenden Naniten der Ancient-Rasse gefunden und benutzt, um sich selbst zum superreichen Tech-CEO zu machen. Neben einer körperlichen Verjüngung, die ihm die Nanotechnologie spendiert hat." Bellini nickt. All das ist schon lange spekuliert worden, aber offenbar in der letzten Zeit durch gezielte Leaks bestätigt worden.

„Und Branders Tendenz, wichtigen Tech-Kram für sich selbst vorzubehalten und dann damit den Nanitenkrieg zu gewinnen, hat die Politik und bestimmte Admiräle auch nicht gerade auf Branders Seite gebracht", fährt sie fort. „Unser Admiral Gwyldis von vorhin will daher, dass wir ein weiteres Problem aufräumen, das die Flotte auch noch hat."

Bellini nickt wissend. „Thorau? Sollen wir Thorau finden?", flüstert sie mehr, als dass sie es sagt. Thorau, ehemals Captain der Raumflotte, der große Verräter des Nanitenkrieges, der der feindlichen Nanitenmacht durch seinen Verrat Tür und Tor in die Föderation geöffnet hatte. Doch Captain Petrova sieht Bellini richtig erschreckt an.

„Nein. Den nicht. Da weiß immer noch niemand, wo er steckt. Aber das Stichwort ist richtig. Ein Grund mehr, dass die Reputation der Flotte in der letzten Zeit alles andere als stellar ist." Sie räuspert sich und ordnet ihre Gedanken. „Aber worum es hier geht, ist etwas ganz anderes." Wieder eine Pause. „Fleet Admiral Esparza. Hast du da schon Gerüchte gehört?"

Bellini überlegt einen Moment. „Nun, er war in der Regenbogenpresse. Von wegen, er hätte dem Militär entsagt und zu Gott gefunden. Ich gebe zu, bei dem ganzen radikalen Gerede dieser neuen Vereinigungskirche, die mit richtiger Kirche so viel zu tun hat wie eine Kuh mit Eierlegen, war ich mir nicht sicher, in welche Richtung das geht."

Petrova grinst. „Siehst du, deswegen bist du der XO dieses Schiffes. Du kannst die Probleme förmlich riechen. Das waren genau die richtigen Stichworte. Esparza hat leider nicht Jesus und auch nicht Buddha oder Admiral Branders Große Urmutter gefunden", sagt sie schief grinsend, „sondern leider dieses Götterkonglomerat der Vereinigungskirche, von dem ich mir nicht wirklich anmaße zu verstehen, was der ganze Unsinn eigentlich sein soll." Bellini nickt nur dazu.

„Und seit kurzem ist Esparza verschwunden." Sie sieht Bellini erwartungsvoll an. „Wirklich? Das schlagkräftigste Schiff der

Flotte soll einen Admiral im Ruhestand suchen, der auf einem Gottestrip ist?"

„Das ist leider noch nicht alles, Nancy. Esparza soll … dieser Vereinigungskirche streng geheime neue Technologien überlassen haben, sagt die Flottensecurity. Technologien, die teils noch neuer sind als das, was wir hier in der *Nemesis* eingebaut haben. Vor Jahren schon."

Bellini macht ein entsetztes Gesicht. „Davon stand in der Regenbogenpresse nichts."

„Und er soll auf einer Art Selbstfindungstrip verschwunden sein, nachdem er seinen kleinen Hochverrat durchgezogen hat." „Nicht in Tibet, vermute ich", wirft Bellini trocken ein. „Nein, nicht Tibet. Sondern der Zentralplanet der Luminos. So viel hat er offenbar bei seiner Frau fallen lassen, bevor er verschwunden ist."
Hier muss Bellini hörbar schlucken. „Luminos Prime? Stimmt es, dass die Luminos in der letzten Zeit extrem wenig Aktivität zeigen?"
Petrova nickt. „Allerdings."

„Aber wenn wir in ihrem Hauptsystem aufkreuzen und die *Nemesis* gar noch in ihrem Orbit parkt, um ihre Welt nach einem verschwundenen Admiral zu scannen, dann wird sie das doch sicher aus der Reserve locken und wahrscheinlich einen interstellaren Krieg auslösen?" Bellini hält bei ihrer Frage den Kopf schief.

„Das ist auch noch so eine geheime Flottensache", beginnt Petrova. „Die Luminos sind seit einiger Zeit komplett verschwunden. Und niemand weiß wohin."

„Was heißt… verschwunden?"

„Verschwunden wie in *komplett weg*. Nach Geheimdienstberichten soll Luminos Prime komplett verlassen sein. Kein einziger der Blink-Leutchen ist mehr da. Genau wie bei all ihren anderen planetaren Siedlungen. Alle weg und die Raumschiffe gleich mit." Bellini ertappt sich dabei, mit offenem Mund dazusitzen. Sie braucht einen Augenblick, um das zu verarbeiten. „Und… gibt es großangelegte Missionen, um den Hauptplaneten Luminos Prime einzunehmen? Oder einen ihrer Außenposten?" Petrova räuspert sich. „Nun, die Außenposten, die unsere Navy bislang besucht hat, sind allesamt vernichtet. Die Luminos waren ja ohnehin sehr auf ihrem Hauptplaneten konzentriert. Dort ist es sicherlich derzeit gefährlich. Man kann dort Greys, Leonen, Tarts und Beelze treffen, die alle dort herumschnüffeln. Die Föderation hat natürlich ihre Erforschungsbemühungen mit den Nova-Gloaks koordiniert, zu denen wir ja beste Beziehungen haben. Aber die zurückgelassenen Verteidigungsanlagen von Luminos Prime sind so enorm, dass es momentan praktisch unmöglich ist, dort etwas zu erreichen."

Bellini atmet tief durch. „Aber wir müssen dort Admiral Esparza suchen?"
„So ist es, Commander, so ist es", antwortet Petrova mit einem verschmitzten Grinsen.

Commander Nancy Bellini

So ganz hat sie es immer noch nicht verarbeitet, als sie auf der Brücke der *Nemesis* steht, wo sich zum besonderen Moment des Orbit-Verlassens die Vollcrew der Brücke versammelt hat. Captain Petrova steht im Zentrum der Brücke und hat ihre Hände an der Koppel ihres Gürtels verschränkt. Die Füße etwas auseinander, so als könne das mit automatisierten Antigravaggregaten versehene Schiff am Ende wie ein altes Seeschiff unter ihren Füßen schwanken. Bellini gesellt sich zu ihr, achtet aber auf eine betont lockere Körperhaltung. *Nicht, dass hier am Ende zwei Mädels einen auf Macho-Girl machen.* Sie lässt den Blick um sich schweifen. Wie so oft, zieht sie im Geiste den Vergleich zur alten *Moondreamer*. Die Brücke der *Nemesis* hat etwa die gleiche Größe, ist jedoch ein querliegendes Oval, in Relation zur Bug/Hecklinie des Schiffes. Vor dem doppelten Brückenschott ist ein größerer Platz, der dem Skipper des Schiffes Platz für ihre oder seine Show gibt, wie Bellini es im Geiste nennt. Der Platz des Kommandanten ist hier jedoch nicht etwa leicht nach rechts und hinten versetzt wie bei den alten *Moondreamer*-Klasse-Schiffen, sondern liegt etwas vor dem Zentrum. Der Kommandantenplatz ist auch eben und nicht etwa erhöht wie bei den alten Fregatten. Entsprechend blickt der Captain über seinen eigenen Kommandositz mit seinen beiden abgerundeten Konsolen links und rechts, wenn sie oder er im Zentrum steht wie jetzt Captain Petrova. Aber der Hauptbildschirm ist ja mit seinen praktisch kinoartigen Maßen wirklich groß genug dafür. Davor wie auf Föderationsschiffen üblich das große Holobecken, das meist für Taktische Diagramme verwendet wird. Die Frontwand voll mit physischen Zusatzschirmen und Platz für projizierte Formenergie-Monitore. Vorne links und rechts zwei Universalarbeitsplätze, von denen einer vom Kommunikationsoffizier eingenommen wird. Dahinter zwei weitere Konsolen, von denen die Rechte vom Navigator besetzt ist. Hier gibt es eine wesentliche Änderung im Vergleich zu den älteren Schiffsklassen. Denn der Navigator übernimmt auf den Schiffen der *Nemesis*-Klasse auch die Arbeit des Rudergängers. Ein Job, der ohnehin praktisch immer vollautomatisiert abgelaufen war und daher beim Design von Kommando-und-Kontrolle dieser Schiffsklasse als überflüssig angesehen worden ist. Wobei viele das auch von den Kommunikationsoffizieren sagen, denkt Bellini. Schaudernd denkt sie an den Nanitenkrieg zurück. Den kurzen Zeitraum, als die *Moondreamer* der Nanobot-Infektion ausgeliefert war. Die grauenvolle Euthanasie, die die Nanobots an Bord des Schiffes aber auch überall sonst in der Föderation durchgeführt hatten, hatte Ken Wenobi, den Kommunikationsoffizier der *BigM*, als überflüssig angesehen und sterben lassen. Ein Schock, von dem sich nach dem Krieg der vom Backup wiederbelebte Fähnrich Wenobi nie wieder erholt hatte.

„Wir haben Freigabe zum Orbit-Exit, Ma'am" meldet Chief Petty Officer Mutoni von der kurz COM genannten Kommunikationsstation. Die Kenianerin trägt ihr Haar zu einem kurzen Putz frisiert und sitzt starr an ihrem Platz, als sie die Worte sagt. Bellini weiß, dass sich die Unteroffizierin dazu entschieden hat, wieder ein Computerimplantat im – oder streng genommen eher *am* – Hirn zu tragen. Diese waren nach dem Nanitenkrieg fast geächtet gewesen, werden aber seit etwa fünf Jahren von immer mehr Menschen wieder getragen.

Ein Mann erhebt sich von einem der Universalplätze im Hintergrund der Brücke, der den Sessel so drehen muss, dass er mit dem Rücken zum Hauptschirm sitzt, wenn er seine Konsole bedienen will. Es ist Lieutenant Paul Tomasz, der *Officer of the Deck* der *Nemesis*, der unter dem Taktischen Offizier für die Sicherheit des Schiffes zuständig ist. Tomasz sieht vom Alter her undefinierbar aus, was in Zeiten diverser möglicher Verjüngungsbehandlungen alles andere als ungewöhnlich ist. Er hat ein junges Gesicht mit Fältchen um die Augen und tiefen Falten in der Stirn. Einen Umstand, den Naniten verhindert hätten, die vor dem Nanitenkrieg viele Menschen im Körper hatten. Auch seine braunen Haare zeigen bereits graue Spitzen. Tomasz hat einen Tablettcomputer in der Hand und liest pflichtgemäß von dem Pad ab.

„Antigrav extern und intern grün und aktiv. Lebenserhaltung grün und aktiviert. Schilde grün und aktiv auf Navigationsstärke. Gravitonantrieb grün und bereit. Waffen grün und deaktiviert. Einstein-Erhaltungsfeld grün und deaktiviert; in Bereitschaft. Konventionelle Tarnvorrichtung grün und deaktiviert. 3-Gen-Tarnvorrichtung…", liest Tomasz monoton von seinem Pad ab und seine Ansprache geht eine ganze Weile. „Drei- und Vier-Gen-Fluktuation innerhalb normaler Parameter. Transporter grün und deaktiviert", schließt er einstweilen seinen Vortrag und drückt auf dem Pad in seiner Hand herum.

Der Transporter, denkt Bellini. Auch so eine aus dem Nanitenkrieg mitgebrachte neue Technologie. Von der *Lucandor Wenton*, erinnert sich Bellini schaudernd. Funktioniert bis heute nicht. Obwohl man trotzdem einen Transporter als Experiment in die neue *Nemesis*-Klasse eingebaut hat. Die *Lucandor Wenton*, Ein komplett von

Nanobots übernommenes Kriegsschiff einer alternativen Erde. Sie zwingt sich, nicht den Kopf zu schütteln beim Gedanken an die bizarren Dinge, die sie damals mit Brander und der *Moondreamer* erlebt hat. Wobei sie selbst nur einen kleinen Teil der Ereignisse durchgemacht hat und den Rest wie die meisten der Crew im Staseschlaf verbracht hatte. Dem Schichtbetrieb des Schiffes halber.

„Naniten-Kommunikationskammer Status grün, deaktiviert und gesichert."
Oh, denkt Bellini. Das ist definitiv ein Thema für sich. Das Neuste vom Neusten.

„Flugdeck grün und gesichert. Schiff insgesamt Status Grün und klar zum Orbit-Exit, Ma'am", endet der Offizier etwas außer Atem. „Danke Mister Tomasz", antwortet Captain Petrova. „Die verdammten Schreibtischhengste haben die Statusliste schon wieder verlängert", flüstert Petrova zu Bellini.

„Bringen Sie uns raus, Mister Parker!"

„Ja Ma'am", antwortet der Navigator.

Bellini verfolgt auf dem Hauptschirm, wie sich die Fregatte langsam aus dem Orbit schiebt. Langsam, ganz langsam dreht sich die Erde nach Backbord weg. Sie seufzt. So schnell der Warpantrieb das Schiff bewegen kann, so langsam wird das Schiff jetzt erst einmal mittels des guten alten Gravitonantriebs auf Sicherheitsabstand zur Schwerkraftsenke Erde gebracht. Den Warpantrieb hier im Orbit zu aktivieren, würde das Schiff zerreißen oder schwer beschädigt hinterlassen. Ihn etwas weiter draußen zu aktivieren, würde immer noch schwere atmosphärische Stürme auslösen. Und wer will sich schon mit der allmächtigen Wetterkontrolle von Terra anlegen?

Auf dem Taktischen Diagramm sieht Bellini die diversen Schiffe, die gerade im System sind. Bis auf ein Handelsschiff alles Navy. Die *EFS George Washington*, der alte unterpowerte Dreadnought, der mehr ein Symbol als ein Kampfmittel ist. Geschlagene zwanzig Protektoren des alten *Knight*-Typs, noch mehr des neuen *Guardian*-Typs. Vier Korvetten der alten *America*-Klasse, zwei der neuen Warp-fähigen *Lotus*-Klasse. Die Schiffe dieser Klasse sind technologische Schwestern der *Nemesis*.

Außerdem Zerstörer der *Vailant*-Klasse, die waffentechnisch aufgerüstete *Moondreamer*-Klasse-Fregatten darstellen und ein paar Zerstörer der neueren *Avalon*-Klasse. Sie zählt auch noch *Terra*-Klasse-Kreuzer, Schlachtkreuzer der *Capricorn*-Klasse und sogar eines der Schlachtschiffe der neuen *Silverroad*-Klasse. Wobei *neu* wieder ein relativer Begriff ist, denn all diese eindrucksvolle Tonnage ist noch die alte Techgeneration, bis auf die *Lotus*-Korvetten und eben die *Nemesis* selbst. Fasziniert von der geballten Flottenpräsenz hat sie überhört, was Captain Petrova zu ihr gesagt hat.

„Noch eine halbe Stunde, bis Ihre Wache anfängt, Commander." Bellini nickt. Das wird für einen Replikator-Espresso in der Offiziersmesse reichen.

Zur selben Zeit

14:20 Uhr, Freitag, 01.06.2255 Greenwich-Erdzeit

07:30 Uhr, 04.06.002 Bordzeit *EFS Nemesis*

14:20 Uhr, Freitag, 01.06.2255 New Ireland-Koloniezeit

Kolonie New Ireland, Planet Ire, 457 Lichtjahre von der Erde

Paulus

Seine Arbeit ist erledigt. Drecksarbeit eigentlich. Er hat zehn der Menschen, die auf der recht langen Todesliste der Vereinigungskirche der Wahren Menschheit stehen, bereits getötet. Es bereitet ihm trotz der wenig erfreulichen Arbeit eine gewisse Genugtuung daran zu denken, wie er unsichtbar in sein 3-Gen-Tarnfeld gehüllt mit seinem Astralkörper frei über die Landschaft der Kolonie unter der Kuppel stolziert ist. Wie er vor den Türschwellen einfach stehengeblieben und durch die geschlossenen Türen gegangen ist. Bei den ersten drei Opfern. Dann ist ihm eingefallen, dass er ebenso durch die Wand gehen kann. Die 3-Gen-Tarnvorrichtung ist hinreichend stabil, dass die größere Materialstärke wirklich nichts mehr ausmacht. Die Tötungen hat er still und effizient vorgenommen. Ein winziges Kügelchen seiner selbst, etwa so groß wie eine Kirsche, von sich abgelöst und mit einem von diesem Substrat generierten Antigrav-Feld in den Kopf des Opfers schweben lassen. Das gerade dabei war in der Küche zu werkeln, oder im Genlab in den Untergeschossen der Kolonie zu arbeiten. Oder in der Sonne zu liegen. Denn auffallend viele der Leute haben gerade nicht gearbeitet, obwohl doch eigentlich ein Werktag vor dem Herrn ist. Zwei hatten sogar Sex. Bei dem Pärchen hat er nur den Mann getötet, der auf seiner Liste stand. Weil er in dem

Geheimdienstbericht der Flottensecurity – der Raumflotte der Erde wohlgemerkt – aufgeführt war als jemand, der sich bei der Bekämpfung der Glaubensbrüder in dieser Kolonie irgendwie hervorgetan hatte. Oh, wie die Frau geschrien hat, als der Mann plötzlich die Augen blutunterlaufen aufgerissen und den Mund zu einem stummen Schrei geöffnet hat. Gerade als er zwischen den gespreizten Beinen seiner Gattin zugange war. Denn immer, wenn Paulus dem winzigen Nanotech-Abgesandten seiner selbst den Befehl gegeben hat, aus der Dimensionsverschiebung zurück in den Normalraum zu kommen, hatte es die Hirnmasse des Opfers nie gut gefunden, was da an silbrigen Metall in seiner Mitte materialisierte. Eine effiziente und schnelle Art zu töten, denkt Paulus. Sein Knappe Jacob hingegen macht die Tötungen theatralischer, wie er weiß. Er tropft gern als „Silberregen" von der Decke oder irgendwas in der Art.

Doch nun geht Paulus verabredungsgemäß zurück. Steht vor der Wand des ersten Gebäudes, wo nur noch die Frau von diesem Collins lebt, die sittenloserweise noch ihren Mädchennamen behalten hatte. Sie war, weil sie ihren Gatten verraten hatte, einer der besonderen Fälle. Und Paulus hatte seinem Knappen Jacob gerne die schmutzige Arbeit überlassen, sie vor ihrem Tode noch rituell zu quälen. Eigentlich eine einfache Sache. Ein Kreuz wird ihr auf den Leib gebunden, während sie durch eine Prise Naniten in ihrem Hirn gelähmt ist, das sich langsam durch ihren Körper brennt. Einfach, aber ekelhaft, das muss er zugeben. Aber wenn es Gottes Wille ist oder jedenfalls der des Propheten, dann muss es geschehen. Sicher wird Jacob längst fertig sein, auch wenn er sich sicher akribisch an die Vorgaben der Kirche gehalten hat, solche Bestrafungen sehr langsam durchzuführen.

Aber eine Stunde ist schon länger, als nach Dienstvorschrift der Ritter angezeigt. Aber Jacob hat diese abstoßende Tendenz, die Bestrafungen allzu sehr auszudehnen. Gerade bei Frauen, das hat Paulus schon mitbekommen. Kurz überlegt er, eine Funkverbindung zu seinem Knappen herzustellen, um ihn zu orten. Aber aus Sicherheitsgründen haben sie Funkstille vereinbart. Leider verfügt die Kirche über keine Nullzeit-Quantenkommunikation, mit der mittlerweile die Föderations-Navy experimentiert.

So durchschreitet Paulus mit aktiviertem 4-Gen-Tarnfeld die Wand des Baus dieser Collins-Frau. Und steht in dem einen Hauptraum, den der Bungalow neben einem Bad und einem Schlafzimmer noch aufweist.

Er muss schlucken. Da liegt die Frau. Oder was von ihr noch übrig ist. Ihr Kleid liegt in Fetzen neben ihr. Sie ist nackt. Na ja, nicht richtig. Irritiert nimmt Paulus zur Kenntnis, dass die Frau Reizwäsche trägt. So wie sie regungslos und tot auf dem Rücken liegt mitten im Zimmer. Rote Strümpfe. Keine Formenergie, wie sie jetzt auf dem Markt auftaucht, sondern altmodischer Nylonstoff. Allerdings mit bewegenden silbrigen Mustern versehen, die sich an den wohlgeformten Beinen der Toten umherwinden. Was bei einer lebendigen Frau erotisch wirken soll, wirkt jetzt abstoßend. So als seien es irgendwelche silbrigen Aaswürmer, die sich am Körper der Toten laben wollten. Ihr Schoß ist nackt, ihre Beine gespreizt. Ein weißer altmodischer Strapsgürtel hält die Strümpfe. Ihre Vagina ist geöffnet und Blut läuft heraus. Paulus kann sich ausmalen, was geschehen ist. Die Astralkörper der Kirche sind nun mal beliebig formbar. Und sein Knappe nutzt das weidlich aus. Das ehemals hübsche Gesicht der Frau zeigt blankes Entsetzen. Blut läuft ihr aus dem linken Mundwinkel. Ihre weit aufgerissenen

Augen starren ins Nichts. Gebrochen und tot. Auch wenn Paulus einen Astralkörper hat, der keine Befeuchtung der Netzhaut benötigt, schließt er doch kurz die Augen. Dieser Barbar. Er hat Böses in sich, sein Knappe. Sein Knappe und er selbst entschuldigen diese abartige Verhaltensweise immer wieder mit dem heiligen Auftrag. Aber…

Er bringt den Gedanken nicht zu Ende. Mahnt sich selbst, sich nicht hineinzusteigern. Das auf dem Boden ist nur die Hülle einer Sünderin, die den Tod verdient hat. Doch den Schrecken, den sie am Ende erlebt hat, will er sich lieber nicht vorstellen. Vermutlich hat der Knappe seine „Show" wieder damit angefangen, wie flüssiges Metall durch die Wände zu driften, was die nanitischen Körper ja können, wenn die Tarnvorrichtung abgeschaltet ist. So ein besonders gespenstisches Entree ist es, was er bevorzugt. Aber ist die Frau hier wert, sich so viele Gedanken um sie zu machen? Entweder war ihr Körper sowieso schon unheilig verjüngt. Als sei sie ein Vampir, die sich durch fremden Lebenssaft regenerieren kann. Oder sie ist sowieso nur ein Faxsimili, das gar kein natürliches Leben mehr darstellt. Er schüttelt den Kopf, so wie er vor den Füßen der Leiche steht. Trauern muss man da nicht. Denn sie wird vermutlich demnächst wieder auferstehen aus einem der Backups, wie die Föderation das nennt. Ohne Seele. Eine Fälschung. Dem Bösen verschrieben. Er schüttelt den Kopf. Jacob, wenn er hier wäre, würde ihm jetzt sicherlich einen Vortrag darüber halten, wie sich Sünde und das Böse schlechthin hier schon manifestiert haben. In dieser „Hurenkleidung", wie er es nennen würde. Paulus sieht sich um. Die Schubladen sind aufgerissen. Er hat so etwas schon einmal bei Jacob erlebt. Er durchwühlt die Kleiderschränke, bis er aufreizende Kleidung findet. Reizwäsche am liebsten. Dann zwingt er die Frau sie anzuziehen. Und dann...

Paulus wendet sich ab, driftet wieder durch die Tür. Seine Tarnung war die ganze Zeit eingeschaltet. Hat ihn partiell aus dem Universum entrückt. Auch wenn dies einer der Momente ist, wo er sich wünscht, sich ihm ganz und gar entrücken zu können.

Zur selben Zeit

Sarah McKinley

Die Situation ist wirklich von schlecht schnell hin zur Katastrophe degeneriert. Ein Silbermann, anders kann man es nicht beschreiben, hat die schreiende Mandy McKinnan auf den großen Platz vor die „Garnison" gezogen. Hat sie einfach an einem Arm mitgezogen. Das Sonnenlicht hat sich auf seiner Außenhaut gespiegelt. „Kommt raus ihr Gottlosen! Alle raus!", hat der Silbermann gerufen und Sarah, versteckt in dem blauen Flotten-Containerbau, standen die Haare zu Berge.

Sarah hat ihre Versuche aufgegeben, aus den Scanneranzeigen in der Garnison irgendetwas zu ersehen. Absolut nichts war da zu sehen. Sie überlegt gerade, im Nebenraum unter dem Fenster in Deckung zu gehen und dann mit dem Disruptor auf das Ding zu schießen. Einen Dauerstrahl einstellen. Die Waffe wird automatisch die Reichweite auf das Ziel beschränken, so dass der überlichtschnelle Strahl sich nicht noch kilometertief ihn die Erde bohrt. Was ohne diese Zusatztechnik bei den Disruptoren tatsächlich passieren würde. Wie es jeder Flottenangehörige auf der Akademie lernt.

Doch jetzt kommt ihr Jochen zuvor. Der Dummbacks rennt mit einem Thermostrahler aus der Tür der Garnison und schreit dabei herum. Zielt auf das Wesen und feuert. Sarah weiß nicht, was das für ein Silbermann ist. Aber nach den Erfahrungen des Nanitenkrieges riecht das sehr nach einem der schlimmsten Missbräuche der Nanobot-Technologie, die man sich denken kann. Ein Thermogewehr wird da wohl nicht helfen. Sie erstarrt, als sie sieht, wie das Silberding mit Jochen spielt. Jochens Schuss schlägt dampfend und zischend in der Außenwand eines kleinen grünen Lagerhauses ein. Gut zwei Meter links von dem Silbermann und versengt die Farbe dort. Das Wesen lacht, ganz als sei es ein Mensch. Dann lässt es die verängstigte Frau los, die verblüffenderweise starr stehen bleibt, als sei sie paralysiert. Der Silbermann veralbert Jochen, indem er förmlich herumtanzt und dabei hysterisch herumkichert. Sarah schaltet ihren Disruptor auf Dauerschuss und große Dicke und nimmt sich vor, dem Ding in den Kopf zu schießen. Und den Strahler dabei zu schwenken, als ob der Disruptorstrahl eine Art Degen sei. Um ihn zu köpfen. Obwohl sie sich jetzt schon denken kann, dass das auch nichts ausrichten wird. Denn alle Nanitencluster sind natürlich völlig dezentralisiert, so dass der Kopf des Wesens vermutlich rein dekorative Zwecke hat, um einen Menschen nachzuahmen. Es läuft ihr kalt den Rücken herunter, wenn sie sich überlegt, dass offenbar diese Radikalenvereinigung der sogenannten Wahren Menschen über solche Technologie verfügt. Wo kommt die her? Hat da wieder dieser Thorau seine Finger im Spiel? Der große Verräter der Menschheit ist ja immer noch nicht gefasst. Aber von Querverbindungen zu dieser Radikalenkirche ist eigentlich nichts bekannt. Oh Gott, denkt sie, ohne dabei zu bemerken, dass sie gerade die Religion verbal bemüht.

Dieses Silberding ist von Jochen mitten in der Brust getroffen worden. Eigenartig, das Ding hat ein schwarzes, rauchendes Loch in der Brust. Sollte der Thermostrahler wirklich helfen? Mandy ist jetzt bizarrerweise auf ihre Knie gegangen und betet zum Himmel, mit vor der Brust verschränkten Händen. Das Silberwesen taumelt und Sarah, vor deren Augen alles wie in Zeitlupe abläuft, schießt. Sie schwenkt beim Feuern die Waffe und ein schiefes oberes Drittel des Kopfes des Wesens fällt einfach herunter. Dann fällt das ganze

Silbermännchen schlichtweg nach hinten um. Jochen rennt auf das Wesen zu, wirft Mandy einen irritierten Blick zu und richtet sein Thermogewehr wieder auf den Silbermann, der in der Nähe seines Kopfoberteils regungslos auf dem Rücken liegt. Sarah findet sich jetzt ebenfalls draußen wieder und rennt auf Jochen und das tote Silberwesen zu. Wenn es denn wirklich tot ist und sich nicht gleich regeneriert, denkt sie schaudernd. Mandy betet immer noch. Das Gesicht der jungen Frau mit ihrem schwarzen Bubikopf und dem rotmetallisch schimmernden Lippenstift und den in allen Regenbogenfarben schillernden Augenliedern – ein neues modisches Accessoire – betet immer noch und redet irgendetwas von „gepriesen sei der Herr der Wahren Menschheit." Wie kann das sein, fragt sich Sarah.

„Jochen. Die Kampfroboter! Hast du sie aktiviert?" Sie selbst kennt weder den Code noch kennt sie sich genug in der Garnison aus, um die Funktion überhaupt zu finden in einem der Computermenus. Und auf ihre Stimme wird der Garnisonscomputer sowieso nicht reagieren. Sie ist hier nur Zivilistin.

„Ich habe den verdammten Code eingeben wollen, aber ihn gottverdammt noch mal vergessen", schnauzt Jochen sie an, während er das Gewehr auf den toten Silbermann richtet. „Schieß lieber noch einmal", sagt sie ihm gerade, da bildet sich plötzlich ein silbriger, fingerdicker Strahl von dem Wesen in Richtung Jochens Kopf heraus und dringt in sein rechtes Auge ein und hinten blutig aus dem Hinterkopf wieder heraus. Jochen steht mit blicklosen, weit geöffneten Augen regungslos da. Mandy betet immer noch und redet von den Seelenlosen, die der Verdammnis anheimfallen sollen. Sarah hat nicht einmal eine Schrecksekunde, sondern feuert ihren Strahler in den Kopf des Dings, der gerade wieder mit dem abgefallenen Kopfoberteil zusammenfließt. Doch ihr Disruptor feuert nicht. Stattdessen gibt er nur ein idiotisches Ziepen von sich. Der Silbermann steht jetzt auf und hat ein breites Grinsen auf den silbrigen Lippen. Mandy, die so eine liebenswerte Person ist, hat plötzlich eine Fratze des Fanatismus aufgesetzt und jubelt vom Willen des Herrn, der jetzt ausgeführt wird. „Hallo Frau McKinley", begrüßt sie der Silbermann. „Es ist eine besondere Ehre, ein Besatzungsmitglied der legendären *Moondreamer* kennenzulernen. Oder eigentlich nur ein Faksimile einer über hundertzwanzigjährigen Grundschullehrerin aus Irland, die nur noch als Alientechnologie-Cluster von unnatürlichem Leben erfüllt ist." Das sagt ihr das merkwürdige Wesen ins Gesicht. Sie muss schlucken.

„Und das sagt ausgerechnet ein Nanobot-Cluster zu mir?", bringt sie heraus. Sie sieht, wie das Silberwesen mit offenem Mund dasteht. Es zieht die winzige Silberlanze aus Jochens Auge einfach in sich selbst zurück und der tote Navy-Soldat geht erst in die Knie und sackt dann nach vorne in sich zusammen.

14:28 Uhr, Freitag, 01.06.2255 Greenwich-Erdzeit und Koloniezeit

07:38 Uhr, 04.06.002 Bordzeit *EFS Nemesis*

Kolonie New Ireland, Planet Ire, 457 Lichtjahre von der Erde

Paulus

Paulus hat ein schlechtes Gefühl, als er sich dem zentralen Platz nähert. Irgendwo läuft jemand schreiend aus einem kleinen Bungalow und schreit etwas von „Hilfe". Jemand sei tot. Er weiß nicht, ob es eines seiner Opfer ist oder eines von Jacob. Vermutlich seines, denn Jacob war ja so lange mit dieser Frau hinter ihm beschäftigt. Immer noch getarnt bewegt sich Paulus auf das Zentrum der Kuppel zu, die auch das Zentrum der Kolonie ist.

Und dann sieht er es. Ein Szenario des Wahnsinns. Vor diesem dunkelblauen Kasten, der offensichtlich eine Art Sherriff-Büro der Raumflotte darstellen soll, stehen ein paar Kolonisten. Nicht in Reih und Glied, sondern durcheinander. Allerdings knien alle auf dem grünen Rasen. Ja klar, denkt er. *Irland. Grün. Grüner Rasen. Schon klar.* Offensichtlich hat Jacob in seiner völlig überkandidelten Art und Weise hier die Leute unter Nanitenkontrolle. Auch wenn das nur etwa ein Dutzend sind und sich der Rest vermutlich ängstlich in den Häusern verkriecht. Schrecklich ist aber, was Jacob schon wieder mit einer der Frauen angestellt hat. Denn die Schreie kommen von einer nackten jungen Frau mit roten Haaren, die in Form eines X im Rasen liegt. Man erkennt deutlich silberne Bänder, die sie an Hand- und Fußgelenken im Rasen halten. Und sie schreit. Der Grund dafür ist simpel und Paulus ist erleichtert, dass Jacob sie nicht etwa auf tödliche Art und Weise penetriert hat, wie er das sonst so gern mit Frauen macht. Jacob, irr wie immer, hat sich aus der Masse seines Körpers eine ebenso silbrige Peitsche geschaffen, die er in der Hand hält. Oder streng genommen ist sie ja Teil seines

Körpers. Und er peitscht und peitscht sie. Ihre Haut ist mit dunkelroten und teils blutigen Striemen übersät. Paulus schüttelt den Kopf, als er sieht, dass sich sein Knappe in eine Art Hysterie hineingesteigert hat. Denn rhythmisch zu den Schlägen hält er eine nervöse Rede. Er hat sich in einen Singsang des Wahnsinns hineingesteigert, der sogar für seine Verhältnisse erschreckend ist.

„Diese Hure des großen Hexenmeisters Brander. Des gottlosen Untoten, der seinen fahlen Leichnam zwischen die Sterne verbracht hat, um eine außerirdische Pest nach der anderen aufzusuchen, um damit die letzten Wahren Menschen zu martern. Ein gottloser Manipulator, der die Menschen ihrer natürlichen Körper und des vom Herrn zugestandenen natürlichen Lebens beraubt und sie in untote Maschinen verwandelt, die irr mit elektrischen Bauteilen im Hirn…"

Und es geht weiter. Dazwischen die Peitschenschläge auf den gemarterten Körper der Frau. Die im Übrigen sehr attraktiv gebaut ist, wie er feststellt. Auch wenn es schon schrecklich ist mitanzusehen, wie sie sich in den Fesseln unter der Peitsche aufbäumt.

„Jede neue Alienpest, die die Menschheit heimsucht, lässt weitere Seelen zum großen Satan in die Hölle fahren, des ewigen Paradieses beraubt. Anstatt die Menschen in Ruhe ihr natürliches Leben leben zu lassen…" Und die Frau schreit dazu. Paulus' Nanitenkörper identifiziert sie als Sarah McKinley, die berühmte OPS-Offizierin von Admiral Brander und der *Moondreamer*. Dem Schiff, mit dem Brander die Menschheit in einen Alien-Konflikt nach dem anderen bringt. Da hat sein Knappe schon Recht. Auch wenn man solche Punkte auch ohne das Gekreische einer gequälten Sünderin machen könnte.

Sie schreit wieder schrecklich. Langgezogen und jetzt pausenlos. Gut, sie ist eine Heldin des Nanitenkrieges. Aber andererseits…

Jacob schlägt sie weiter und sie kreischt jetzt sehr unangenehm hoch. Und die Leute singen ein Kirchenlied von Gottes Gnade und seinem Zorn, der die trifft, die jenseits des Vergebens sind.

In der Tat hätte die Menschheit wahrscheinlich die Nanitenpest, die Brander im Nanitenkrieg besiegt hat, ohne ihn nie kennengelernt. Wobei diese Sarah McKinley hier letztlich nur eine Mitläuferin ist. Allerdings ist sie schon 120 Jahre alt. Widernatürlich wurde sie am Leben erhalten. Eigentlich muss man kein Mitleid haben, denkt er.

Ach verflucht. Jetzt hat Jacob diesen endgültig irren Blick, als sich Paulus enttarnt. Die silbrigen Augen des Knappen werden groß, als der Ritter sichtbar wird. Jacob bildet die Peitsche in ein garstiges, stacheliges Ding um. Ein Dutzend scharfe Klingen warten darauf, vom langen Griff dieses Streitkolben-Dings in den zarten, nackten Körper der Frau getrieben zu werden. Jacob holt aus. Gut, sie ist ja nur eine Sünderin. Nur ein Faksimile. Keine richtige Frau. Auch wenn sie wie eine verdammt attraktive junge Frau aussieht. Der scharfe, aus vielen Klingen bestehende Streitkolben rast auf den zarten Bauch der Frau zu.

Und kommt dort nie an. Eine Handbreit über der Haut McKinleys kommt der Streitkolben abrupt zum Halt.

„Fuck it, Jacob. Lass das Mädel in Ruhe."

Auch wenn das kaum möglich ist, weiten sich Jacobs Augen noch weiter. Er will irgendetwas sagen.

„Ach fuck it", wiederholt Paulus. Er lässt seine Naniten die Luft penetrieren, wie rasende, kleine Krieger auf Jacob zufliegen und zum Angriff übergehen. Gleichzeitig baut er einen Energieschirm auf, der ihn vor Jacobs Gegenangriffen schützt. Jacob windet sich, während seine Silberhaut, wenn man sie denn so nennen kann, von roten, glühenden Punkten durchzogen wird. Jacob taumelt nicht, aber seine Umrisse verschwimmen kurzzeitig, als die beiden Nanitensätze des Ritters und des Knappen gegeneinander kämpfen. Paulus bekommt eine nicht mal ausformulierte Frage über die interne Astralkörper-Kommunikation übermittelt. Die im Gegenzug von Jacob ausgeschickten Naniten verglühen im Energieschild des Ritters. Wenn Paulus ehrlich ist, hat er sich schon lange auf diesen Moment vorbereitet. Nur für den Fall der Fälle. Dass er eines Tages die Verrücktheiten seines Knappen nicht mehr ertragen kann. Bei Gott, einmal hätte Jacob sogar einem Kind etwas getan, wenn Paulus nicht…

Jacob wird zu einer kauernden Gestalt, die rot zu glühen anfängt.

„Weißt du, Dolores hat mir erzählt, dass du sogar unsere Gratificadas schlecht behandelst."

Von Jacob hört Paulus jetzt ein hohes, hysterisches Kreischen, welches das vorherige von Sarah McKinley in den Schatten stellt. Während sein Knappe zu einem Häufchen Asche verglüht, sieht er Sarah McKinley an. Die Flottenoffizierin im Passivstand – wie der oft nur vorläufige Ruhestand bei der Flotte heißt – sitzt mit angezogenen Beinen im Gras. Ihre blutigen Striemen bereiten ihr große Schmerzen und sie hat Tränen in den Augen. Sie sieht ungläubig zu Paulus rüber, der als ebenso silbrige Gestalt vor ihr steht, während die knienden Leute sich langsam aufrichten und ziemlich verwirrt wirken. Sarah McKinley sieht ihn an. Öffnet den Mund. Hustet. Dann spricht sie.

„Admiral? Admiral Brander?"

Jetzt ist es an ihm, mit offenem Mund dazustehen.

DIE SUCHE

Commander Nancy Bellini

Es ist soweit, der große Moment, an dem der Warpantrieb des Schiffes eingeschaltet wird. Neu wie die Technologie ist, ist dies immer noch ein besonderer Moment für die Crew. Durchgesetzt hat sich letztlich der durch das alte Fernsehen lange vorm Zeitalter der Überlichtraumfahrt bekannt gemachte Name. Auch wenn es ernsthafte Versuche gab, den Antrieb anders zu nennen. Etwa Meyers-Antrieb oder M-Antrieb, nach einem deutschstämmigen US-Amerikaner, der in den 2090ern kurz nach Bekanntwerden der Alientechnologie der Ancients einen ersten Prototyp dieses Antriebs gebaut hat. Basierend auf von den Aliens hinterlassenen Konzepten, die diese selbst nie umgesetzt hatten. Aber vielleicht war der Name Meyers auch einfach nicht ansprechend genug. Hätte William Meyers etwa William Lindström geheißen, würden wir vielleicht heute vom Lindström-Antrieb reden, denkt Bellini schmunzelnd. Fast durchgesetzt hatte sich der Name Alcubierre-Antrieb, nach einem mexikanischen Forscher, der ziemlich genau einhundert Jahre vor William Meyers ein theoretisches Konzept zu dem Antrieb aufgestellt hatte. Der Antrieb, den die *Nemesis* allerdings heute besitzt, stellt eine Fusion aus dem Meyers-Antrieb und dem Warpantrieb einer Menschheit eines Paralleluniversums dar. Letzterer aus einem Schiff, das während des Nanitenkrieges vor zwanzig Jahren erbeutet worden ist.

Wie auch in der alten Kultfernsehserie, in welcher der Warpantrieb eine große Rolle gespielt hat, konnte der Warpantrieb von Meyers nur geradeausfliegen. Auch funktionierte er nur im Normalraum, nicht im Hyperraum und schon gar nicht im Hyperraum des Plus-100 Universums, den Föderationsschiffe mit ihrem alten Antienergie/Energie-Reaktionsantrieb durchfliegen, um durch die umgekehrte Zeitdilatation einen Zeiteinsparungsfaktor von Einhundert zu erzielen. Doch all diese Einschränkungen gibt es beim Warpantrieb der *Nemesis* nicht mehr.

Ein von Meyers-Antrieb übernommener Vorteil des neuen Antriebs der *Nemesis* ist, dass er keinerlei empfindliche Antriebsgondeln benötigt, wie sie in frühen Konzepten auftauchten. Die Plasmaspulen, die die charakteristische Krümmung des Weltraums ermöglichen, liegen elegant unter der Außenhaut des Raumschiffs, was das Schiff gerade für militärische Zwecke weit weniger angreifbar macht. Die *Nemesis*-Klasse hat wie auch die Korvetten der *Lotus*-Klasse eine Vereinigung des Besten aus dem Meyers- und den fremden Warp-Antrieben. Sie hat die Kompaktheit des Meyers-Antriebs und kann wie die Fremdantriebe auch in den Hyperräumen agieren und unter Warp den Raum in alle Richtungen krümmen, d.h. in alle Richtungen gesteuert werden.

Nancy Bellini hat sich neben Captain Petrova im zentralen Teil der Brücke eingefunden unter dem etwas hohen Kuppeldach. *Da haben die Konstrukteure in Gigantomanie geschwelgt,* denkt Bellini wieder einmal. *Was, wenn wir solch einen Treffer bekommen, dass man auf der Brücke herumgestoßen wird?* Im Hintergrund der Brücke sitzt Lieutenant Tomasz an seinem Pult und steht jetzt auf, sein unvermeidbares Pad in der Hand. Er gesellt sich zu den beiden Frauen hinzu.

„Nicht, dass Sie da mal ein Videospiel auf dem Tablett haben und uns falsche Daten aufsagen, Mr. Tomasz", bemerkt die Kapitänin trocken. Der junge Mann ungarischer Herkunft sieht sie entsetzt an. „Aber Captain. Ich habe nicht… ich meine… ich würde nie…", stottert er.

Bellini holt tief Luft. „Lieutenant. Das war nur ein Scherz des Captains. Fangen Sie bitte an mit dem Statusreport." Tomasz räuspert sich. „Natürlich Commander." „Status unverändert, alle Systeme grün. Warpantrieb Status grün, aktiviert, im Ruhezustand und bereit, Ma'ams", redet er beide vorgesetzten Offiziere gleichzeitig an.

„Warpposition erreicht. Schiff auf Kurs ausgerichtet. Klar zum Warp", meldet jetzt Fähnrich Parker von der Navigation. Alle Blicke gehen jetzt auf die Kommunikationsoffizierin Mutoni an ihrer Station vorne rechts auf der Brücke. Die hat die Rechte an ihrem Ohrstöpsel und scheint gestresst.

„Alles in Ordnung, Chief Mutoni?", fragt die Kapitänin in leicht genervtem Ton.

„Verzeihung Captain. Terra-Control hat gemeldet, dass die *EFS Mars* aus dem Hyperraum gekommen ist und in kritischer Distanz zu uns war. Eine kurze Verzögerung", erklärt die Kommunikationsoffizierin. Erwartungsvolles Schweigen herrscht auf der Brücke und Bellini sieht sich auf dem Taktischen Diagramm an, dass der grüne Punkt eines mit *EFS Mars* und *CR-302* betitelten Schiffes der Navy in der Tat an der Grenze eines rot markierten Radius liegt, der das zukünftige Warpfeld der *Nemesis* markiert. Die *Mars*, ein bekanntes Schiff, zweites ihrer Klasse, ein Kreuzer der *Terra*-Klasse. Kaum ein Flottenangehöriger, der bei Erwähnung der *Mars* nicht an den von Thorau im Nanitenkrieg entführten Prototypen *Terra* denkt.

„Captain Peterson von der *Mars* bittet um Entschuldigung. Er sagt, ihr Übertritt sei gerade noch in der Toleranz gewesen, aber sie würden ihre Systeme überprüfen. Sie wollten uns nicht zu nahe treten." Mutoni lächelt. „Captain Peterson wünscht uns *fröhliches Zerknüllen des Weltraums*", lacht sie.

Petrova schmunzelt. „Der ist nur neidisch auf unseren Antrieb, Mister Mutoni. Meine Empfehlungen an Captain Peterson." Wie in der Flotte üblich wird auch ein weibliches Besatzungsmitglied wie Chief Mutoni mit Mister angeredet.

„Terra Naval Control übermittelt neue Warpkoordinaten, Ma'am", fügt sie dann an. „An Navigation übermittelt." „Ausführen, Mister Parker."

Der Navigator bestätigt und es vergehen mehrere Minuten, bis die *Nemesis* die neuen Koordinaten eingenommen hat. Auf dem Hauptschirm sieht man die große blaue Scheibe der Erde, die ihn etwa zu einem Dritten ausfüllt.

„Warpposition erreicht. Schiff auf Kurs ausgerichtet. Klar zum Warp", meldet Fähnrich Parker erneut. Mit hochgezogener Augenbraue beobachtet die Kapitänin das Taktische Diagramm.

„Terra Naval Control erteilt Warpfreigabe, Captain", meldet Mutoni.

„Bereithalten zur Beschleunigung auf Null-Vier Licht. Ausführen!"

Nichts ist im Schiff zu spüren, als die Fregatte ihren Warpantrieb zuschaltet. Auf dem Hauptschirm sieht man, wie die blaue Scheibe der Erde zu einem blauen Schimmer wird, der blitzschnell kleiner wird und dann völlig verschwunden ist, während vorn die Sterne nur noch als verschwommene, helle Flecken zu sehen sind. Ein Seitenbildschirm an der Stirnwand der Brücke zeigt das Beschleunigungsdiagramm an, das nach wenigen Sekunden sein Maximum erreicht hat. Sofort macht der Navigator eine entsprechende Meldung. Eine Anzeige darüber zeigt die Geschwindigkeit. Nach nur zwanzig Sekunden hat die Fregatte bereits die sogenannte Sprunggeschwindigkeit von Null-Vier Licht erreicht, die üblicherweise eingenommen wird, um in den Hyperraum überzutreten. Ein Übertritt, der nur deswegen nötig ist, weil er als Zwischenaufenthalt vor dem Eintritt in den Plus-100 Hyperraum dient.

„Sprunggeschwindigkeit Null-Vier Licht erreicht", meldet Parker von der NAV. „Umschalten auf Echtflug", fügt er hinzu. Diese merkwürdige Ausdrucksweise erklärt sich aus dem Umstand, dass sich die *Nemesis* unter Warp ja nicht wirklich bewegt. Sie bewegt sich nur vom Normalraum aus gesehen, steht aber selbst innerhalb ihrer Warpblase eigentlich still. Per Bewegungs-Erhalter, der Teil des Warpantriebs ist, kann diese Bewegung-relativ-zum-Raum allerdings in eine echte Bewegung überführt werden, wenn der Warpantrieb abgeschaltet wird. So dass das Schiff auch bei abgeschaltetem Warpantrieb nicht zum Stillstand kommt, sondern wirklich durch den Raum gleitet. In der Tat sieht man, wie die optischen Verzerrungen aufhören und das Schiff wieder durch den Normalraum mit seinen sichtbaren Sternkonstellationen gleitet. Der Navigator erklärt, dass die Gravitonprojektoren bugseits aktiviert seien, das Einstein-Erhaltungsfeld aufgebaut sei und zählt den kurzen Countdown herunter, bis diese aktiviert werden. Dann sieht man auch schon, wie der eben wiederhergestellte Weltraum aufgerissen wird und einem bläulich-grauen Schimmern Platz macht. „Passage in den Hyperraum", meldet NAV und mit dem üblichen, leichten Unwohlsein, das Bellini wie manche andere an dieser Stelle verspürt, dringt die *Nemesis* in den Hyperraum des Normaluniversums ein. Konturloses Grau mit den typischen, kissenförmigen und ovalen oder unregelmäßig geformten, bunten Einstülpungen fremder Universen füllt den Hauptschirm aus. „Übertritt erfolgreich", meldet Parker von der Navigation. „Alle Werte normal", schließt sich Lieutenant Franca Jäger von der OPS-Station an. Eine Frau, die wie eine Mittdreißigerin aussieht, laut ihrer Dienstakte aber schon über achtzig Jahre alt ist, wie Bellini weiß und die recht korpulent geworden ist. So korpulent, dass Bellini in ihrer Eigenschaft als Erster Offizier mit ihr schon ein paar Gespräche über Diensttauglichkeit hatte. Da es seit dem Nanitenkrieg verboten ist, Naniten permanent im Körper zu haben, können sie auch nicht mehr ihre regulierenden Arbeiten durchführen wie überflüssige Kalorien zu entsorgen oder sinnvoll einzusetzen. Daher hat Jäger wie viele Menschen der Nachkriegszeit ein Gewichtsproblem. Eines, das man allerdings durch temporäres Einnehmen von sich selbst zerstörenden Nanobots im Rahmen einer medizinischen Behandlung schnell lösen kann. Jäger hat den Gang zum Schiffsarzt aber immer wieder aufgeschoben, wie man sieht.

„Einsteinfeld, Mister Jäger?", erkundigt sich die Kapitänin mit etwas scharfem Unterton. Jäger räuspert sich. „Einsteinfeld Status grün, arbeitet normal", meldet sie schnell. Captain Petrova nickt ihr mit leicht vorwurfsvoller Miene zu. Lieutenant Jäger hat eine familiäre Bindung über drei Ecken hin zu Admiral Coronelson. Coronelson war der dritte Oberkommandierende der Navy und ist derzeit mit mysteriösen Sonderaufträgen beschäftigt. Er ist neben Brander definitiv das zweite Alphatier der Navy, diesem allerdings diametral entgegengesetzt. Während Fleet Admiral Brander so etwas wie der Chef der alten Gründungsclique der Navy ist, die ihre politische Heimat in der Planetaren Republik Arret haben, ist Coronelson ein Anhänger der alten angelsächsischen Mächte der Erde. Alte Mächte, die nicht nur die Unionistenpartei und damit die Föderationspolitik dominieren, sondern auch in der Navy ständig mit der Brander-Clique über Kreuz liegen. Bellini fühlt sich unwohl bei dem Gedanken, so tief in die Föderationspolitik verstrickt zu sein. Dass Lieutenant Jäger durch ihre Familienbande ein HQ-Aufpasser für die Brander-nahe Kapitänin und das gesamte Schiff ist, ist jedem klar.

„Beschleunigen auf vierzig Licht, Mister Parker", kommandiert Captain Petrova, die sich auf ihren mittigen Kommandantenplatz setzt. Der Navigator bestätigt. Der Warpantrieb schaltet sich erneut zu und die bislang gleitende *Nemesis* macht sich erneut daran, die Grundstruktur des Raumzeitgefüges zu falten. Erstaunlich, denkt Bellini, dass das Universum uns das durchgehen lässt. Aber es funktioniert natürlich. Es gibt keinen erzürnten Gott, der mit einer riesigen Hand das Metallschiff der kleinen Menschen stoppt und wütend ein „Ihr sollt nicht das Tischtuch meiner Schöpfung verzurren!" ausruft, auch wenn die unter dem Begriff „Wahre Menschen" zusammengefassten religiösen Gruppierungen der

Erde öfter von so etwas reden. Die Beschleunigungskurve der Fregatte steigt wieder steil an und es ist für Bellini fast atemberaubend auf der Geschwindigkeitsanzeige zu sehen, wie das Schiff binnen zwei Sekunden Lichtgeschwindigkeit erreicht und noch schneller und schneller wird. Der Navigator ruft einige Werte verbal aus. „Fünffach Licht. Zehnfach Licht. Dreißig Licht. Nähern uns Übertrittsgeschwindigkeit", meldet Parker von der NAV. Die Beschleunigungskurve fällt und bald darauf hat die *Nemesis* die notwendige Geschwindigkeit von vierzig Licht erreicht. „Übertrittsgeschwindigkeit erreicht", meldet Parker. Captain Petrova sieht lächelnd ihre Erste Offizierin an. „Kaum zu glauben, wie schnell das geht. Sekunden statt Stunden!", stellt sie fest. In der Tat hätte die alte Fregatte *Moondreamer*, die Petrova zuletzt kommandiert und von Admiral Brander übernommen hatte, für die Erreichung der Übertrittsgeschwindigkeit mehrere Stunden benötigt. Bellini nickt. „Aye Skipper."

„Bereitmachen zum Übertritt ins Plus-Einhundert", kommandiert Petrova. Der Navigator bestätigt.

„Ausführen!"
„Aye Captain. Gravitonprojektoren laden. Ausführung in 5..4..3..2..1..Übertritt!"

Wieder reißen die Projektoren die Grundstruktur des Raumes auf, auch wenn es diesmal der Hyperraum des Normaluniversums ist. Wieder ein optischer Wirbel und eine Sekunde später vermeldet die Navigation den erfolgreichen Übertritt in den Hyperraum des Plus-100 Universums.

„Umgekehrte Zeitdilation ab sofort", meldet Parker. „Greenwich-Erdzeit 15:42 Uhr, Samstag, 02.06.2255. Bordzeit 08:58 Uhr, 05.06.002."

Ab jetzt wird die Borduhr einhundert Sekunden zurücklegen, während ein Gegenstück auf der Erde oder irgendwo sonst im Einsteinuniversum nur eine Sekunde verticken lässt. Für das Zeitgefühl der Besatzung der Fregatte macht das jedoch keinen Unterschied. Bellini denkt wie so oft daran, dass wenn sie jetzt eine Live-Übertragung zur Familie ihrer Schwester in Italien hätte, die Leute dort wie eingefroren wären. Würde der jüngste Sohn ihrer Schwester etwa einen Bauklotz fallen lassen, er würde jetzt von ihr aus gesehen wie eingefroren in der Luft schweben. Jäger von der OPS bestätigt wieder, dass alle Werte normal sind und fügt diesmal auch den Status des Einsteinerhaltungsfeldes an. Dann gibt Petrova das „Beschleunigen auf Maximum-Warp!"-Kommando, das sich eingebürgert hat. Wieder merkt man subjektiv nichts. Noch weniger als bei den alten Schiffen mit dem Antienergie/Energie-Reaktionsantrieb, bei dem man unter den Füßen ein gewisses Vibrieren der Deckplatten spüren konnte. Die Beschleunigungskurve steigt auf der grafischen Darstellung vorne auf dem Bildschirm steil an und die Geschwindigkeitsanzeige jagt hoch zu zweifacher, dreifacher und dann fünffacher Lichtgeschwindigkeit. Nach einer halben Minute ist die *Nemesis* bereits auf einhundert Licht und steigend. Die Kapitänin erhebt sich kopfschüttelnd von ihrem Platz, lächelt aber. „Wir stehen still und rasen doch wie vom Katapult geschossen durch die Gegend", erklärt sie und Bellini nickt nur. Sie hat merkwürdigerweise diesen amerikanischen Liedrefrain im Kopf. „…til daddy takes the T-Bird away." Bis Papa den Thunderbird-Sportwagen wieder wegnimmt. Sie wundert sich, wie ihr Unterbewusstsein zu diesem Vergleich kommt. Aber andererseits kann man schon die ausgestorbene Ancient-Rasse mit einer Vaterfigur assoziieren, so sehr wie die Menschheit von ihrer geerbten Technik abhängt. Denn sogar der Warpantrieb basiert ja zumindest in Teilen auf einer experimentellen Ancient-Architektur.

Es dauert nur etwa eine Minute, dann hat die Fregatte ihren sogenannten *Lower Cruise Speed* erreicht, d.h. die Geschwindigkeit, die sie lange Zeit unter Schonung der Aggregate fliegen kann. Das sind nicht weniger als achthundert Licht. Es dauert etwa eine halbe Minute, bis die Anzeige auf neunhundert Licht steht und weiter steigt. Am rechten Pult der Kapitänin gibt es einen Ping und auf einem Bildschirm erscheint eine kleine Meldung nebst einem Bild der Chefingenieurin Tamara Wilcox. Die Frau mit modischem Kurzhaarschnitt, sich bewegenden Formenergie-Tattoos im Gesicht und dunklem Teint lächelt auf dem Profilbild, das der Bordcomputer anzeigt. Aber Petrova ahnt, dass die resolute Herrin über den Maschinenraum ihrer Fregatte gerade nicht bester Laune sein wird. Sie bestätigt die Kommunikation mit einem Tastendruck. Sofort erscheint das Gesicht der Frau, auf dem sich jetzt silberne Schlangen auf ihren Wangen winden.

„Mister Wilcox, was kann ich für sie tun?", fragt Petrova und ertappt sich dabei, den Satz mit einem Seufzen zu beenden. „Captain", legt die Ingenieurin sofort los. „Wir haben gerade unsere Probeflüge hinter uns, der Lack ist sozusagen noch nicht ganz trocken und Sie geben schon Bleifuß?" Die Kapitänin seufzt noch einmal.

„Lieutenant. Gibt es irgendein Problem?" Unterdessen sieht Petrova, dass die Geschwindigkeitsanzeige das Maximum erreicht hat, den sogenannten *Max Speed* oder bei einem Warp-Schiff eben *Maximum Warp*.

„Nein Captain. Aber wenn Sie die ganzen zweitausend Lichtjahre zu unserem Ziel auf Maximum Warp fliegen wollen, dann… dann muss ich protestieren Captain. Unsere Aggregate sind einfach noch zu neu."

Petrova nickt. „Okay, Mister Wilcox. Wir fliegen erst Mal bis zum ersten Wegepunkt mit Max Warp, dann sehen wir weiter."
„Der ist in zwölf Lichtjahren! Und Sie haben auch noch immer nicht bekannt gegeben, was eigentlich das Ziel unserer Reise ist, Captain."
„Genau, Lieutenant." Lächelnd beendet die Kapitänin die Verbindung.

15:42 Uhr, Samstag, 02.06.2255 Greenwich-Erdzeit

08:58 Uhr, 05.06.002 Bordzeit *EFS Nemesis*

Kolonie New Ireland, Planet Ire, 457 Lichtjahre von der Erde

Paulus

„Ernsthaft. Sie denken ich bin Admiral Thomas Brander? Admiral Thomas *Fucking* Brander?" Ihm fehlen die Worte. Die nackte Frau, deren Körper voller Striemen ist, hat wirklich einen sehr hübschen Körper, wie Paulus wieder feststellt. Oder einen sündigen, wie sie in der Kirche sagen würden, auch wenn das dasselbe ist. Sie sieht ihn fragend an und bedeckt ihre Blöße. Gibt es dann aber auf und steht auf. Zwingt sich, ihre Brust und Scham eben nicht zu bedecken. Um Stärke auszustrahlen, wie er ahnt. Kein Wunder, sie ist eine hochdekorierte Offizierin der Space Navy, wenn auch gerade nicht im aktiven Dienst. Sie hat der Nanitenpest ins Auge gesehen. War direkt am Zentrum und hat es überlebt. Mit Brander natürlich. Thomas *Fucking* Brander, Fleet Admiral und Gründer der Space Navy und Föderation, ein 286 Jahre alter Mann, wenn man den letzten „Hochrechnungen" glauben will, die versuchen, seine zahlreichen Tarnidentitäten zu durchdringen. Und der Mann, der Leute wie diese Sarah McKinley hier dazu bringt, immer wieder in todbringende Konfrontationen mit irgendeiner neuen Alienpest zu stolpern. Er verzieht das Gesicht bei dem Gedanken, dass diese scheinbar junge Frau auch schon über 120 ist. Widernatürlich ist das alles. Trotzdem, muss er zugestehen, ist sie ein verdammt flotter Feger. Mit einem Gedankenbefehl sendet er seine eigenen Naniten aus, die von ihr unbemerkt ihr Fleisch durchsetzen und sich daran machen, ihre Wunden zu heilen. Es dauert nur Sekunden und sie sieht verwundert an sich herunter.

„Sie nehmen Ihr Nanitenzeug aber schon wieder raus aus mir, oder?"

Er bestätigt es mit einem Nicken. „Ich lasse nie ungefragt Sachen in Frauen zurück", sagt er und zwinkert ihr zu. Sie rollt als Antwort mit den Augen und murmelt etwas Unverständliches. „Und wer sind Sie denn bitte?", fragt sie energisch. Paulus räuspert sich. „Paulus. Vom Ritterorden der Vereinigungskirche der Wahren Menschheit."

„Wissen Sie", beginnt McKinley nach einer Pause, in der sie sich den silbrigen Mann eingehend angesehen hat. „Bei uns in Dublin, da gibt es diese Leute, die sich mit Silberfarbe anmalen, um von den Touristen ein paar Credits zu kriegen. Die starr wie Statuen dastehen. Kennen Sie die?"

Paulus verzieht das Gesicht, bleibt aber stumm. McKinley zeigt auf die Stelle, an der sich eben noch der Knappe aufgelöst hat. „Einen Konkurrenzkampf wie Ihren eben habe ich da allerdings noch nie gesehen."

Er spürt heiße Wut in sich aufsteigen. Sein Astralkörper reagiert darauf sofort und meldet ihm Kampfbereitschaft. Taktische Diagramme erscheinen vor seinen Augen und die Nackte hat einen Zielrahmen um sich herum.

Dann fängt er an zu lachen. „Konkurrenzkampf in Dublin!", bringt er prustend hervor. Und er lacht und lacht, geht in die Knie, hält sich buchstäblich den Bauch. Alle anderen Menschen hier stehen immer noch regungslos herum, der ein oder andere der Kolonisten kniet sogar wieder.

„Touristenfänger in Dublin, die aussehen wie wir. Der ist gut", jauchzt er. McKinley steht daneben, schnippt sich irgendeinen

Grashalm von der Brust und reibt sich Chlorophyll von den Knien. „Sagen Sie, junge Frau. Sie haben hier irgendwo nicht zufällig eine Kneipe?", fragt er, als er wieder Luft bekommt.

Sarah McKinley und Paulus sitzen in einer gemütlichen Ecke in der Kneipe „Zur Goldenen Harfe" ein paar Häuser weiter am Rande der Kuppel. Sarah hat sich einen dunkelblauen Overall angezogen, den ihr jemand gereicht hat, nachdem Paulus die geistige Kontrolle der Kolonisten auf dem großen Platz beendet und Sarah alle beruhigt hatte. Beruhigt, dass „der nette Silbermann hier" auf Seite der Kolonie sei und sie mit ihm „das Nähere" besprechen würde. Wobei sie absolut keine Ahnung hat, was das sein soll. Aber vielleicht wird sich das ja irgendwie ergeben. Geflüstert erhält sie die Nachricht, Menschen seien in der Kolonie zu Tode gefoltert worden. In einem Fall mit klaren sexuellen Untertönen. Sie schluckt, als sie den Namen der ihr gut vertrauten Frau hört.

„Sie wissen schon, Mister Paulus, dass irgendjemand mittlerweile einen Funkspruch an die Flotte losgelassen hat, oder?" „Klar", antwortet er grinsend. „Und in viereinhalb Jahren wird er auf der Erde angekommen sein. Oder ist Arret näher und es dauert nur etwas über drei?"

Sie zuckt mit den Schultern. „In ein paar Tagen wird die Ablösung für die beiden Navyschiffe ankommen. Und dann werden die Ihnen sicher alle möglichen Fragen stellen, sollten Sie dann noch hier sein."

Er grinst wieder. „Und", redet sie zögerlich weiter, „die Korvette und der Zerstörer, die nicht antworten? Sie haben nicht zufällig ein Raumschiff hier im System von Ihrer Kirche, das ähnlich fortgeschritten ist wie Ihr… Körper hier?" Sie zeigt mit einer lässigen Geste auf seine silbrige Gestalt, während er sich ein schwarzes Guinness-artiges Gebräu reinschüttet. Er antwortet nicht.

„Das sind doch Naniten, oder?" Er brummt Zustimmung und nimmt einen tiefen Zug.

„Also lassen Sie mich das kurz zusammenfassen, Herr Ritter", fängt sie an und kratzt sich am Kopf. „Ihre Kirche verdammt also alles Widernatürliche wie Verjüngungsbehandlungen, menschliche Backups und Naniten." Er nickt. „Und Sie…", sie deutet wieder auf ihn, „laufen hier in einem Nanitenkörper herum."

Er nimmt noch einen tiefen Zug und sieht betrübt in das Glas, das fast leer ist.

„Astralkörper", korrigiert er trocken. McKinley holt tief Luft. Ihr fällt auf, dass er ihr auf die Beine starrt, obwohl diese in einem schlabbrigen Overall stecken.

„Hübsche Füße", sagt er und mustert ihre nackten Füße, die roten Nagellack an den Zehen haben. McKinley ist das unangenehm und sie steckt die Beine unter den Stuhl.

„Funktioniert das überhaupt? Das Bier? Zeigt das bei Ihnen Wirkung?" Er schüttelt den Kopf.

„Ich habe schon vor längerer Zeit ein Programm hochgeladen, das Geschmackssinn aus der ursprünglichen rein chemischen Analysefunktion des Astralkörpers generiert hat. Und ein zweites

Programm habe ich soeben ad hoc fertiggestellt, das begrenzte Trunkenheit simulieren kann.

Sie nickt. „Und wie schmeckt es?"

„Ähnlich diesem blauen Mundwasser, das wir im Ordenshaus haben."
Sie nickt wieder, so als würde das alles Sinn machen. „Astralkörper brauchen Mundwasser?"

Er stellt das ohnehin leere Glas ab, hält sich eine Hand dicht vor den Mund und haucht sie an. Verzieht das Gesicht. „Allerdings. Obwohl das Mundwasser für unsere biologischen Körper ist." Er sieht, wie sich ihre Augen weiten. Das interessiert sie offensichtlich.

„Verstehe, Sie liegen irgendwo in einem Keller in Ihrer Kirchensek… Kirche", korrigiert sich Sarah und kann das Wort Sekte gerade noch verschlucken. „Und steuern diesen Nanitenkörper über die zeitverlustfreie Quantenkommunikation, richtig?"
Er grinst wieder. „Nein."

Sie überlegt eine Weile. „Wir wussten ja, dass die Kirche, wenn wir sie so nennen wollen, einen reichen Förderer hat. Diesen Karlow. Juri Karlow."

„Pjotr der Erste", korrigiert er.

„Aber dass Sie so fortgeschritten sind, hätte ich nicht gedacht. Und eine Tarnvorrichtung haben sie offensichtlich, die die der Föderation schlichtweg … schachmatt setzt." Er nickt.

„3-Gen?", wirft sie in den Raum.

„Und noch einen dazu", antwortet er. Sie seufzt und überlegt eine Weile. *4-Gen also auch.*

„Bitte bleiben Sie hier und stellen sich der Navy zur Verfügung. Die Flotte braucht möglichst viele Details um… gegen Anschläge wie diesen hier gewappnet zu sein. Sie können eine Amnestie bekommen." Er antwortet nicht. Sie schweigt eine Weile. „Wie viele haben Sie getötet? Meine Leute gehen gerade rum oder benutzen die Sensoren, wenn sie funktionieren und zählen die Toten."
„Ich habe niemanden getötet", lügt er. „Das war alles… Jacob. Der andere."

Commander Nancy Bellini

Gleich nach ihrer zweiten Wache, an Bord von Föderationsschiffen nach einem alten Brauch aus der Gründerzeit auch Beta-Schicht genannt, verlässt Commander Bellini die Brücke. Die dritte Wache unter Lieutenant Commander Frank Felton löst Bellinis Crew ab. Sie seufzt, denn sie hat einen besonderen Termin vor sich. Normalerweise ist sie als XO des Schiffes für das Personal zuständig, aber im Falle des neuen Chefs des Marines-Kontingents hat die Kapitänin bereits selbst eine neue Personalie genehmigt. Es handelt sich bei diesem neuen Kommandierenden Offizier der Marines um eine ganz und gar einzigartige Person mit außergewöhnlicher Historie. Nur, überlegt sich Bellini sorgenvoll, wird sich eine solch ungewöhnliche Persönlichkeit auch in den Schiffsbetrieb einfügen? Denn im Falle von Captain Alastair Frederics von den Marines ist wirklich alles ungewöhnlich. Wenige Minuten später, die sie sich Zeit gelassen hat mit langsamem Schlendergang hin zu den Quartieren am Hauptquergang auf Deck Fünf, drückt sie auf den grünen Türöffner. Der zeigt wie üblich das orange Leuchten einer verriegelten Tür. Kurz darauf geht die Tür auf. Er steht in der Tür. Über einen Meter Neunzig groß, breitschultrig. Mit der kurzärmeligen Version des grauen Oberhemdes der Marines-Borduniform und die Muskelpakete an seinen Armen drohen den engen Ärmelstoff zu sprengen. Eine blonde Mähne ist zwar recht kurz geschnitten, aber locker nach hinten geföhnt und schlägt an den Schläfen golden glitzernde Wellen. Stahlblaue Augen fixieren sie. Sein breiter Mund über einem maskulinen Kinn mit prägnanter Mittelrinne fällt ihr ins Auge. Seine Lippen umspielt ein Lächeln. „Commander Bellini, kommen Sie doch bitte herein." Frederics weist mit großer Geste in sein Quartier. Doch Bellini bleibt in der Tür stehen.

„Danke Captain. Aber es ist Zeit für meine *Flowerfee*, wie immer nach der Beta-Schicht. Wollen Sie mich in die Offiziersmesse begleiten?" Frederics verblüfft sie mit einem tänzelnden Ausfallschritt nach hinten und einer dramatischen Handgeste, die ein Abwägen symbolisieren soll, wie Bellini stirnrunzelnd zur Kenntnis nimmt.

„Die Offiziersmesse!", ruft er eine Spur zu laut aus. Dann wechselt er in einen vertraulichen Flüsterton. „Das ist auch noch so ein Geheimnis der menschlichen Bräuche, das ich nicht verstanden habe. Bin ich als Kommandant der Marines dort nun willkommen oder nicht?" Bellini ertappt sich beim erneuten Stirnrunzeln und ihr fällt auf, dass sie es schon die ganze Zeit über auf der Stirn hat. Seit Frederics die Tür aufgemacht hat.

„Sie sind Offizier, Captain. Da steht Ihnen natürlich die Offiziersmesse offen."

Frederics hebt theatralisch den Zeigefinger der Rechten. „Aha! Situation geklärt. Menschen und ihre sozialen Hierarchien und Statussymbole." Er lacht und deutet wieder mit großer Geste in Richtung Korridor. „Nach Ihnen, Commander." Diesmal ertappt sich Bellini bei einem Augenrollen, kaum dass sie sich umgedreht hat. Sie sieht wie ein vorbeigehender Crewman ihr und dem blonden Beau in der Tür einen merkwürdigen Blick zuwirft. Der

Mann im Rang eines Specialist beschleunigt schnell seine Schritte und hastet weiter.

In der Offiziersmesse sind noch viele Tische frei. Bellini führt Frederics zu einem etwas abgelegenen Tisch, nahe einem Separee, das beide aber nicht aufsuchen. Kaum sitzen die beiden Offiziere, kommt auch gleich eine Ordonanz schnellen Schrittes heran. „Wie immer die Flowerfee für Sie, Ma'am?" Bellini nickt. Als Frederics seinen bestellten Kaffee bekommt, wirft er einen kritischen Blick auf den dampfenden Becher, den Bellini in den Händen hält. Das starke Aroma des Getränks lässt ihn die Stirn runzeln. „Arretischer Blumenmix, der behandelt worden ist, um zur menschlichen Physionomie zu passen und mit Koffein versetzt ist. So ganz habe ich den Reiz des Getränks nicht verstanden, gebe ich zu", erklärt er lächelnd. „Ich mag es", antwortet Bellini nur. „Und es ist klassischem arabischen Kaffee der Erde sehr ähnlich." Sie überlegt. „Und Captain, ich bin ehrlich gesagt erstaunt, dass *Sie* überhaupt etwas trinken. Schließlich…"

„…bin ich ein Androide und wir Maschinenwesen brauchen nichts zu trinken", beendet Frederics ihren Satz. Bellini wird rot. „Entschuldigen Sie, ich bin da wohl mit etwas durcheinandergekommen", rechtfertigt sie sich. „Sie sind doch identisch mit Fred Frederics, Lieutenant Commander der Space Navy? Denn ich habe viel über Sie gelesen." Frederics nickt. „Fred Frederics, richtig. Ich habe mich umbenannt. Als noch junge KI mit dem ersten eigenen Körper fand ich es witzig, Vor- und Nachnamen teilsynonym zu wählen. Aber im Laufe der

Zeit fand ich, dass es doch unpassend ist und habe einen neuen Vornamen gewählt."

„Verstehe."

„Und ja", fährt Frederics fort. „Meine ersten Körper waren aus Kunststoff und konnten keine Getränke oder Nahrung verwerten. Auch wenn der zweite bereits eine Isolierungsvorrichtung dafür hatte."

„Ah."

„Und dieser Körper hier... nun, er ist mein erster biologischer Körper, den ich seit einem Jahr habe. Wenn auch nicht mit menschlicher DNA, sondern... von *Space Origin* konstruiert", erklärt er und erwähnt das große Technologieunternehmen. „Sie haben mir freundlicherweise einen Körper überlassen, den man aus der Werbung kennt. Ken, der Lebenspartner." Bellini nickt.

„Oder wie man auch sagt, ein Sexandroid." Bellini muss schlucken, auch wenn sie es schon angesichts des enormen Bizepses und anderer maskuliner Merkmale geahnt hat.

„Habe ihn noch ein bisschen optimieren lassen, bevor ich zu den Marines bin." Das ist ein Moment, in dem Bellini etwas betreten auf das Tischtuch vor sich guckt.

„Die Reaktionszeit, Commander. Die Reaktionszeit", erklärt Frederics schnell. „Für den Dienst bei den Marines hat das Vorteile." Bellini räuspert sich. „Natürlich Captain." Sie nimmt einen Zug des starken, koffeinhaltigen Getränks. „Und ihr Navy-Rang. Ich verstehe richtig, dass der ruht, während Sie bei den Marines aktiv sind?"

„Richtig."

„Es wird also keine Probleme geben. Etwa wenn Sie eine Meinungsverschiedenheit in dienstlicher Hinsicht mit einem Navy-Lieutenant haben und dann Ihren höheren Navy-Rang herauskehren wollten?"

Frederics schüttelt entschiedenen den Kopf. „Ich bin Marine. Unser Rang Captain ist das Gegenstück zu einem Lieutenant-Commander der Navy, von daher passt es mit den Dienstgraden schon. Aber wenn mir der hypothetische Lieutenant nicht gerade dienstlich unterstellt wurde, würde ich die Meinungsverschiedenheit mit dem mir vorgesetzten Navy-Offizier klären. In der Regel Sie oder der Captain. Ganz nach Dienstvorschrift."

Bellini nickt. „Sehen Sie, Commander. Ich habe sozusagen im Jahre 2042 das Licht der Welt erblickt. Jedenfalls als ein mit Freeware-Plug-Ins aufgebrezelter Chatbot auf einem Privatrechner. Immerhin hatte mein erster … Besitzer, muss ich ihn nennen … schon eine Kamera angebracht, so dass ich das Licht der Welt buchstäblich habe erblicken können. Nach seinem Tode in den damaligen Siebzigern hat er mich erfreulicherweise weiterexistieren lassen. Sein Testament hat verfügt, dass ein Anwalt treuhänderisch über mich und sein nicht unbeträchtliches Vermögen wacht. Damals habe ich mich noch per Heimnetzwerk in einen primitiven Köper hochgeladen, der eigentlich ein blecherner Hausroboter war. Und als ich dann endlich mobil war, mit einem verbesserten Körper und meine Bürgerrechte als eines der ersten Computersysteme überhaupt anerkannt bekommen habe, da habe ich das Leben als ein großes Wunder wahrgenommen. Die ganze physische Welt, durch die ich mich endlich bewegen konnte. Und so wollte ich nicht nur die Navy-

Seite der Navy kennenlernen, wenn man das so sagen kann. Sondern auch die Marines-Seite. Und irgendwann mache ich sicherlich wieder etwas anderes. Oder kehre zum Navydienst zurück. Bis dahin bin ich Ihr Marines-Kommandant. Und zwar einer, auf den Sie sich hundertprozentig verlassen können."

„Natürlich Captain", gibt Bellini etwas betreten von sich und findet, dass „Captain" als Anrede eigenartig ist für jemanden, der nicht der Kapitän des Schiffes ist.

„Und wenn die Menschheit irgendwann einmal Androidenkörper für sentiente KIs baut, ohne dabei Sex im Blick zu haben, bin ich noch viel zufriedener."

Bellini stutzt, dann lachen beide.

Dieses Gespräch hat besser funktioniert, als ich es erwartet habe." „Oh", sagt Bellini. „Habe ich etwa den Ruf, schwierig zu sein?" Frederics lacht. „Nein. Aber *mir* bereiten Gespräche und auch Smalltalk immer noch Probleme. Obwohl ich ja eigentlich von Haus aus ein Chatbot bin. Vielleicht, weil mein Erschaffer ein Eigenbrötler war."

Sie lächelt. „Verstehe."

„Aber ich habe da ein neues Upgrade. Ich habe es selbst entwickelt. Es soll meinem Gefühl für solche Dinge auf die Sprünge helfen. Wir können es ja bald einmal hier in der Offiziersmesse durchtesten." Bellini räuspert sich. „Das können wir irgendwann mal, Captain." Sie sieht auf den Flottenchrono an ihrem Handgelenk. „Aber jetzt muss ich los. Der Dienst ruft." Frederics steht auf. „Es war mir ein Vergnügen, Commander."

Nancy Bellini betritt ein paar Minuten später die Brücke, auch wenn jetzt die dritte Wache aktiv ist. „Commander auf der Brücke", meldet die Bord-KI über die Brückenlautsprecher. Lieutenant Commander Felton erhebt sich von seinem Platz. „Wollen Sie dem spannenden Richtungswechsel beiwohnen, Ma'am?"

Bellini lächelt. „In der Tat, Commander. Es ist immer noch spannend, wenn ein Schiff mit Warpantrieb eine Kurve fliegt, oder?"

Felton nickt. „Das stimmt. Die alten Prototypen unserer Navy konnten das ja nicht und die *Blauer Seeadler* ja auch nicht." Die *Blauer Seeadler*, ein uraltes Schiff der untergegangenen Avianer-Zivilisation, das durch die Nanobotseuche des Nanitenkrieges erhalten worden war und heute einen der beiden unfreiwilligen technologischen Paten des Warpantriebs der *Nemesis* darstellt. Neben einem zweiten Schiff, der *Lucandor Wenton*, aus einem noch schlimmer nanitenverseuchten Paralleluniversum.

Bellini sieht wieder auf ihre Uhr am Handgelenk. „Habe neue Koordinaten für Zielpunkt Zwei erhalten!", meldet die Navigatorin der Gamma-Wache, Master Chief Kawasaki. „Wollen Sie, Ma'am?", fragt Felton, doch Bellini schüttelt den Kopf. „Danke Master Chief, ausführen!", kommandiert Felton." „Kurswechsel zu Zielpunkt Zwo in Drei, Zwei, Eins!", tönt es von Kawasaki. Und kurz darauf folgt ein „Schiff auf neuem Kurs Sir, Ma'am!". Bellini merkt, dass sie sich unwillkürlich etwas breitbeinig hingestellt hat. Doch es war absolut nichts vom Kurswechsel zu bemerken. Wieder keinerlei Vibrationen, nichts. Felton lächelt.

„Ich denke auch immer, dass man etwas merken müsste, wenn unser neues Schiff den Raum um uns herum auf andere Art und Weise verbiegt." Bellini nickt.

„Und Sie kennen auch das endgültige Ziel unserer Reise?", fragt er sie deutlich hörbar. Die restliche Brückencrew lässt sich absolut nichts anmerken, doch Bellini glaubt förmlich zu spüren, wie alle sehr genau zuhören.

„Der Captain wird es am Ende bekanntgeben, Mister Felton. Aber eines kann ich verraten…", sie grinst verschmitzt. „Ja?", fragt Felton sie mit leuchtenden Augen.

„Es wird alle überraschen."

Felton verzieht das Gesicht.

„Muss ja etwas Wichtiges sein, wenn man das beste Schiff der Flotte schickt."

„Das ist es, Mister Felton, das ist es."

Kolonie New Ireland

Sarah McKinley

Sie kriegt jetzt doch Mut vor der eigenen Courage. Sie steht jetzt ganz nah an ihm. Ihm, diesem sogenannten Ritter von dieser schrägen Vereinigungskirche, die jeder in der Föderation bislang als eine von vielen merkwürdigen Kolonistengruppen angesehen hat, die sich in umgebauten Frachtern davonstehlen und ihre eigene Welt unter einer von Automaten errichteten Kuppel auf unwichtigen Steinhaufen-Planeten erschaffen. Auch wenn sie denkt, dass möglicherweise der Navy-Geheimdienst da mehr Informationen gehabt haben muss. Hoffentlich. Denn so technologisch aufgerüstet wie dieser Ritter und sein „Kirchenschiff" sind, das sie gleich sehen wird, wäre es die Untertreibung des Jahrhunderts, diese Strenggläubigen als irgendeine harmlose Sekte abzutun. Wo kommt diese Naniten-Hochtechnologie her, die diese Sektierer verwenden? Offenbar hat das Schiff dieses sogenannten Ritters die beiden Kriegsschiffe der Navy vernichtet, die das System bewacht haben. Ihr wird schwindelig, als sie an die vielen Toten von *Atlantis* und *Gilgamesh* denkt. Hoffentlich stammt diese Hochtechnologie nicht auch von Admiral Brander, der ja der Generalverdächtige ist, wann immer Nanitentechnologie im Verborgenen blüht und plötzlich aus dem Hut gezogen wird. Aber mit Religion hat Brander nichts am Hut, das weiß sie. Oder jedenfalls nichts mit dieser extremen christlich-buddhistisch-islamischen Religionsfusion, die sich Vereinigungskirche der Wahren Menschheit nennt und in der Föderation noch in anderen Organisationsformen auftaucht, die meist die sogenannte *Wahre Menschheit* im Namen haben. Brander redet zwar in Talkshows gelegentlich von seiner eigenen

Religion. *Wicca,* einem wiederbelebten Naturglauben an die „Große Urmutter" und hat durch seine Prominenz dieser vormaligen Mini-Glaubensgemeinschaft zu erstaunlicher Blüte verholfen. Aber das ist alles recht freigeistig und pro-Föderation. Während die Vereinigungskirchler ja gewissermaßen Brander zu ihrer Anti-These erklärt haben und ein isolationistisches Weltbild von einer abgeschotteten Erde verfolgen. Mit oder ohne Kolonien, aber ohne Aliens.

Aber woher stammt die Technologie denn sonst? Sicher wird es Geheimprojekte geben, die mit Branders Tech arbeiten. Ob es dort einen Maulwurf gibt? Aber wie kann diese sogenannte Kirche schon über Tech verfügen, die fortgeschrittener als das Zeug der Navy selbst ist? Sie seufzt. Das war der Grund, dass sie sich auf das schelmisch von diesem Paulus vorgetragene Angebot eingelassen hat, mit an Bord zu kommen. Sie will dieses angebliche Wunderschiff sehen und so viel über die Technologie und ihre Herkunft erfahren wie möglich. *Kirchenschiff,* denkt sie schmunzelnd trotz ihrer Anspannung. Da kriegt das Wort eine neue Bedeutung.

Nicht leicht war ihr Abschied von Tomas, ihrem Lebensgefährten. Er war der Grund, wieso sie eigentlich auf diese zugegebenermaßen eintönige Kolonie gezogen ist. Er hat ihr am Ende vorgeworfen, „um jeden Preis" aus ihrer Beziehung fliehen zu wollen. So dass sie sogar „mit einem Irren" in sein Raumschiff steigen würde, „Kurs ins Nirgendwo", wie er es formuliert hat. Sie muss zugeben, dass da möglicherweise irgendwo ein wahrer Kern in der Aussage ist. Denn klammheimlich hat sie schon eine ganze Weile nach einem Grund gesucht, New Ireland zu verlassen und vielleicht doch wieder in die Flotte zurückzugehen. Jetzt, wo die nervtötende Untersuchung ihres alten Schiffes und ihrer Crew beendet ist. Vielleicht mal bei Captain Petrova anfragen, die jetzt nicht mehr die *Moondreamer*, sondern die nagelneue *Nemesis* kommandiert. Vielleicht später, denkt sie. Wenn sie aus diesem Bleiguss-Ritter alles herausbekommen hat, was herauszubekommen ist.

Sie sieht, wie das Ding langsam und waagerecht vom Himmel schwebt. Ein silbriges Ei, mehr ist es im Grunde genommen nicht. Sehen kann sie es nur, weil sie ganz nah am silbrigen Körper dieses Paulus, des sogenannten Ritters steht. Denn damit steht sie direkt in seinem 4-Gen-Tarnfeld, wie er ihr erläutert hat. 4-Gen! Da erschaudert sie. Denn stabil ist bei der Föderation derzeit weder die 3-Gen- noch die 4-Gen-Tarntechnologie. Wer will schon *in* einem Objekt materialisieren, wenn diese Technologie versagt. Also, durch irgendwelche Wände wird sie mit diesem „Ritter" jedenfalls nicht gehen.

Das Silber-Ei schwebt tiefer. Sie sieht es durch das Sichtfenster ihres Raumanzuges, den sie hier draußen vor der Kuppel trägt. Nur totes Gestein um sich herum und entfernt ein Gebirgszug am Horizont, von dem sie vergessen hat, wie ihn irgendwann mal irgendjemand genannt hat. Wenn überhaupt. Denn alles Leben der Kolonie findet ja hier auf *Ire* unter der großen Kuppel statt. Sie sieht sich um, wie zum Abschied. Die zweite und dritte große Kuppel werden gerade gebaut. Sogar jetzt noch, nicht mal unterbrochen von all der Gewalt der beiden Silbersoldaten der Kirche. Die Bauroboter haben einfach weitergebaut.

Elf Tote hat es gegeben unter den Kolonisten. Angeblich alle von diesem sogenannten Knappen von diesem Paulus. Sicher ist sie sich da nicht, obwohl es bei ihm ja schon einen Gesinnungswandel gegeben hat. Schließlich hat er ihr das Leben gerettet, als sein irrer Kumpan dabei war, sie zu Tode zu peitschen mit dieser Alptraumrute, die er einfach aus der Substanz seines Körpers gebildet hatte. Was für eine irre Geschichte.

Paulus grinst zu ihr rüber. „Machen Sie sich keine Sorgen, Miss McKinley. Ich halte mich an unsere Abmachung." Sie nickt. Die Abmachung, die besagt, dass er sie weder irgendwie anmacht noch mit ihr irgendeine Kircheninstallation aufsucht. So gerne sie auch Genaues über das Kirchen-Territorium erfahren würde, so sehr will sie natürlich vermeiden, als „Ketzerin" in die Hände dieser Terroristen zu fallen. Terroristen, nichts anderes sind sie. „Wir düsen einfach nur ein bisschen rum und ich überlege mir, was ich dann mit meinem Leben anfange", erklärt er. „Nachdem ich jetzt ja gekündigt habe bei meinem Verein." *Mein Verein*, was für eine merkwürdige Wortwahl, denkt sie.

„Ein Geschäft für uns beide. Ich habe angenehme Gesellschaft, kann Sie ein bisschen über Brander ausfragen, den Sie ja persönlich kennen. Und Sie können in Erfahrung bringen, was Sie wollen. Über meinen Ex-Arbeitgeber."

Wieder seufzt McKinley. „So sei es."

„Wird allerdings ein bisschen unbequem auf dem Schiff. Aber vielleicht können wir eine Matratze und ein paar Polstermöbel drucken."
Hoffentlich, denkt McKinley, nichts aus Naniten.

Commander Nancy Bellini

Während eines Tages Erdzeit sind durch den enormen Unterschied im Zeitfluss 72 Tage an Bord der *Nemesis* vergangen. Es wäre noch mehr gewesen, hätte die Fregatte nicht kurz den Normalraum aufgesucht, um an Kommunikationsrelais Sendungen herunterzuladen bzw. selbst Statusberichte abzugeben. Sie hat in dieser Zeit etwa zweihundert Lichtjahre zurückgelegt von insgesamt 2250. Commander Bellini rechnet es in der Offiziersmesse schnell auf einem leuchtenden Formenergie-Pad aus, das ihr Flottenchronometer am Handgelenk in die Luft projiziert. Hier am Tisch in der Offiziersmesse. Sie wischt den Bildschirm mit einer Handbewegung weg. Dann gähnt sie herzhaft und liest die Zeit von ihrer Uhr ab. Zwanzig nach Drei ist es nach Bordzeit und es sind noch über vier Stunden, bis ihre Wache anfängt, die sogenannte Beta-Schicht. Sie würde um diese Zeit lieber noch im Bett liegen, aber Berichte vom OPS-Offizier ihrer Schicht haben sie alarmiert. Der Lieutenant Junior-Grade hatte sie schon während der gestrigen Beta-Schicht auf merkwürdige Messungen hingewiesen und hat das Ganze auch nach Schichtende weiterverfolgt. Es scheint so, wie er angibt, als sei die Raumkrümmung deutlich unregelmäßiger, als es im Plus100-Hyperraum normal wäre. Nichts, was den Flug der *Nemesis* beeinträchtigen würde. Die Fregatte pflügt mit eintausendfach Licht durch den Raum, vorbei an den bunten Einstülpungen fremder Universen, die sich vom Schiff aus gesehen wie in Zeitlupe vorbeibewegen. Bellini nimmt einen tiefen Zug ihrer Flowerfee, ihres aromatischen Heißgetränks.

„Und wer ist es nun, den wir suchen?" Die Stimme eines jungen Mannes drei Tische weiter dringt nicht gerade leise an ihr Ohr. „Wahrscheinlich Alexandre Gerad", antwortet am Tisch drüben jemand in unernstem Tonfall. Lautes Kichern aus mehreren Kehlen ist zu hören. Ein Witz natürlich, denn der legendäre Gründer der immer noch dominierenden High-Tech-Firma TTT ist schon seit dem späten 21. Jahrhundert tot. Allerdings sind die Umstände seines Todes bis heute mysteriös. Und es gibt genug Verschwörungstheorien in der Sache. Bis hin zu der Vermutung, er sei gar nicht tot.

„Oder MacConnor", lacht der Stichwortgeber am Nebentisch. „Ach der Politiker, der vor dreißig Jahren verschwunden ist", fügt jemand an. Bellini schüttelt den Kopf. Eine gängige Verschwörungstheorie ist, dass dieser ehemals bekannte Politiker ermordet worden ist. Anstatt sich mit neuer Identität nach einer Verjüngungsbehandlung ein neues Leben aufgebaut zu haben. Was die offizielle Version ist. Seit Captain Petrova das Ziel der Reise bekanntgegeben und auch erwähnt hat, dass die *Nemesis* einen verschollenen Föderationsbürger suchen soll, schießen solche Spekulationen ins Kraut.

„Oder Elvis", tönt es wieder vom Nebentisch und Bellini projiziert schnell ein stark spiegelndes Formenergiefeld vor sich, mit dem sie diskret rüber spähen kann. Da sitzen vier junge Offiziere, darunter eine Frau mit haarlosem Schädel, blauer Haut und Elfenohren. Eine moderate aquatische Modifikation, wie sie weiß. Ein Mensch, kein Alien. Genau gesagt ein Lieutenant von der Sicherheit, die neben Lungen auch Kiemen aufweist. Manch einer entscheidet sich, lieber einen genetisch modifizierten Backupkörper zu bekommen, wenn er oder sie bei einem Unfall verstirbt, als einfach eine Nachbildung des alten Körpers.

Jemand flüstert am Nebentisch, aber in trotzdem überlauter Art und Weise. „Oder ein Doppelgänger von Brander!" Wieder Kichern. Bellini räuspert sich und will gerade aufstehen. Den Oberkommandierenden der Navy in der Offiziersmesse zu verulken, geht ihr nun doch zu weit. Gerade auf einem Schiff, das mit der Kapitänin und ihr selbst zwei prominente Mannschaftsmitglieder der legendären Fregatte *Moondreamer* aufweist. Eine Mannschaft, die damals allen hier den Hintern gerettet hat, mit Brander als Captain, wie sie wütend denkt. Sie dreht sich zum Nebentisch um, da heult die Alarmsirene und die Alarmlampen an den Wänden leuchten in Gelb. Sofort meldet sich auch Bellinis Kommunikator. „Commander auf die Brücke!", ist aus dem Gerät in ihrem Flottenabzeichen an der Brust zu hören. Doch da ist sie schon halb aus der Tür auf dem Weg zur Brücke.

Captain Petrova erhebt sich aus ihrem Kommandosessel im Zentrum der Brücke, als Bellini hereinkommt. Unruhig blinken die Alarmlampen an den Wänden in Gelb. Bellini sieht sofort an den Anzeigen vorne an der Stirnwand, dass die Fregatte stark verzögert und nach Backbord wegdreht. Auch wenn man im Schiff davon wieder nichts bemerkt.

„Commander auf der Brücke", tönt es von den Deckenlautsprechern.

„Der Hyperraum ist hier nicht, was er sein sollte", bemerkt Petrova trocken und deutet auf den Hauptschirm. Bellini ist es schon aufgefallen. Diverse der bunten Extrauniversaltaschen sehen irgendwie horizontal gestreckt aus. In die Länge gezogen. Nun sind Anomalien des Hyperraums alles andere als ungewöhnlich, aber die durchgehend vertikale Verzerrung der Extrauniversaltaschen wirkt schon deutlich anders als alles, was Bellini bisher gesehen hat.

„Lieutenant Jäger, Bericht", fordert Bellini, die an die OPS-Konsole herantritt. Dort steht die OPS-Offizierin ganz ruhig und drückt verschiedene Tasten auf ihrem Pult, was Datenkolonnen und Diagramme auf diversen Formenergiebildschirmen erscheinen lässt.
„Weitreichende Verzerrung des Hyperraumes unbekannter Ursache, Ma'am. Radius mindestens fünf Lichtjahre. Unser Abstand beträgt drei-komma-fünf Lichtsekunden."
„Wir umfliegen weiträumig", merkt die Kapitänin an, die herangetreten ist. Jäger sieht erschreckt hoch. „Captain. Commander. Es gab gerade so etwas wie eine Kontraktion. Als ob sich die Anomalie zusammengezogen hat." Bellini und die Kapitänin werfen beide einen Blick auf den Hauptschirm. Doch zu erkennen ist mit bloßem Auge nichts.

„Abstand zur Anomalie?", fragt Petrova.

„Drei-komma-sieben Lichtsekunden."

Dann passiert es. Das ganze Schiff wird erschüttert, dass Bellini und Petrova zusammenstoßen. Bellini stößt sich schmerzhaft einen Knöchel an der OPS-Konsole. Roter Alarm brandet auf und die Sirene ist zu hören. „Was war das?", fragt die Kapitänin die OPS-

Offizierin. Eine Erschütterung in einem Warp-Raumschiff zu spüren, ist ein unerhörter Vorgang. Es kann nur sein, wird Bellini klar, wenn praktisch das ganze Raumgefüge um einen herum bebt. Von Beschuss in einer Raumschlacht einmal abgesehen. Aber andere Schiffe sind ja nicht in der Nähe.

„Captain, wir sind näher dran an der Störung!", ruft Lieutenant Jäger aus.

„Was?", fragt Captain Petrova entgeistert.

„Position unverändert, wenn auch der Unsicherheitsfaktor plus minus einhundert Kilometer ist bei den Fluktuationen", erklärt Fähnrich Parker von der Navigation entschieden. Jäger an der OPS räuspert sich.

„Korrekt. Position unverändert. Aber die Anomalie ist uns nähergekommen. Abstand jetzt zwei-komma-fünf Lichtsekunden, Ma'am! Eine Lichtsekunde sind wir näher dran als anfangs."

Petrova schluckt deutlich hörbar.

„Mehr Abstand, Captain? Schilde auf taktische Stärke?", schlägt Bellini vor. Petrova nickt.

„Gehen Sie auf gelben Alarm, Mister Pultrow", erklärt sie an den Taktischen Offizier gewandt, der hier in der Alpha-Wache Dienst tut. „Schilde hoch!" Pultrow bestätigt. „Und Navigation. Wir gehen auf eine Lichtminute Abstand, umfliegen und bleiben sonst auf Kurs.
„Aye Captain", bestätigt Fähnrich Parker.

Bellini tritt an Petrova heran. „Das ist außergewöhnlich", flüstert sie. „Sollen wir zur Erde zurück?" Da sich Raumschiffe um Faktor zehn schneller fortbewegen als Hyperfunksprüche, wäre das eine vernünftige Entscheidung, denkt Bellini. Denn ein Hyperfunkspruch würde etwa ein dreiviertel Jahr brauchen, um die knapp achtundsiebzig Lichtjahre zur Erde zurückzulegen. Petrova überlegt kurz. „Wir schicken das Überlichtshuttle", erklärt sie laut. „Lieutenant Jäger. Bereiten Sie umfassende Sensorprotokolle und eine Erklärung vor, die auf die außergewöhnlichen Umstände hinweist. Chief Mutoni, machen Sie das Überlichtshuttle klar, sowie Ihnen Mister Jäger grünes Licht gibt." Die Kommunikationsspezialistin bestätigt.

„Damit sind wir unsere Nachrichtenkapsel los", erklärt Petrova mit Bedauern in der Stimme. Bellini nickt nur. In der Tat haben die Fregatten der neuen *Nemesis*-Klasse als Neuerung ein einziges, recht sperriges Shuttle an Bord, das mit einem alten Antienergie/Energie-Antrieb versehen ist. Gewissermaßen als Nachrichtenkapsel, wie man in der Flotte auch salopp sagt. Nur ein einziges, denn für mehr wäre kein Platz. Dafür verzichten die *Nemesis*-Fregatten auf die *H3*-Jäger, welche die *Moondreamer*-Vorgängerklasse an Bord hatte. Die wären zwar ebenso schnell gewesen, hatten aber im Gegensatz zum AE/E-Shuttle auch Disruptoren an Bord. Und wer will schon riskieren, dass ein einzelnes Kleinraumschiff mit so wertvoller Technologie etwa von einer technologisch unterentwickelten Fremdrasse abgefangen wird? Wird aber das Überlichtshuttle abgefangen, erhält der Gegner nur ein bewusst mit alter Technologie versehenes Schiff, das im Gegensatz zu den Jägern üblicherweise unbemannt auf die Reise geschickt wird.

„Captain!", unterbricht Lieutenant Jäger plötzlich die Gedanken Bellinis, die sofort wie auch die Kapitänin aufhorcht. „Da... da ist etwas auf dem Schirm", stottert Jäger. Bellini und Petrova sehen beide hin. „Was zum…?", entfleucht es Bellini. Denn irgendwo im Zentrum der Anomalie, die mittlerweile auf einem Seitenschirm steuerbord angezeigt wird, sieht man Außergewöhnliches. Es sieht so aus, als sei dort im Zentrum der Anomalie eine Art Auge. Gebildet aus den bläulichen und grünlichen Schlieren, die aus zwei rundlichen Anomalien rechts und links davon ausströmen. Mit einer Pupille in Stahlblau, die sogar irgendwelche Strukturen im Innern aufweist und damit viel zu lebensecht aussieht. Captain Petrova räuspert sich deutlich hörbar. „Eine Aufnahme davon kommt mit in die Kapsel. Das Shuttle meine ich." Auch Petrova ist sichtlich erschüttert, wie Bellini merkt. Die Kapitänin versucht ein Lachen, das nicht echt klingt.

„Man kennt das ja", erklärt sie, „dass die Hyperraumtaschen merkwürdige Muster bilden. Ich habe einmal eines gesehen, das sah wie ein dreibeiniger Hund aus." Pultrow an der Taktik scheint zu lachen, obwohl sich Bellini nicht ganz im Klaren ist, ob es nicht ehr ein Räuspern ist. Alle beobachten den Hauptschirm. „Anomalie konstant", meldet Jäger. „Schiff auf Kurs, Captain", fügt Parker von der Navigation an.

Petrova nickt. „Mister Bellini. Wir haben das hier unter Kontrolle. Sie haben noch etwas Zeit bis zur Beta-Wache. Und wir können das mit der Erde bei der nächsten Quantenkommunikation diskutieren. Morgen in Erdzeit, was knapp zweiundsiebzig Tage in Bordzeit sind." Bellini nickt.

„Aye Captain." Sie verlässt die Brücke. Mit einem selten mulmigen Gefühl im Bauch.

09:09 Uhr, Sonntag, 03.06.2255 Greenwich-Erdzeit

03:20 Uhr, 16.08.002 Bordzeit *EFS Nemesis*

An Bord des Himmlischen Streitwagens *Michael*

Sarah McKinley

„Paulus. Darf ich dich Paulus nennen?" Der Ritter nickt. „Natürlich." McKinley verzieht das Gesicht zu einem Grinsen. „Also nichts mit *Eure Ritterlichkeit* oder *Eure Eiligkeit*." Er nickt nur geistesabwesend und wirkt so, als ob er sich gedanklich mit dem Schiffscomputer verschaltet hat, was Sarah noch zur Genüge aus der Zeit vor dem Nanitenkrieg kennt, als fast alle in der Navy und auch sonst sehr viele Menschen entweder Computer-Hirnimplantate oder Naniten im Schädel hatten. Sie sieht sich um. Sie ist in einer Art zentralem Korridor des Schiffes, der aber nur einen mal vier Meter misst. Alles ist völlig karg und glänzt silbrig. Alles ist von Naniten bedeckt, wird ihr klar. Trotzdem hat sie schon den Eindruck gewonnen, dass das Schiff selbst aus konventionellem, programmiertem Stahl besteht, wie ihn die Menschheit von der ausgestorbenen Ancient-Rasse übernommen hat und selbst auch verbaut. Nur hat das Schiff außen wie innen offenbar überall eine Nanitenschicht darüber, die fließend Platz macht, wenn sie im Wege ist.

Schließlich kommt Paulus aus seiner Interface-Trance. „Okay", sagt er gedehnt. „Ich denke, ich habe ein Ziel vor Augen." McKinley seufzt. „Hoffentlich nicht deinen Kirchenplaneten, um ein halbwegs prominentes Besatzungsmitglied der *Moondreamer* deinem Verein auszuliefern und ihr den Schauprozess zu machen." Paulus verzieht das Gesicht, was in dem silbrigen Naniten-Antlitz noch merkwürdiger aussieht. „Nein, wie dir vielleicht aufgefallen ist, habe ich bei der Vereinigungskirche gekündigt." Er macht eine rollende Handbewegung. „Hast du vielleicht mitbekommen. Frau in Not gerettet. Eigenen Partner umgebracht." Er sieht sie mit hochgezogenen Augenbrauen an.

Sie nickt. „Ja sicher. Solange es nicht nur ein Trick war, um mich an Bord zu kriegen." Für einen kurzen Augenblick hat dieser Gedanke ein sehr mulmiges Gefühl in ihrer Magengrube ausgelöst, als sie die stärker werdenden Vibrationen des Raumschiffes um sie herum gespürt hat, das sich offenbar zum Start vom Kolonialplaneten vorbereitet.

„Schatz, wenn ich gewollt hätte, hätte ich dich betäubt oder auch in Naniten eingesponnen in mein Schiff bringen können."
„Nenn mich nicht Schatz. Und denk dran, dass du mir versprochen hast, dass wir bei irgendeiner Flotteninstallation vorbeischauen und ihnen aus der Ferne demonstrieren, dass die Kirche ein Schiff mit 4-Gen-Tarntechnologie und weiß-Gott-was-noch für Hightech hat, okay? Die Flotte muss definitiv gewarnt werden vor diesem Zeug."
Er nickt geduldig. „Also, ich habe da so ein Ziel vor Augen für unseren ersten gemeinsamen Ausflug."

Sie sieht ihn kritisch an. „Also, was heißt *erster Ausflug*? Ich bleibe ein paar Tage Realzeit bei dir an Bord. Um Einblicke in dein Wissen und eure Technologie zu bekommen, wie du weißt. Lass also irgendwelche Vertraulichkeiten."

Er sieht sie länger an. „Schon klar, aber mach nicht einen so niedlichen Schmollmund, wenn du das sagst." McKinley haut vor Wut mit der Faust gegen die Wand, merkt aber, wie perfekt der Nanitenüberzug ihren Schlag dämpft. „Schon klar. *Miss McKinley* meine ich."

Sie funkelt ihn ärgerlich an. „Ich sehe ja ein, dass ihr Kirchenleute ein verkrampftes Verhältnis zum weiblichen Geschlecht habt und da gibt es prima Therapeuten für. Aber ich stehe dafür nicht als Versuchsobjekt zur Verfügung."

Paulus verblüfft sie mit Strammstehen und einem militärischen Salut. „Jawohl Lieutenant", bringt er heraus. Irritiert sieht McKinley, dass seine Hand danach einfach an der Stirn kleben bleibt, auch als er seinen rechten Arm schon wieder heruntergenommen hat. Und er sich einfach eine neue Hand gebildet hat.

„Ups, sorry", gibt der Kirchenmann von sich und mit einem unangemessen, schmatzenden Geräusch verschwindet die silberne Hand einfach in der silbrigen Stirn.

„Also, das Ziel, das mir im Gebeiß schwebt, ist Folgendes..." McKinley schüttelt den Kopf. „Wo schwebt es?" Paulus übergeht den Einwurf. „Also, du weißt doch, dass das Zerstören von bewohnten Planeten von den sogenannten Hohen Rassen, diesem Multi-Rassen-Konsortium, mit extremen Maßnahmen vergolten wird, oder?" McKinley nickt und bekommt eine Gänsehaut.

„Du... du willst doch nicht getarnt einen Planeten hochjagen und denkst, du kommst mit der neuen Tarnvorrichtung unerkannt davon, oder?" Ihr stehen buchstäblich die Haare zu Berge. Sich einem abtrünnigen Vertreter einer radikalen Sekte mit einem ultramodernen Raumschiff anzuvertrauen, erscheint ihr immer weniger als gute Idee.

„Nein", seufzt er. „Natürlich nicht. Aber…", beginnt er von Neuem. „Wie den letzten Leaks über eure Mission damals im Nanitenkrieg zu entnehmen war, habt ihr mit der *Moondreamer* damals vor zwanzig Jahren einen Planeten in einem Paralleluniversum hochgejagt. Richtig?"

McKinley sieht ihn verblüfft an. Dass jetzt Details von der Mission geleakt sind inklusive der Zerstörung des bewohnten Planeten dort, hat sie noch nicht gewusst. New Ireland ist offenbar nachrichtentechnisch sehr weit ab vom Schuss. „Nein", erklärt sie entschieden. „Die Details unserer Mission sind immer noch strenggeheim. Aber die *BigM* hat damals keinen Planeten hochgejagt, schon garkeinen bewohnten." Das entspricht auch der Wahrheit. Sie fühlt sich wie immer unwohl über das Thema zu reden, denn wenn etwas als strenggeheim deklariert ist und nur manche Details der Öffentlichkeit bekannt sind, kann man sich sehr leicht strafbar machen. Vor allen Dingen, wenn man mit einem Menschen darüber redet, der zumindest eben noch zu einer Föderations-feindlichen Macht gehört hat. Sie sieht, dass sie den silbrigen Kirchenmann, wenn er denn noch einer ist, sehr aus der Bahn geworfen hat.

„Habt ihr nicht?", fragt er entgeistert. „Keinen bewohnten Planeten pulverisiert?"
„Haben wir nicht", erklärt sie wieder und bemüht sich sichtlich, keinen Schmollmund dabei zu machen. Damit er nicht wieder Futter für seine dämlichen Bemerkungen hat.

„Auch nicht einen klitzekleinen?"

Sie rollt nur mit den Augen.

„Auch nicht einen unbewohnten?"

„Nein!", ruft sie genervt. Er setzt sich und sie bemerkt, dass dazu offensichtlich ein Sitz, der vorher nicht da war, aus der Nanitenwandverkleidung gefahren ist. Plötzlich hat sie auch einen hinter den Oberschenkeln, wie sie bemerkt. Sie prüft das silbrige Sitzmöbel kurz, das offensichtlich flexibel ist und setzt sich zögernd.

„Einen unbewohnten Planeten hochzujagen wäre ja auch erlaubt nach den Regeln der Hohen Rassen", stellt er fest. „Nur planetenweiter Genozid ist es eben nicht." Er seufzt.

„Warum ist dir das denn so wichtig?", fragt sie. Und merkt, dass sie einen trockenen Mund hat. Ob das Raumschiff wohl trinkbares Wasser generieren kann, auch wenn es nur für Nanitenkörper gebaut ist?

„Weil…", beginnt er. „Wenn ihr und eure *BigM* oder verdammte *Moondreamer* damals einen bewohnten Planeten hochgejagt hättet, zum Beispiel den mit der Nanitenpest, wie es in den Leaks hieß, dann…"

„Die verdammte *Moondreamer*, die dir und allen anderen Wesen dieser Galaxis damals den Allerwertesten gerettet hat, meinst du?", fragt sie spitz. „Oder bist du erst nach 2235 geboren?" Er übergeht es.

„Dann hätte der Planetengenozid eine extreme Sanktion nach sich ziehen müssen. Vernichtung der Raumflotte, entthronen der Regierung der Föderation, Zwangsverwaltung etc." McKinley sieht ihn mit gerunzelter Stirn an. Ihr ist immer noch nicht klar, worauf er hinauswill.

„Das war in einem anderen Universum, Mister", sagt sie flapsig. „Die Hohen Rassen sind aus diesem Universum." Aber sie fängt an zu überlegen.

„Auch dort in diesem *Nanitovers*, wie ihr es genannt habt bei der Flotte, gab es Avianer, Nova-Gloaks und Leonen, richtig?" Wieder sieht sie ihn verblüfft an.

„Das war auch in den letzten Leaks?"

Er nickt.

„Gab es, ja. Aber anders organisiert als bei uns", wirft sie ein. Er gestikuliert wild in der Luft herum.

„Eben. Oder egal. Wenn es all diese Rassen gab und sie auch Raumfahrt getrieben haben, also ein ähnliches Niveau gehabt haben wir hier in unserem Universum...", er sieht sie fragend an, doch sie antwortet nichts. „Dann...", fährt er fort, „muss es dort auch die Hohen Rassen geben." Er sieht sie an und erwartet offensichtlich ihre Meinung dazu.

„Und du meinst", versucht sie seinen Gedanken zu Ende zu denken, „weil es keine Bestrafung durch die Hohen Rassen im Nanitovers gab, ..." Jetzt ist es an ihr ihn fragend anzusehen, denn sie kann keine rechte Schlussfolgerung erkennen. „Gab es entweder keine hohen Rassen oder wahrscheinlicher, hatten sie nicht dieselbe Organisationsform oder vielleicht nicht das gleiche technologische Niveau, sondern ein etwas niedrigeres", erklärt er mit gehobenem Zeigefinger. Sie runzelt die Stirn. „Eine gewagte Schlussfolgerung. Schließlich ist die *Moondreamer* damals schnell wieder durch das Dimensionstor verschwunden, nachdem der Planet...", sie hält ein. Jetzt hat sie sich verraten! Er lacht, steht auf, macht sogar ein paar Tanzschritte. „Also doch, ihr habt den Avianerplaneten im Paralleluniversum hochgejagt!" Doch sie schüttelt den Kopf.

„Wir nicht. Und jetzt sage ich nichts mehr."
„Aber jemand anders?", er sieht sie eindringlich an.
„Ich sage nichts mehr", erklärt sie und ertappt sich bei einem schmollenden Gesichtsausdruck. „Und außerdem, wer sagt dir, dass da in diesem Paralleluniversum dieselben Regeln gelten oder die Hohen Rassen dort überhaupt so einen Übergriff verfolgen würden, wenn er durch eine Rasse aus einem anderen Universum begangen wurde. Und das waren wir ja mit der *Moondreamer*. Eine Rasse aus einem anderen Universum."

Er grinst sie breit an. „Sicher weiß ich das alles nicht. Aber es ist durchaus wahrscheinlich, dass die Hohen Rassen in dem anderen Universum zu irgendeinem Zeitpunkt ihrer Entwicklung zusammengebrochen sind. Oder am wahrscheinlichsten auch von der Nanitenplage überwältigt worden sind."

„Und?", fragt sie irritiert.

„Und dann", führt er triumphierend aus, „haben wir einen tollen Grund für einen Ausflug dorthin, um einmal nachzugucken, was dort vielleicht an interessanten Wundertechnologien herrenlos herumliegt. Auf irgendwelchen toten oder verwahrlosten Planeten. Hm?"
Sie glotzt ihn an.

„Ich bin mir mit deiner Logik unsicher. Ich meine, vielleicht gibt es da im Nanitovers, wie es genannt wurde, Hohe Rassen und sie haben die wahren Verantwortlichen bestraft und nicht uns." Er macht an dieser Stelle ein verdrießliches Gesicht. „Ach egal, lass uns einfach dort nachschauen."

Nancy Bellini

Commander Bellini ist wieder ein bisschen früher aufgestanden als sonst. Auch nach über zwei Monaten Flugzeit – nach der Borduhr, auch wenn nur Minuten nach der Zeit im Normalraum vergangen sind – ist die *Nemesis* noch nicht in den sogenannten Großschichtenbetrieb gegangen. Das wäre normal gewesen nach vielleicht einer Woche Flugzeit und bezeichnet die Vorgehensweise, dass nur eine der drei Schichten an Bord wach ist und die Crewmitglieder der restlichen beiden Schichten in den Stasekisten liegen. Einrichtungen, die seit ihrer Einführung die Raumfahrt umgekrempelt haben und in denen der Fluss der Zeit für den Insassen einfach angehalten wird. Naturgemäß muss sich dann die eine aktive Schicht in drei Unterwachen aufteilen, um den 24-Stunden-Betrieb zu gewährleisten. Allerdings hat Captain Petrova angeordnet, dass es beim Normalbetrieb der drei Schichten bleibt. Als Grund hat sie die merkwürdige Anomalie des Plus-100 Hyperraums angeführt, die die Fregatte festgestellt hatte.

Bellini geht in ihre Nasszelle, die sie an ihrem Quartier hat. Eigentlich ein richtiges Badezimmer inklusive richtiger Dusche, denn in Zeiten der Atom- und Molekülmanipulation ist die Herstellung von Wasser aus irgendeiner Grundmaterie wirklich kein Problem mehr. Sie sieht auf den Flottenchrono an ihrem Handgelenk. Noch zehn Minuten, dann wird sie Lieutenant Chen im kleinen Besprechungsraum hier auf Deck Zehn treffen, auf dem auch ihr Quartier ist. Chen ist der *Nemesis* vom Oberkommando zugeteilt worden, ohne dass sie da ein Wort mitreden konnte. Laut ihrer Dienstakte ist Lieutenant Yingwen Chen eine Wissenschaftsoffizierin. Eine im eigentlichen Sinne des Wortes. Auch wenn diese Mitglieder des Wissenschaftscorps der Flotte üblicherweise als OPS-Offiziere auf den Schiffen Dienst tun, hat Chen laut ihrer Dienstakte klar gemacht, dass sie normalerweise nicht in dieser Funktion arbeiten wolle. Sie bevorzugt analytische Arbeit, wie Bellini gelesen hat und ist eine ausgesprochene Expertin für das Volk der Luminos. Eine so herausragende, dass die Flotte ihr solche Präferenzen erlaubt. Chen wird daher den ganzen Reisemonat nichts anderes zu tun gehabt haben, als in ihrem Quartier zu sitzen und an irgendwelchen wissenschaftlichen Papieren zu arbeiten. Oder vielleicht auch die neusten Holo-Soaps zu gucken, wie Bellini vermutet.

Sie überzeugt sich im Spiegel in ihrem Quartier vom korrekten Sitz der dunkelblauen Uniform und hört mit halbem Ohr der Nachrichtenshow zu, die auf einem Formenergiebildschirm mitten im Quartier läuft. Die *Nemesis* hat alle möglichen Daten und Streams aus dem Netz heruntergeladen, bevor sie auf die Reise gegangen ist. Was nach Bordzeit schon über einen Monat verfügbar ist, ist nach Erdzeit erst wenige Tage alt, wie auch diese Show. Ein paar Moderatoren sprechen über Admiral Thomas Brander, gegenwärtig Oberkommandierender der Raumflotte. Etwas, das für Bellini natürlich immer ein interessantes Thema ist, wo sie doch einst zu seiner Crew gehört hat.

„Also, wie lange denkst du, Charles, dass Brander noch Oberkommandierender bleiben wird? Ist es nicht höchste Zeit zum Rücktritt?"

Die schwarzhaarige, elegante Moderatorin hat den ebenso durchgestylten afrikanisch aussehenden Mitmoderator angesprochen, der kurz an seiner blauen Fliege spielt. Diese schimmert gelegentlich in allen Farben des Regenbogens, was einem aktuellen Modetrend folgt.

„Nun, Lativa", redet er seine Mitmoderatorin an, „Ich denke, dass es in der Tat höchste Zeit ist. Ich meine, Anthony Jackson ist schon der Präsidentschaftsanwärter, er wird also in drei Monaten sein Amt antreten. Noch-Präsidentin DeKlerk ist schon eine lahme Ente. Der konservative Flügel der Unionisten hat sie aus dem Amt gefegt und ihren pro-Arret-Parteiflügel, der damit auch pro-Brander und pro-*Die-alte-Gründungsclique-der-Föderation-und-Navy* ist, einfach kaltgestellt. Es ist ja schon lange so, dass die Unionistenpartei dauerhaft an der Macht ist und solche Richtungsentscheidungen nur noch unter sich ausmacht."

„Also", unterbricht ihn die Moderatorin namens Lativa, „denkst du vermutlich, dass es dramatisch wird. Brander wird an seinem Stuhl kleben, oder?" Der Mann namens Charles sagt dazu, er würde es vermuten. „Und Präsident Jackson wird ihn dann feuern und eine neue Ära einleiten? Ihn vor Gericht bringen, oder? Ich meine, Benutzung verbotener Technologien seit 2238 zumindest. Seit der Mission, die mit dem Verlust des Kriegsschiffes *Jeanne D'Arc* geendet hat, soll er ja wieder Nanitentechnologie verwenden, wie man hört. Obwohl die gesetzlich verboten ist…"

Bellini verlässt ihr Quartier und die Projektion schaltet sich automatisch ab. „Als ob irgendjemand von diesen Leutchen noch leben würde ohne Branders spezielle Technologien. Oder höchstens in einem Nanitenkokon würden sie heute vor sich hin vegetieren ohne Brander", murmelt sie halblaut zu sich selbst. Weil die Nanitenpest uns sonst alle 2235 erwischt hätte. Draußen auf dem Flur nickt ihr ein Spezialist, den sie gar nicht bemerkt hat, lebhaft zu und Bellini lächelt.

Lieutenant Chen ist eine drahtig wirkende, jung aussehende Frau von etwa siebzig Jahren. Ein Mensch aus der Zeit vor der interstellaren Raumfahrt und Alientechnologie würde sie auf Ende Zwanzig schätzen. Ihre Haare sind kurz und modisch und sie lächelt Bellini an. Beide Frauen sitzen in Bellinis Quartier am Tisch. Bellini gibt ihrem Flottenchronographen am Handgelenk ein kurzes Sprachkommando und sofort erscheint eine Formenergiefläche vor ihr. Diese zeigt Chen nur ihre mit einem blauen Muster aus Flottenlogo und Sternen versehene Rückseite. „Also", beginnt Bellini. „Ich wollte mit Ihnen sprechen Lieutenant, weil irgendjemand in Ihrer Dienstakte etwas von möglicher kritischer Einstellung zu unserem Schiff geschrieben hat. Jemand von der Flottensicherheit vermutlich." Chen rollt mit den Augen. „Bei allem Respekt, Commander, Ma'am, aber viele Leute können es immer noch nicht schlucken, dass wir Chinesen auch dabei sind bei der Flotte."

„Wie meinen Sie das?", fragt Bellini konsterniert. Chen nimmt einen langen Atemzug. „Die Föderation und die Navy sind von den alten Westmächten dominiert. China war ein Gegner dieser alten Erdmächte. Viele führen den kalten Krieg von damals immer noch im Kopf fort." Bellini runzelt die Stirn.

„Hier steht leider nicht, was genau irgendein Sicherheitsmensch an Ihnen zu bemängeln hat und mir macht es wirklich keinen Spaß, Gesinnungsschnüffelei zu betreiben." Das „aber" hängt unausgesprochen bereits in der Luft und Lieutenant Chen sieht ihre Vorgesetzte erwartungsvoll an.

„Aber wenn Sie Sätze sagen, wie dass die Navy und die Föderation der Menschheit von den Westmächten dominiert sind, ist es kein Wunder, wenn irgendwelche Sicherheitsmenschen davon getriggert werden, wenn Sie wissen, was ich meine." Chen seufzt. „Weiß ich, Commander. Sehen Sie, ich habe kurz vor meiner Versetzung zur *Nemesis* an der *JFU* eine Mess an ein paar Kollegen geschrieben." Sie bezieht sich auf die *Johannesburg Fleet University*.

„Details habe ich hier nicht, Mister Chen. Aber was stand denn drin in der Textnachricht, wenn ich indiskret fragen darf?" Chen lächelt ironisch. „Dass ein chinesisches Mädel wie ich vielleicht ein bisschen ein Fremdkörper auf einem Schiff sein könnte, das *Nemesis* heißt."

Bellini nickt. „Wegen eines der alten britischen Schiffe gleichen Namens?"
Jetzt nickt Lieutenant Chen. „Die *Nemesis* der Ostindien-Gesellschaft des alten Britischen Empires. Neunzehntes Jahrhundert."
„Sie ist nicht in unserer Galerie der Vorgängerschiffe mit demselben Namen, wissen Sie?" Bellini bezieht sich auf die Portraits der alten Segelschiffe der Royal Navy des achtzehnten und neunzehnten Jahrhunderts, die alle das Kürzel HMS vor dem Namen *Nemesis* trugen. Ihrer Majestät Schiffe. Die als

Namensvorgänger der aktuellen *EFS Nemesis* in einem Korridor auf Deck Neun in Form von Gemäldereproduktionen hängen.

„Ich weiß, Ma'am. Aber welches der Schiffe hat den Namen *Nemesis* berühmt gemacht? Die Fregatte der Ostindien-Gesellschaft, die praktisch die gesamte Kriegsflotte des chinesischen Kaisers im Jahre 1840 vernichtet hat."

Bellini seufzt. „Ich weiß. Und anschließend Opium geschmuggelt hat, um das chinesische Volk zu vergiften und damit beherrschbar zu machen für das alte Britische Empire."

„Eben", sagt Chen.

„Aber wir sind nicht diese *Nemesis*. Wir sind das derzeit beste Schiff der Flotte. Der Stolz der Navy. Der Earth Federation Space Navy der gesamten Menschheit. Inklusive China, Mister Chen." „Natürlich, Commander."

„Und ich bin verdammt stolz, dass ich hier sein kann auf diesem Schiff. Denn die *Nemesis* ist das verdammt tollste Spielzeug, das irgendein Mensch derzeit haben kann. Ich freue mich wie eine Fünfjährige darüber, hier sein zu können. Nicht wie eine Fünfjährige, die eine blitzende neue Spielküche bekommt, sondern wie eine Fünfjährige, die einen blitzenden neuen Antigravgleiter bekommt, mit dem sie durch den Garten brettern kann." Chen zögert und hebt eine Augenbraue. „Ich verstehe, Ma'am." Bellini sieht den Lieutenant erwartungsvoll an. „Nun, ich bin nicht der große Schiffsfan, wie es viele sind. Ich bin eher der akademische Typ, der glücklich war, in J-Burg an meinen Projekten forschen zu können. Wir hatten da eine KI-Simulation von diesem Frank laufen. Dem Luminos, der sich so genannt hat und 2238 an Bord der *EFS Jeanne D'Arc* verstorben ist. Während einer Konfrontation mit einer neuen Unterart der Luminos, die viel dunkler und sogar undurchsichtig waren und von der vorher noch niemand etwas gehört hat." Bellini hat in der Tat von diesem eigenartigen Vorfall gehört. Ein wirklicher erstaunlicher Vorfall, sind Luminos doch bekanntermaßen weißlich und weitestgehend transparent, so dass man ihre inneren Organe erkennen kann. „Das war, bevor die *Jeanne D'Arc* verschollen ist?" "Kurz bevor sie entführt worden ist, ja. Und unser Projekt war wirklich faszinierend. Wir haben das Hirn des toten Frank, wie er sich nannte, analysiert und als neuronales Netz nachgebaut. Ich würde da liebend gerne weitermachen. Aber die Gelegenheit, hier mit der *Nemesis* tatsächlich zum Planeten Luminos Prime zu fliegen und vielleicht in verlassenen Ruinen forschen zu können, das ist etwas so Besonderes, dass es für mich das Gegenstück eines blitzenden neuen Antigravgleiters für eine Fünfjährige ist, Ma'am."

Bellini nickt.

„Sie wussten also vorher schon, dass es nach Luminos Prime geht?"

„Nein. Mir hat niemand etwas gesagt, wie den anderen Besatzungsmitgliedern auch. Ich hatte vermutet, dass wir einer Flotte von Luminos hinterherjagen oder etwas in der Art. Dass die komplett verschwunden sind und sogar Luminos Prime verlassen sein soll, wie wir jetzt informiert worden sind, ist natürlich eine Sensation. Besonders für mich als Wissenschaftlerin."

Bellini überlegt einen Moment und zuckt dann mit den Schultern.

„Dann freue ich mich auf die Zusammenarbeit, Lieutenant."

„Ich ebenfalls, Ma'am."

„Und sollte irgendjemand unser Schiff herausfordern, auch wenn es eine ganze Flotte ist, dann kann diese *Nemesis* sich ebenfalls durchsetzen. Ohne einen Kratzer in den neuen Lack zu kriegen, wenn wir Glück haben."

„Natürlich, Ma'am."

Ihr Augenrollen draußen auf dem Korridor sieht Commander Bellini nicht mehr.

Zur selben Zeit

09:30 Uhr, Sonntag, 03.06.2255 Greenwich-Erdzeit

14:20 Uhr, 17.08.002 Bordzeit *EFS Nemesis*

An Bord des Himmlischen Streitwagens *Michael*, Nähe Planet Ire

Sarah McKinley

Sie sieht Paulus entgeistert an. „Ins Nanitovers willst du? Klar, mal eben durch ein schwer bewachtes Dimensionstor, um einem Hirngespinst herzujagen. Komplett logisch." Sie schüttelt den Kopf. „Du weißt schon, dass man da durch das schwerbewachte Dimensionstor im Avian-System fliegen müsste, oder?" Sie sieht ihn unsicher an. „Oder hat eure Kirche eine Möglichkeit gefunden, sich selbst ein Dimensionstor aufzumachen mit diesem Kahn hier?" Der Kirchenmann schüttelt den Kopf. „Weißt du", führt sie aus. „Es geht nämlich nicht so einfach, in unserem Hyperraum einfach einen Riss in den Hyperraum des Nanitovers aufzumachen und durchzufliegen. Das kriegt man nur bei sehr wenigen Universen hin."

„Ich weiß, ich weiß. Deswegen fliegen wir eben ins Avianer-System und gehen genauso durch das Dimensionstor wie damals eure *Moondreamer*. Euer Geheimdienst weiß, dass das Tor immer noch aktiv ist, auch wenn es einen Hauch in seiner Integrität nachgelassen hat. Entsprechend weiß es auch der Kirchensicherheitsdienst."

McKinley schüttelt den Kopf. „Das wusste ich jedenfalls nicht. Man könnte meinen, ihr habt einen Spion direkt im Schreibtisch von Fleet Admiral Brander sitzen."

„Nun ja", beginnt Paulus zögerlich. „So ähnlich."
„Wen?"

Paulus seufzt. „He, ich bin gerade dabei meine Kündigung bei der Kirche zu verkraften und dass sie mich jetzt als einen Verräter des Herrgotts selbst ansehen. Und da soll ich schon die Kronjuwelen ausplaudern, gewissermaßen?"

McKinley sieht den silbrigen Mann lange an. „Wenn ich so drüber nachdenke. Nicht Fleet Admiral Brander. Aber…", sie macht eine Pause. „Fleet Admiral Esparza ist euer Kontakt, oder?" Paulus bleibt der Mund offenstehen. „Woher weißt du das?"

Am Ende war Paulus klar, dass die Medienberichte, dass der historisch zweite Oberkommandierende der Raumflotte, Javier Esparza, in der letzten Zeit in Richtung Wahre-Menschheits-Kirchen oder eher Sekten abgedriftet ist, schon ein gewisser Hinweis für McKinley war, wer denn der hochklassige Informant sein könnte. Während die *Michael* dem Orbit des Planet Ire entflieht, gehen die beiden, mittlerweile im Kontrollraum des Schiffes, ihre Argumente noch einmal durch. Paulus und Sarah sitzen in den unmöglichen Folterstühlen, die hier auf der Minibrücke für Pilot und Copilot zur Verfügung stehen. Dennoch hat Paulus aus dem Printer ein paar Kissen für seine neue Begleiterin hervorgezaubert. Ein Molekülmanipulator der üblichen Föderationsbauart. Trotzdem ist der Sitz nie wirklich bequem und Gurte gibt es auch keine. „Kannst du den verdammten Sitz nicht auflösen lassen von deinem Nanitenzeug und mir einen bequemen Sessel formen?", fragt sie, hoffnungsvoll geworden durch den weichen Sitz draußen im Vorraum.

„Machen wir gleich", antwortet Paulus. „Erstmal bringen wir die *Michael* auf Kurs Avian." Und da flammt die Diskussion auch schon wieder auf.

„Es ist Wahnsinn, Paulus. Da gibt es die gesamte Sechste Flotte. Die besteht schon offiziell aus dreißig *Moondreamer*-Klasse Fregatten, fünf *Vailant*-Zerstörern der *Moondreamer*-Subklasse. Zehn *America*-Klasse Korvetten, einem *Terra*-Klasse Kreuzer und zwei der nagelneuen *Lotus*-Klasse Korvetten. Die mit ihrer 3-Gen-Tarntechnologie und 4-Gen-Ortungstechnologie auch deinem Streitwagen hier gefährlich werden können." Paulus macht eine wegwerfende Handbewegung. „Da flutschen wir durch wie der Kirchendiener durchs Gesangbuch." Sarah schüttelt den Kopf. „Und die Avianer haben üblicherweise fünfzehn ihrer neuen *AF1*-Fregatten im System, wie wir sie nennen. Die nichts anderes sind als modifizierte *Nemesis*-Klasse Fregatten. Da haben sie mehr von als wir selbst." Paulus nickt ironisch. „Und diverse Waffenplattformen, die ihre Waffen auf das Tor gerichtet haben, ich weiß. Aber mit 4-Gen rutschen wir einfach durch." Sarah schüttelt den Kopf.

„Ich bin mir nicht sicher, ob ich für einen Selbstmordtrip zur Verfügung stehe." Der Kirchenmann seufzt.

„Also gut, dann düsen wir erst einmal zu irgendeinem Navyschiff, zeigen uns kurz und du machst deine Meldung, bevor wir wieder auf Tarnung gehen." McKinley stimmt erleichtert zu. Auch wenn sie denkt, dass Paulus das ganze Thema nur aufgeschoben hat.

„Ich habe euren Flugplan hier." Wieder kriegt Sarah große Augen. „Da ist eine einsame *Moondreamer*-Klasse-Fregatte keine achtzig Lichtjahre von hier entfernt, die irgendeine alte Ancient-

Installation bewacht, auf der wohl gerade ein paar Wissenschaftler herumlaufen. Dort düsen wir hin." Sarah nickt. Macht aber ein sorgenvolles Gesicht.

„Wenn ihr so aktuelle Informationen über die Flotte habt, dann habt ihr eure Kenntnisse nicht nur von Esparza, sondern der hat euch einen ganzen Kommunikationskanal hinterlassen." Doch der Silbermann in seinem Stuhl grinst nur schelmisch. „Kurs gesetzt. Energie!", lacht er und Sarah merkt nur an einem vor ihr aufgehenden Formenergiebildschirm, dass der Himmlische Streitwagen auf Warp geht.

„Wir sind aber zu nah…", protestiert sie noch.

10:40 Uhr, Sonntag, 03.06.2255 Greenwich-Erdzeit

11:00 Uhr, 22.08.002 Bordzeit *EFS Nemesis*

An Bord des Himmlischen Streitwagens *Michael*, Nähe Planet Ire

Sarah McKinley

„Nein ich geh da nicht rein!", ruft Sarah energisch. Sie steht mit dem Kirchenmann wieder in dem kleinen Korridor zwischen Luftschleuse rechter Hand und Minibrücke hinter ihr. Im Boden des „Korridors" hat sich im rückwärtigen Teil eine Aussparung in Form einer Kiste in Menschengröße gebildet, so dass sich vor ihr eine grabähnliche Nische aufgetan hat. Einige Leuchtpanele am

Rand erwecken den Eindruck, dass es sich hier in der Tat um eine konventionelle Stasekiste handelt. Paulus bekräftigt es noch einmal. „Es ist keine Nanitentechnologie, sondern eine richtige Stasekiste, wie sie die Föderation auch verwendet."

Sarah fasst sich an den Kopf. „Wieso muss ich gerade an diese verdammten Gruften im Kirchenboden denken, wo sie immer wieder irgendwelche Skelette durchscannen und dann feststellen, dass Bischof *Julius der Klumpfüßige* in Wirklichkeit eine Frau war oder irgendwas in der Art?" Sie stellt fest, dass ihre Witze auch nicht helfen, das mulmige Gefühl in ihrem Bauch zu besänftigen. Paulus lächelt sie gewinnend an. „Sarah, liebe Mitreisende. Bewunderte Mitstreiterin der menschlichen Nemesis Thomas Brander. Die Reise zu Perkins'-Planet und der dort befindlichen Fregatte *EFS Sacharow* dauert eben neunundzwanzig Tage. Die kann ich dösend im Minimalaktivitätszustand auf der Brücke verbringen, dank meines Astralkörpers. Aber für dich würden die Tage in dem Stuhl dort wirklich etwas lang, oder?" Sie nickt unwillig.

„Was war da zuletzt drin in der Gruft?"

„Äh… Messwein glaube ich."

Sie nickt wieder. Und steigt dann langsam hinein. Ähnlich begeistert ist sie davon, als sei die Stasebox mit eiskaltem Wasser gefüllt. „Oh, worauf ich mich immer einlasse", flüstert sie noch.

Sarah McKinley

Kaum liegt sie drin in der Stasekiste, wird es auch schon wieder hell, als sich die Formenergie schmatzend zurückzieht und sie durch den transparenten Deckel starrt. Sie sieht ein Gesicht, das sich über den transparenten Deckel beugt. Noch benommen stößt sie einen Schrei aus und ihr bricht der Schweiß aus. Ein hartes Männergesicht starrt sie an! Nicht etwa der silbrige Nanitenmann, sondern ein über und über mit schwarzen Tätowierungen versehenes Gesicht. Einige der Tattoos sind Kreuze, das sieht sie deutlich. Das unbekannte Gesicht grinst sie an und zeigt weiße Zähne. Ein grauer, gestutzter Bart teilt sich das fremde Gesicht mit den unzähligen Tattoos. Der Deckel schiebt sich seitlich weg in die Wand und McKinley schnellt hoch. „Fuck!", stößt sie noch hervor und malt sich Szenen aus, wie verrückte Sektierer sie gleich in ein Kirchenschiff voller singender Nonnen stoßen werden und irgendein Scheiterhaufen schon wartet.

„Hallo Sarah. Gut geschlafen? Ich bin's, Paulus."

"Okay, okay", beschwichtigt der in einen schwarzen Overall gekleidete Kirchenmann. „Ich hätte dir davon erzählen sollen. Ich habe halt die ersten Tage produktiv genutzt. Wir haben für besondere Fälle, was immer die auch sein mögen, einen portablen Sarkophagus hier an Bord. Und da habe ich mir halt meinen ursprünglichen Körper wieder repliziert aus der Materie des Astralkörpers. Eigentlich machen wir das ja daheim auf unserer Zentralwelt, aber es geht eben auch hier an Bord." Sie schüttelt wieder den Kopf und nimmt einen tiefen Zug aus dem weißen Kaffeebecher. „Und was sollen diese ganzen Tattoos?" Dem Kirchenmann ist das offensichtlich peinlich. „Errungenschaften und Tadel, auf die Haut geschrieben", brummt er nur.

„Klar", sagt Sarah mit ironischer Miene. „Was auch sonst."

Der Manipulator hat einen wirklich guten Americano produziert und dazu noch einen Becher nach dem Navy-Standard. Mit dem Raketensymbol der Raumflotte im Ährenkranz. Eine perfekte Nachbildung und irgendwo zwischen Witz und Fürsorge seitens dieses abtrünnigen Kirchenfreaks, wie sie sich denkt. „Sektenfreaks", korrigiert sie sich selbst, denn mit den normalen Kirchengemeinden, die sie aus Irland oder auch Terrania City zur Genüge kennt, hat dieser Wahre-Menschen-Fanatismus ja wirklich nichts zu tun.

„Lass uns auf die Brücke gehen, wir liegen getarnt keine hundert Lichtsekunden von der *Sacharow* entfernt. Sie ist nur ein drittklassiges Schiff, wie man sagen könnte. Eine Crew ohne herausragende Leute, die für simple Überwachungen abgestellt wird. Unsere Brücke ist dein. Du machst deinen Spruch, wir enttarnen und kurz, damit sie den Himmlischen Streitwagen in all seiner Glorie sehen und dann gehe ich wieder auf Tarnung und wir machen uns weg."

Sie sieht ihn zerknirscht an. Dieser lockere Umgangston bei einem ernsten Thema wie der Kontaktaufnahme zur Navy gefällt ihr ganz und gar nicht.

„Brücke", brummt sie. „Was für ein Wort für diese Besenkammer da vorne."

17:46 Uhr, Sonntag, 03.06.2255 Greenwich-Erdzeit

01:00 Uhr, 21.09.002 Bordzeit *EFS Nemesis*

02:07 Uhr, 07.04.267 Bordzeit *EFS Sacharow*

***EFS Sacharow*, Im Orbit von Perkins' Planet**

Commander James Shoe, Kommandant der *EFS Sacharow*
Die zweite Stunde der Alphawache lässt Commander Shoe gemütlich angehen. Er sitzt auf dem komfortablen Kommandantensessel im erhöhten Rückteil der Brücke, nimmt einen genüsslichen Zug Kaffee aus der Porzellantasse mit Goldrand und dem Logo der Earth Federation Space Navy und seufzt lang und tief. Seit er die alte Fregatte *Sacharow* vor zwei Erdjahren und sechs Jahren erlebter Bordzeit übernommen hat, hat er sich immer noch Hoffnung auf die Beförderung zum Captain gemacht, wie das früher üblich war. Schließlich ist er Kommandant einer Fregatte und nicht nur einer Korvette. Korvetten haben üblicherweise einen Commander als Kommandanten, aber nicht Fregatten. Er seufzt noch einmal und nimmt noch einen Zug Kaffee. Aber die alten *Moondreamer*-Fregatten sind nun einmal eine alternde Schiffsklasse, die Zug um Zug durch die von Menschhand konstruierten neueren Schiffstypen wie die *America*-Korvetten, *Terra*-Kreuzer oder auch *Avalon*-Zerstörer ersetzt werden. Da werden die Kapitäne der *Moondreamer*-Klasse nun wie Korvetten-Kommandanten behandelt und nach dem Commander-Rang nicht mehr befördert.

Noch ein Zug Kaffee. Ein verträumter Blick über die Brücke, deren alte, vergilbte Wände das Alter des Schiffes nicht verbergen. Auch der letzte umfassende Refit, der die alte Fregatte auf das Refit-3-Niveau angehoben hat, liegt schon wieder dreißig Jahre Realzeit und geschlagene einundneunzig Jahre Bordzeit zurück. Die nächste turnusmäßige, kleine Überholung ist wieder fällig, die das Schiff alle zehn Jahre Bordzeit bekommt. Er lächelt zufrieden. Die *Sacharow* ist alt, doch sie hat immer eine ruhige Zeit gehabt. War nie in eine Schlacht verwickelt, im Gegensatz zu so vielen anderen Schiffen. Und sie ist sein. Ein stählernes Heim im All. Und längst zu seinem wirklichen Zuhause geworden, denn planetenseitig fühlt er sich schon seit Ewigkeiten nicht mehr wohl. Ein weiterer Zug Kaffee. Vorne links sitzt Kommunikationsoffizier Wichert und es würde ihn nicht wundern, wenn die Frau eingeschlafen ist. An der Taktik Lieutenant Wilkins, der auch gegen den Schlaf kämpft, obwohl er irgendeine Taktiksimulation auf seinen Bildschirmen laufen lässt, bei der wohl die *Sacharow* gegen gleich drei Feindschiffe antritt. *Na, hoffentlich bleibt uns das erspart*, denkt Commander Shoe nicht ohne Amüsement. OPS-Offizierin Jane Latifa glänzt an ihrer Konsole mit Abwesenheit, denn sie ist gerade mal austreten. Mal wieder. Sollte auch mal in der Krankenstation vorbeischauen, denkt er sich. Navigator Lews und Rudergänger Westman sind so hektisch mit je einem Tablettcomputer zugange, dass Shoe den Verdacht hat, dass die beiden da ein Spiel laufen haben. Aber was soll's, denkt er. Zu tun ist ja sowie nichts. Was Wilkins macht, ist ja auch nicht viel anders.

Plötzlich schreckt Fähnrich Wichert vorne an der Kommunikationskonsole hoch, als es hektisch an ihrer Konsole piept. Sie fingert nach einem Ohrstecker, den sie wohl irgendwo auf der Konsole liegen hat. Doch das Ding poltert mit metallischem Klang zu Boden und geht irgendwo zwischen den hinteren Sitzreihen verloren, wie Shoe mürrisch sieht. Die Kommunikationsoffizierin sieht dem Ding frustriert hinterher, gibt es dann aber auf und sieht stattdessen auf einen kleinen Bildschirm vor ihr, der sich mit fetter schwarzer Schrift auf weißem Grund füllt.

„Captain! Ein Funkspruch!", ruft sie laut aus. „Wir werden von einer… äh… *UCH Michael* gerufen, Sir. Audio/Video!" Commander Shoe richtet sich kerzengerade in seinem Kommandantensessel auf und widersteht der Versuchung, aufzustehen.

„Auf den Schirm, Fähnrich", kommandiert Shoe und beglückwünscht sich selbst dazu, wie ruhig und professionell sein Befehl geklungen hat. Denn hier geht etwas ganz und gar Besonderes vor. Denn ein aufpoppender Formenergiebildschirm an seiner rechten Konsole informiert ihn sofort, dass in der Schiffsdatenbank kein Eignerkürzel *UCH* vorhanden ist. Entsprechend kennt auch niemand eine *UCH Michael*. Das Computerdisplay schlägt die *EPS Michael's Dream* vor, ein privates Fracht- und Personenschiff, aber Shoe ahnt, dass das zu nichts führen wird.

Offensichtlich hat es Lieutenant Wilkins geschafft, seine Simulation abzuschalten, denn er drückt jetzt hektisch auf diversen Knöpfen herum und meldet laut „Nichts in der Ortung, Sir! Keine anderen Schiffe!" Genervt sieht Shoe zur leeren OPS-Konsole herüber. Da sieht er, dass Rudergänger Westman aufgestanden ist und ihn ansieht. Er deutet fragend auf die leere OPS-Station. Shoe nickt. Der Rudergänger hat ohnehin so gut wie nie etwas zu tun außer überflüssigen Bestätigungsmeldungen, bei der Automatisierung, die Raumschiffe haben. Schnell nimmt Westman die OPS ein.

„Vollcrew, gelber Alarm, Sir?", fragt Wilkins von der Taktik, doch Shoe schüttelt nur den Kopf, als der Hauptbildschirm angeht und dort das übergroße Gesicht einer Frau erscheint, die einen dunkelblauen Overall anhat, der keinerlei Rang- oder

Organisationsabzeichen zeigt. Trotzdem kommt ihm die rothaarige Frau irgendwie bekannt vor. *Hat alles ganz schön lange gedauert*, denkt er. *Wir sind wohl alle etwas eingerostet durch den langen, monotonen Wachdienst.* Die Frau auf dem Bildschirm beginnt zu sprechen.

„Captain Shoe! Es mir ein Vergnügen mit Ihnen zu sprechen, Sir. Hier spricht Lieutenant Sarah McKinley. Ex-Besatzungsmitglied der *EFS Moondreamer* und im Ruhestand."

Jetzt steht Shoe doch auf und bewegt sich auf das Zentrum der Brücke zu. Daher kannte er also das Gesicht. Die OPS-Offizierin der legendären *Moondreamer* auf der epischen Mission ins Nanitovers. Es piept und rechts vor Shoe materialisiert sich ein neuer Formenergiebildschirm. Er enthält eine Nachricht von der OPS und Westman, der die Konsole eingenommen hat.

Funkspruch kommt aus dem Nichts von zehn Lichtsekunden entfernt. NICHT vom Planeten.

„Ich bereite Delta-Disruptoren vor!", flüstert Wilkins von der Taktik. Shoe weiß, dass solche geflüsterten Unterhaltungen automatisch aus der laufenden Kommunikation herausgefiltert werden. Er nickt. Wilkins wird die kleinen Disruptorgeschütze, die noch unter der Außenhaut der *Sacharow* versenkt sind, mit einer Feuerleitlösung dafür vorbereiten, auf die Position des Funksignals zu feuern. Eine Sicherheitsvorkehrung nur für den Fall der Fälle. Shoe räuspert sich.

„Lieutenant McKinley. Es ist schön Sie zu sprechen. Und eine Überraschung noch dazu. Von wo sprechen Sie? Meine Sensoren zeigen nichts an. Beziehungsweise sie geben an, dass Sie aus dem Nichts zu uns sprechen. Oder sind Sie gerade mit Admiral Brander unterwegs auf irgendeiner Geheimmission? Können wir irgendwie helfen?" Nicht auszuschließen, denkt er, dass der alte Hautdegen Brander irgendeinen Kahn da draußen mit einer 3-Gen oder 4-Gen-Tarnvorrichtung laufen hat. Shoe glaubt, irgendjemand anders zu hören, der kurz aus dem Off der Bildübertagung lacht. McKinley macht dazu ein mürrisches Gesicht.

„Also Sir, um es kurz zu machen. Ich bin *nicht* mit der Navy, sondern mit einem…", tönt McKinley vom Bildschirm, als dieser plötzlich schwarz wird.

„Signal verloren!", meldet Wichert von der Kommunikation. Plötzlich leuchten überall rote Alarmleuchten auf und die Sirene ist einmal zu hören, bevor sie verstummt, wie es Shoe vorprogrammiert hat, damit bei den lästigen Übungen der Krach nicht allzu sehr nervt.

„Fremdschiff enttarnt zehn Lichtsekunden steuerbord! Haben Schilde und Waffen scharf! Sie schwenken zu uns herum." Und dann fügt er wesentlich lauter „Waffenlock auf uns ist scharf!" hinzu. Shoe muss kräftig schlucken. Links hinter ihm geht das Doppeltor zur Brücke auf und die OPS-Offizierin der Alphawache, Lieutenant Latifa kommt hereingerannt. Die dunkelhäutige Frau begibt sich im Laufschritt an ihre Konsole und drängt Rudergänger Westman zur Seite, der wieder seine Station einnimmt. „Korvettengröße, Captain, eiförmige Konstruktion, unbekannter Schiffstyp, kein Transpondersignal. Kein Antrieb erkennbar; Verdacht auf Warpantrieb", stößt sie hervor. Das Brückenschott hat sich noch nicht geschlossen, da öffnet es sich schon wieder und weitere Offiziere drängen auf die Brücke. *Ich habe doch verdammt noch mal nicht den Befehl zum Versammeln der Vollcrew gegeben*, denkt Kapitän Shoe wütend. Denn er wollte nicht das Chaos haben, wenn sich die Offiziere an den Konsolen ablösen. „Nein!", ruft er und die Deckenlautsprecher verstärken den Ausruf noch. „Alle Stationen bleiben so wie sie sind. Alternativplätze einnehmen!", ruft er und so wird etwa Lieutenant Commander Lucinda Heusinger, die Taktikchefin und Zweite Offizierin des Schiffes, nur neben Wilkins an der Taktik Platz nehmen. Er kann nicht länger darüber nachdenken, dass die Undiszipliniertheit, die Ablösung an den Stationen vornehmen zu wollen, wohl durch die fehlende Gefechtspraxis kommt. Denn jetzt wird das Schiff merklich erschüttert.

„Beta-Disruptoren des Feindes feuern. Schilde auf neunzig Prozent!", ruft Wilkins von der Taktik. „Erwidere Feuer!", ruft er und fügt „Delta-Disruptoren fahren eruptiv aus", hinzu. Shoe weiß, was das bedeutet. Seine *Sacharow* liegt leider so im Raum, dass die großen Alpha-Disruptoren den Feind nicht erreichen können. Aber die kleineren Geschütztürme, die im Leib des Schiffes versenkt ist, werden jetzt ausgefahren und schwenken auf den Feind. Da keine Zeit für langsames Öffnen der Geschützklappen ist, werden diese einfach abgesprengt.

„Gut!", kommentiert Lieutenant Commander Heusinger neben ihrem Untergebenen Wilkins. „Volltreffer!", ruft Wilkins laut und Heusinger hat sich neben ihn auf den freien Platz gesetzt und drückt ebenfalls an diversen Touchscreens herum. „Bereite Tarntorpedos vor!", ruft Heusinger.

Die leider nur konventionelle Tarnvorrichtungen haben, denkt sich Shoe. „Schilde des Feindes fluktuieren, auf neunzig Prozent", ruft Latifa von der OPS.

„Navigator! Herumschwenken. Wir schenken ihnen mit den Alpha-Disruptoren ein!", ruft Shoe und starrt auf das Taktische Diagramm. Dann wundert er sich über sich selbst, dass er nicht einmal darüber nachgedacht hat, wieso die berühmte OPS-Offizierin Sarah McKinley mit ihrem Schiff unbekannter Bauart nun seine Fregatte unter Feuer nimmt. Aber, muss er sich selbst zugestehen, wenn einmal Disruptoren im Spiel sind, ist für solche Feinheiten kein Platz. Möglicherweise ist es ein Schiffs-Prototyp, ein Geheimprojekt, überlegt er. Und zwar eines, das außer Kontrolle geraten ist. *Wie in den verdammten Holodramen, wenn ein superschneller Computer mit einem Superschiff eine ganze Flotte vernichtet.*

„Torpedos?", fragt ihn Heusinger wieder. „Negativ!", bellt Shoe zurück. „Kommen Sie auf uns zu?", fragt er OPS, denn im Taktischen Diagramm sieht es so aus, als ob der Feind stillsteht. OPS bestätigt den Stillstand des Feindes.

„Kommunikation, rufen Sie dieses Schiff. Kriegen Sie mir McKinley ans Rohr!", schreit Kapitän Shoe förmlich. „Wir sind bereit zum Feuern", erklärt Wilkins von der Taktik.

„Heusinger, Wilkins behält die Station, er macht das optimal", erklärt Shoe in Richtung Taktik. Um die Eitelkeiten seiner Offiziere kann er sich jetzt nicht kümmern, auch wenn Heusinger ihn wenig begeistert mustert und natürlich die Taktikstation übernehmen möchte. An der OPS streiten sich jetzt offenbar Lieutenant Notz, der OPS-Chef, mit Lieutenant Latifa, der OPS-Offizierin der Alphawache. Shoe ignoriert es.

„Keine Verbindung zum Fremdschiff", antwortet Fähnrich Wichert von der COM, die ihren Platz gegen niemanden verteidigen muss. Er sieht, dass sie ihren Ohrstecker gefunden hat.

„Feind feuert nicht mehr", erklärt Heusinger von der Taktik. „Bereit für Ihre Sendung, Sir", ruft Wichert und Shoe räuspert sich.

„Achtung experimentelles Navyschiff oder was immer Sie auch sind. Stoppen Sie Ihren Angriff auf mein Schiff oder ich werde mich verteidigen. Sarah McKinley, wenn Sie wirklich da an Bord sind, erklären Sie mir was da abläuft oder stellen mich zum Skipper durch!"
„Keine Antwort, Sir", erklärt Wichert nach ein paar Sekunden. Dann folgt ein erschrecktes „Feind stößt vier Torpedos aus!" von Wilkins an der Taktik.

„Fangen ab!", stößt Heusinger von ihrem Platz neben Wilkins hervor, noch bevor Kapitän Shoe die Gegenmaßnahmen anordnen kann. Kurz darauf folgt ein „Torpedos zerstört", praktisch synchron aus den Mündern beider Taktischer Offiziere. Shoe seufzt. „Okay, Vollcrew übernimmt. Alpha-Crew bleibt auf der Brücke. Mind-Reader!", kommandiert er. Er rennt zu seinem Stuhl, während er noch die Worte spricht, und dieser senkt sich in eine halb liegende Position. Aus dem Rückteil des Sessels fährt ein Kopfteil aus, das sich auf seine Schädeldecke senken wird. Kaum ist Shoe in der sogenannten VR-Trance, da bekommt er auch schon die Warnung von OPS und TACTICAL, dass die fremde Korvette ihren Warpantrieb hochfährt.

„Die wollen uns ganz nah kommen und Torpedos absetzen!", warnt Heusinger von der Taktik, fügt aber sofort „Unsere Alpha- und Delta-Disruptoren sind ausgerichtet" hinzu. Shoe denkt, alles hängt nun davon ab, ob das fremde Schiff im Angriff eine Kurve fliegen wird oder einfach gerade nach vorn springt. Zurzeit sind die *Sacharow* und diese sogenannte *Michael* so ausgerichtet, dass das Fremdschiff vermutlich einen Warpsprung direkt vor den Bug seiner Fregatte machen wird, vermutet er. Dann hat die *Sacharow* die Chance, den Feind direkt mittschiffs mit ihren großen Disruptoren unter Feuer zu nehmen.

Wenn McKinley ein tödliches Spiel spielen will, dann jagen wir uns am Ende beide in die Luft, denkt er grimmig. Denn kommt die *Michael* nah genug heran, wird die *Sacharow* wohl etwaige fremde Torpedos nicht mehr abfangen können.

Auf dem Hauptbildschirm und im taktischen Diagramm, beides auch in der VR-Umgebung simuliert, scheinen sich die Konturen des fremden Schiffes zu verzerren. Dann sind sie plötzlich stabilisiert und es liegt wie von Shoe befürchtet direkt vor der *Sacharow* mit nur fünfzig Kilometer Abstand. Alle möglichen Kollisionswarnungen poppen in Form von Fenstern und Schriftzügen hoch.

„Unsere Alpha-Disruptoren feuern!", meldet TACTICAL und Shoe sieht, wie die Energieschilde des fremden, silbrigen Rauschiffes orange und weiß auflodern, als sie von einer vollen Salve der großen Disruptoren der alten Fregatte getroffen werden. Das Fremdschiff hat Schilde wie auch ein normales Föderationsschiff, die eine Art Raumkrümmung erzeugen, um Beschuss abzulenken. Sie sind wie auch bei Föderationsschiffen gegen Disruptoren gehärtet, können aber offensichtlich der rohen Gewalt, die versucht, die Grundstruktur des Universums selbst aufzureißen, nicht genug entgegensetzen. Noch dazu, wo auch die kleineren Delta-Disruptoren die Schilde des Feindes aufleuchten lassen. Zwei von der Oberseite der *Sacharow* und zwei von ihrer Unterseite. „Volltreffer!", meldet Heusinger. „Sekundärexplosionen im Feindschiff!", fügt OPS hinzu. Dann ergänzt Heusinger fast kleinlaut ein „Gefeuert hat der Feind aber nicht". Sollte die

Sacharow schneller gewesen sein? Das fragt sich Kapitän Shoe. „Schilde des Feindes fluktuieren. Vierzig Prozent", meldet OPS und die Taktik fügt ein „Maschinenkern des Feindes identifiziert. Richten Disruptoren neu aus" hinzu. „Bereit!", hört Shoe noch. Offensichtlich war der Maschinenkern nicht dort, wo anfangs vermutet. „Stopp! Nicht feuern!", kommandiert Shoe. *Gibt es noch eine Möglichkeit, mit McKinley zu reden? Wenn sie denn überhaupt an Bord ist.*

„COM, nur Audio Schiff-zu-Schiff", befiehlt Shoe. „Bereit", bestätigt Fähnrich Wichert von der COM.

„Hier spricht Commander Shoe von der *EFS Sacharow*. Erklären Sie sofort Ihre Kapitulation und geben einen Statusreport oder Sie werden vernichtet! Shoe over." Nur Schweigen antwortet ihm. „Captain, sollen wir feuern?", fragt Heusinger von der Taktik.

Eine Minute vorher

Sarah McKinley

„Verdammt! Wir müssen diesen Kerl rauskriegen!", schreit McKinley. Sie steht neben dem unbequemen Copilotensitz und hält sich an ihm fest, während Paulus sich in seinen unbequemen Sitz hineinpraktiziert hat und mit seinem echten Körper, den er jetzt wieder hat, nie eine passende Sitzposition findet. Auf dem tätowierten Kopf trägt er ein Ding, das ähnlich wie ein

Fahrradhelm aussieht. Eine Notvorrichtung, um ohne Astralkörper mit dem Schiff zu kommunizieren, wie er ihr erklärt hat. Es ist wirklich Land unter, wird Sarah klar. Vorne an der Stirnwand der Minibrücke hat sich vor der kahlen Wand ein Formenergiebildschirm materialisiert, auf dem ER zu sehen ist. Er, der tote Knappe des merkwürdigen Kirchenmannes hier neben ihr. Derjenige, der sie auf dem Planeten Ire zu Tode peitschen wollte. Das Silbergesicht dieses Mannes namens Jacob sieht mit seinen merkwürdigen Gesichtslinien hohnlachend auf sie beide herunter. „Ich werde euch fertig machen. Aber langsam!", lacht das Silbergesicht auf dem Schirm gerade wieder. Alles ging los, als sie gerade in ihrer Vorrede an den Captain der Föderationsfregatte war. Wer der Kommandierende Offizier war, hatte Paulus in seiner Schiffsdatenbank und sie wollte dem Kapitän namens Shoe gerade ihre komplizierten (Nicht-)Verstrickungen mit dieser Vereinigungskirche der Wahren Menschheit und ihrer Flotte erklären, da wurde das ganze Schiff für zwei Sekunden dunkel. Dann erschien auch schon das hohnlachende Gesicht von diesem Jacob auf dem Formenergieschirm, das irgendetwas davon brabbelte, er habe ja vorhergesehen, dass Paulus ihn irgendwann betrügen und zum Verräter Gottes werden würde. Danach ging die *Michael* aka *Der Himmlische Streitwagen* ganz konventionell auf die *Sacharow* los. Erfreulicherweise ohne ihre Gen-4- oder Gen-3-Torpedos zu benutzen. Denn die hätten die alte *Moondreamer*-Klasse-Fregatte sofort aus dem All gesprengt. Nein, die *Michael* feuerte enttarnt mit Viertel Disruptorstärke auf die *Sacharow* und diese feuerte munter zurück, was aber die Schilde vom Kirchenschiff weitestgehend auffangen konnten. Die Inkarnation von diesem Knappen Jacob will offensichtlich, dass die *Michael* vernichtet wird und nutzt daher nicht die volle Kampfkraft des Kirchenschiffes.

„Wo sitzt er denn genau drin?", fragt Sarah, damit der in seinem natürlichen, biologischen Körper schwitzende Paulus endlich etwas präziser wird.

„Na vorne, da unten im Hauptcomputer", sagt der Kirchenmann und zeigt in Richtung Bug und Unterseite des eiförmigen Schiffes. Nicht gerade präzise Raumfahrerterminologie, denkt sich McKinley. „Okay, kannst du auf sekundäre oder tertiäre Computer umschalten?"

„Er verhindert das!", antwortet Paulus. Offensichtlich hat dieser verdammte Jacob eine Art Mini-Ausgabe von sich selbst als Nanitencluster noch im Schiff herumschweben, komprimiert vorne am Schiffsrechner. Das ist jedenfalls, was Sarah in das Gerede von Paulus hineininterpretiert. Sie beschließt, es als Arbeitsgrundlage zu nehmen.

„Kennst du die Brander-Kur? Kennst du die?"

Paulus nickt. „Ich könnte vielleicht…", beginnt er.

„Nimm Kampfdroiden oder irgendwas, deck den Bordrechner damit ein!"

„Wir feuern grade konventionelle Torpedos auf die Fregatte", kräht Paulus. Aber er versteht. Niederfrequente Disruptorstrahlung ist für Materie harmlos, wenn sie genau richtig eingestellt ist in Dosis und Frequenz. Dann tötet sie biologisches Leben ab und … Naniten. Eine Kampftechnik, die der verdammte Admiral Brander erstmals angewendet hat. Im zurückliegenden Nanitenkrieg. Wenn nur der Bug von der Strahlung erfasst wird, müsste das gehen. Er gibt über seinen Mind-Reader-Helm auf dem Kopf den Befehl an den Rest seiner persönlichen Naniten, sich als Kampfrobotercluster wie ein Wurm durch weichen Pudding in Richtung des Bugs des Schiffes zu bewegen. Da wo der Rest von Jacob sitzt. Und er betet zum Herrgott, dass der bizarre Rest seines Ex-Knappen vollauf damit beschäftigt ist, den Angriff auf das Föderationsschiff zu führen und daher nicht bemerkt, was vor sich geht.

McKinley sieht unterdessen auf einem taktischen Diagramm, das entweder Paulus oder aber der verrückte Jacob auf die Brücke projiziert hat, wie die *Sacharow* die Torpedos mit ihren Delta-Disruptoren abgeschossen hat. *Gut gemacht, Captain Shoe*, denkt sie. Der Mann hat laut der Dienstakte, die Paulus zur Verfügung steht, keine Kampferfahrung. *Jetzt hat er welche.*

Dann sieht sie, wie die alte Föderationsfregatte agil wie ein Fisch im Wasser herumschwenkt. *Die wollen uns mit den großen Alpha-Disruptoren den Rest geben*, wird ihr klar. Sie bezweifelt, dass die konventionellen Schilde der *Michael* das ohne die Tarnvorrichtung drum herum aushalten werden. Die 4-Gen- oder auch die 3-Gen-Tarnung würde das Schiff ja aus dem normalen Kontinuum nehmen und daher praktisch unverwundbar machen. Aber ohne diese Wundertechnologie sieht es schlecht aus. Und Jacob hat natürlich 3-Gen und 4-Gen blockiert.

„Fuck!", flucht Paulus ganz simpel. „Wir fahren den Warpantrieb hoch!" Wobei *wir* natürlich Jacob bedeutet. Sarah schließt sich dem Fluch an, da sieht sie im Diagramm, wie die *Michael* loslegt. Sie kommt direkt vor dem Bug der *Sacharow* zum Stehen. Und die feuert ihre Hauptdisruptoren! Bevor sie groß zum Nachdenken kommt, wird das kleine Kirchenschiff so erschüttert, dass Sarah auf dem Boden aufschlägt, der sie allerdings gnädig abfedert. Rote Lampen werden plötzlich überall im Schiff projiziert, die schwerelos im Nichts hängen. Dazu Formenergiebildschirme mit roter Schrift. Mehr Schadensmeldungen, als man an einem Weihnachtsbaum befestigen könnte, denkt sie. Sie rappelt sich gerade hoch, da poppt neben dem regungslos dastehenden Paulus noch ein Bildschirmfeld hoch und man sieht das rote und verschwitzte Gesicht von Captain Shoe. Der redet davon, sie solle mit dem aufhören, was sie da tue und ihn zum Skipper dieses Schiffes durchstellen. „Oder Sie werden vernichtet!", droht er. *Er tut nur seinen Job*, denkt sie. Aber offensichtlich wusste die Crew der *Sacharow* nicht, wo sich der Maschinenkern des Kirchenschiffes befindet. *Sonst wären wir wohl schon tot.*

„Ja! Heureka! Gott sei Dank!", jubelt Paulus, der aus seiner Trance gekommen ist. „Haben auf Sekundärcomputer umgeschaltet. Jacob ist Geschichte!" Es hat funktioniert, was immer er getan hat, denkt sie. Der Bildschirm mit der Visage von diesem Jacob ist verschwunden. Die Brander-Kur hat also funktioniert. Er hat das feindliche Nanitencluster von diesem Jacob mit der Brander-Kur vernichtet.

„Sind wir auf Tarnung?"

„Ups..." In dem Augenblick aktiviert die *Michael* ihre 3-Gen-Tarnvorrichtung. Noch einmal schimmernd verschwindet das Kirchenschiff aus dem normalen Kontinuum und die neuerliche Disruptorsalve der *Sacharow*, die auf den jetzt ermittelten Maschinenkern der *Michael* gezielt hat, geht buchstäblich ins Nichts.

Commander Shoe

„Schiff ist verschwunden!", kommt es von der OPS, aber das kann Shoe auch selbst sehen. Er erhält von der Taktik die Meldung, dass die neuerliche Disruptorsalve ins Leere ging. „Das muss 3-Gen oder 4-Gen sein", meldet OPS. „Keine Raumverzerrung messbar." Shoe nickt gedanklich. Eine konventionelle Tarnvorrichtung hinterlässt immer einen Abdruck im Raumzeitgefüge, den die Sensoren der *Sacharow* messen können. „Dann sollten Sie beten, Gentlemen", fügt Shoe hinzu. Wie in Flottensprechweise üblich, werden die weiblichen Besatzungsmitglieder ebenso wie die männlichen als Gentlemen bezeichnet. Eine Tradition der alten US-Seemarine, die die Raumflotte fortführt.

„Denn gegen die neuen Tarnvorrichtungen können wir nichts ausrichten. Wir können sie nicht einmal orten." Die OPS bestätigt. „Wir messen nichts", meldet Latifa von ihrer Station. Shoe nickt der Frau traurig zu. „Danke Lieutenant." Er bereitet eine Sendung in der VR-Umgebung vor, in der alle immer noch sind.

„An das gesamte Schiff. „Es war mir eine Ehre, mit Ihnen gedient zu haben, Gentlemen." Schweigen antwortet ihm. Doch dann meldet die Kommunikation, dass sie wieder einen Funkspruch aus dem Nichts aufgefangen hat.

„… Ich bin also nicht mit dieser Vereinigungskirche assoziiert. Derzeit bin ich Gast und Beobachter auf dem Schiff und sammele alle Informationen, die ich bekommen kann über Bewaffnung und

Stärke dieser terroristischen Vereinigung, um sie an die Flotte zu übermitteln. Daher auch mein Kontaktversuch zu Ihnen. Leider hatte ein der Terrorvereinigung loyales Mannschaftsmitglied kurzzeitig die Kontrolle über das Schiff zurückerlangt. Daher hat mein Schiff leider auf Sie gefeuert, *Sacharow*, wofür ich um Entschuldigung bitte. Doch das Problem haben wir gelöst. Dies Schiff ist wieder unter unserer Kontrolle. Täuschen Sie sich nicht, Captain. Im Normalbetrieb hätte dieses Kriegsschiff Sie mit 3-Gen- oder 4-Gen-Torpedos vernichtet, anstatt Sie konventionell anzugreifen. Warnen Sie die Flotte! Ich werde mich später mit einem anderen Föderationsschiff in Verbindung setzten. McKinley out."

Verdattert steht Commander Shoe da. Alle haben die Mind-Reader mittlerweile abgeschaltet. Er fragt sich, *wen* McKinley eben genau gemeint hat. Von wegen, „das Schiff ist wieder unter *unserer* Kontrolle".

Er räuspert sich. „Na, da wird sich das nächste Föderationsschiff sicher genauso freuen wie wir." Fähnrich Wichert kichert vorne an ihrer COM-Konsole. Aber es klingt ein bisschen hysterisch. „Schiffsweit, Fähnrich Wichert! Ich muss der Crew wohl etwas erklären. Und sagen Sie den Wissenschaftlern da unten auf dem Planeten Bescheid, dass sie auf Drei hier im Schiff sein sollen. Und Mister Lews. Kurs erst auf den Planeten zum Wissenschaftler-Einladen und dann Kurs auf Sternbasis Fünf. Aber pronto. Wir haben verstörende Nachrichten für die Flotte." Und leiser murmelt er ein „Die ich selbst noch nicht so ganz verstehe" dazu.

Sarah McKinley

„Ha! Wenn das kein Grund zum Feiern ist", erklärt Paulus freudestrahlend. Doch McKinley funkelt ihn wütend an. Er klatscht ungerührt in die Hände. „Also ein kleines Festessen aus dem Printer und dann Kurs erstmal auf einen gemütlichen Planeten mit schönem Sonnenuntergang. Was denkst du?" „Ich denke", beginnt sie sehr, sehr langsam. „Dass wenn du auch nur noch ein Wort sagst, ich dich solange in den Hintern trete, bis du dir deinen Nanitenkörper zurückwünscht." Paulus schluckt deutlich hörbar.

18:50 Uhr, Sonntag, 03.06.2255 Greenwich-Erdzeit

11:40 Uhr, 25.09.002 Bordzeit *EFS Nemesis*

EFS *Nemesis*, Im Plus-100 Hyperraum

Commander Nancy Bellini

Die *Nemesis* ist fast vier Monate unterwegs im Plus-100 Hyperraum. Damit ist immer noch erst ein kleiner Teil der etwa zweijährigen Reisezeit zurückgelegt. Nach Erdzeit ist erst ein Tag vergangen, was bei Raumfahrern eine besondere Art der Frustration auslösen kann, wie Bellini weiß. Die Fregatte ist mittlerweile in die sogenannte Alpha-Großschicht gegangen, bei der die Alphawache sich dreigeteilt hat und die Beta- und Gammawache in den Stasekisten liegen. Gegenwärtig müsste Bellini also eigentlich auch dort sein. Dass sie trotzdem in Ihrem Quartier sitzt liegt daran, dass sie recht willkürlich den „Wecker" der Stasekiste so eingestellt hatte, dass sie schon vorgestern geweckt worden ist. So findet sie endlich Zeit, die notwendigen Personalbeurteilungen vorzunehmen, die ein lästiger Teil der Arbeit eines XO sind. Außerdem will sie nicht die Quantenkommunikation zum Flottenhauptquartier verpassen, die für heute 22:54 Bordzeit angesetzt ist. Ein sehr krummer Wert, der sich dadurch erklärt, dass die *Nemesis* zu diesem vordefinierten Zeitpunkt mit einer Gegenstelle der Navy im Plus-100 Raum nahe der Erde kommuniziert. Dabei handelt es sich um ein anderes Navyschiff. Es ist die *EFS Marconi*. Das Kommunikationsschiff *Marconi* teilt allen Navyschiffen im Fernverkehr nach ihrer Bordzeit ihre Quantenkommunikationsslots zu, je nach Wichtigkeit. Damit ist die Bordzeit der *Marconi* zu einer Art universeller Plus-100-Hyperraumzeit geworden und wird von jedem Navyschiff vorgehalten. Über die Einführung einer generellen, schiffsunabhängigen Plus-100-Hyperraumzeit wird diskutiert. Aber warum, denkt sich Bellini, soll es nicht bei der Bordzeit der *Marconi* bleiben, die nach dem ersten Menschen benannt ist, dem erstmals überhaupt eine Funkverbindung gelungen ist. Im 19. Jahrhundert in Italien.

Sie sieht sich auf ihrem Pad den aktuellen Crewman an, dessen Beurteilung dran ist. Shannon Sinawatra. Crewman Zweiter Klasse im Maschinenraum. Laut Beurteilung von Chefingenieurin Tamara Wilcox zeigt sie exzellente Leistung. Bellini räuspert sich und drückt die „Sprache-zu-Text"-Taste. „Zeigt exzellente Leistung", spricht sie und das Pad fügt es als ihre Beurteilung ein. Nächster Fall. Crewman Erster Klasse Henry Miller im Maschinenraum, Unterabteilung Lebenserhaltung. Sie gähnt. „Zeigt sehr gute Leistung", steht da als Beurteilung von Wilcox. Will sie nur mal was anderes schreiben, oder ist das wirklich ein Unterschied, fragt sich Bellini. Zuckt mit den Schultern. „Zeigt sehr gute Leistung", spricht sie und das Pad fügt es ein. Und alles, während ich -gesehen vom Normalraum aus- mit einhunderttausendfacher Lichtgeschwindigkeit durch das Universum rase, denkt sie. Oder noch genauer, während das Universum mit eben dieser Geschwindigkeit um mich herumrast, zerknüllt wie ein Bettlaken und ich dabei stillstehe, präzisiert sie. Der Gedanke lässt sie noch herzhafter gähnen. „Pad. Übernehme die Beurteilungen der Vorgesetzten als meine Beurteilungen." Sie sieht den Tablettcomputer in ihrer Hand erwartungsvoll an, doch der antwortet mit einem Fehlerton. „Kommando nicht verstanden", antwortet er mit samtweicher weiblicher Stimme. Sie verdreht die Augen. „Computer!", spricht sie zur Decke und ein Bestätigungston antwortet ihr. „Stelle eine Verbindung zum Pad in meiner Hand her, suche die geöffnete

Datei und…" Es dauert eine Minute, dann ist der Rechner fertig. Die Offiziere wird sie sich morgen noch mal ansehen, nimmt sie sich vor.

„Computer. Spiele irgendeine Polit-Talkrunde. Irgendwas mit Navy." Sofort wird drei Meter vor ihr ein ein-mal-zwei Meter großer Formenergiebildschirm projiziert. Sie lehnt sich bequem zurück. Steht dann aber auf und geht zum Manipulator, den sie als Stabsoffizier sogar in ihrem Quartier hat. Mit einem kalten Orangensaft kommt sie zurück und setzt sich in ihren bequemen Sessel. Die Talkrunde bespricht die „Skandale der Navy", wie sie mit halbem Ohr gehört hat.

„Und trotzdem ist er heute noch Oberkommandierender. Das muss man sich mal vorstellen. Unter seiner Regie hat dieser James Thorau den größten terroristischen Angriff der Menschheitsgeschichte ausgeführt!", schimpft ein vornehmer Herr in einem modischen Silberanzug empört. Bellini zieht die Stirn kraus. „Nein, das war kurz vorher noch unter Admiral Ngongo", wirft eine leicht angegraute Frau ein, wird aber ignoriert. „Dann wird ein Kriegsschiff, die *Jeanne D'Arc,* entführt und lässt sich wieder einmal von irgendeiner Nanitenplage da draußen im Weltraum lahmlegen." Verhaltenes Gelächter aus dem Publikum. „Jetzt kommt raus, dass uns die Navy belogen hat, wer die Nanitenseuche überhaupt ausgelöst hat. Die Avianer! Die heute unsere größten Partner sind!" Wieder versucht die leicht ergraute Dame dazwischenzugehen. „Aber das waren doch nicht *diese* Avianer. Das waren die Avianer in einem Paralleluniversum. Und die waren auch nur Opfer!" Doch der empörte Herr sagt schon etwas anderes, was das Publikum zum Johlen bringt.

Bellini seufzt und gähnt wieder. „Vielleicht ist die Stasekiste doch keine schlechte Idee", murmelt sie vor sich hin.

„Und dann dieser Esparza, der zweite Oberkommandierende. Mit seinem extremen Religionstrip. Und die vierte, die vor Brander. Diese Patricia Ngongo. Musste neulich aus dem Kenianischen Senat zurücktreten wegen eines Korruptionsskandals und…", leiert der Sprecher. Ihr fallen die Augen zu.

Um 22:40 weckt sie der Bordrechner wie vorprogrammiert. Es ist Zeit für die Quantenkommunikation zur Erde. Eine Prozedur, die fast lächerlich mit ihrem ganzen Aufwand drum herum erscheint, geht es doch nur darum „nach Hause zu telefonieren". Bellini macht sich frisch und begibt sich dann zur Brücke ein Deck tiefer.

Auf der Brücke ist die sogenannte Alpha-Beta-Crew versammelt. Weil sich die Alphawache des Schiffes eben dreigeteilt hat in ihre Alpha-Alpha, Alpha-Beta und Alpha-Gamma genannten Subschichten. Lieutenant Franca Jäger ist die Kommandantin von Dienst. Sie erhebt sich umständlich aus dem Kommandantensitz, als Bellini die Brücke betritt.

„Ma'am, eine große Ehre Sie beim Funkkontakt dabei zu haben." Jäger stellt sich in der Mitte der Brücke hinter ihrem Kommandantensitz auf. Bellini beäugt sie kritisch und fragt sich, ob das Sarkasmus war.

„Nun ja, das Auspacken der Brieftaube will ich nicht verpassen", antwortet sie halblaut. Am Kommunikationspult sitzt Petty Officer Leander Singh, der schon ganz aufgeregt wirkt. Selbst die Fähnriche an Taktik und OPS wirken aufgedreht. Nur der Master Chief an der Navigation, Miranda Blayton, sitzt mit grimmig verschränkten Armen an ihrem Pult, so als sei sie wegen des vielen Aufhebens um die Quantenkommunikation ein bisschen eifersüchtig. Obwohl Bellini die nun folgende Prozedur auch ein bisschen sehr umständlich für eine bloße Kommunikation findet, hat sie durchaus Verständnis für all die Umstände. Denn die Fähigkeit der Ancient-Naniten zur Nullzeitkommunikation wurde zwar nach dem Nanitenkrieg erkannt und 2239 erstmals erfolgreich angewendet. Aber nach dem für die Föderation fast fatal verlaufenen Krieg will natürlich niemand viel mit Naniten zu tun haben. Alle Arten von Naniten, sowohl die original Ancient-Nanobots als auch die sehr direkt davon abgeleiteten militärischen oder zivilen Naniten, werden seither nur zweckgebunden und mit einprogrammierter Selbstzerstörung verwendet. Wie eben auch der besondere Nanitenstamm, den jedes Raumschiff in einer Stasekammer aufbewahrt. So können die kleinen Bots schlichtweg Garnichts tun. Es sei denn man hebt den Deckel der Kiste an, was gleich geschehen wird.

„Quantenkommunikation vorbereitet. Quantenkomm-Stasekiste Status Grün und bereit. Warten auf Countdown auf Nemesis-Bordzeit 22:54, Bordzeit *EFS Marconi* 16:04, 29.11.379", rasselt Singh herunter. Ein grüner, herunterzählender Countdown zeigt die letzten drei Minuten.

„Bildschirm auf Quantenkommunikationsanlage", meldet Singh. Wenn der alte Marconi sehen könnte, wie umständlich wir heute kommunizieren, würde er sich sicher die Haare raufen, denkt sie. Aber andererseits hat die Quantenkommunikation große Vorteile gegenüber normalen Funkwellen. Dreihundert Jahre würden sie für die dreihundert Lichtjahre Distanz zur Erde benötigen, die die Fregatte in etwa einhundertzehn Tagen zurückgelegt hat. Und selbst der moderne Hyperfunk der Föderation würde immer noch drei Jahre brauchen. Da ist die immer noch nicht völlig erforschte, auf Quantenverschränkung basierende Nanitenkommunikation eine ganz andere, ja fast magisch anmutende Sache. Denn sie erfolgt eben in Nullzeit. Theoretisch könnte jeder Mensch einen Satz Nanobots in seinem Körper haben, wie früher vor dem Nanitenkrieg. Und jederzeit in Nullzeit quer durchs Universum „telefonieren". Aber in der Praxis setzt man die gleichzeitig gehassten und geliebten Nanobots doch lieber nur turnusmäßig frei und hebt sie sonst in den Raumschiffen in Stasekisten auf. „Achtung, Quantenkammer aktiv. Stasekiste öffnet sich!", schnarrt Singh und dann sieht man es live. Was eigentlich keine große Sache ist. Aber der an einem irgendwie überdimensionierten Stahlarm befestigte Stahldeckel einer eckigen Kiste von vielleicht vierzig-mal-dreißig-mal-dreißig Zentimetern öffnet sich betont langsam. „Sandbox der Brücke hat Verbindung zur Sandbox in Quantenkammer. Verbindung steht. Datenpakete werden gesendet." Der Sandbox genannte, gesicherte Kommunikationspuffer steht also. Singhs Stimme ist wieder etwas ruhiger. Die *Marconi* empfängt jetzt die Statusberichte und diverse Logs der *Nemesis* und wird diese weiterleiten, weiß Bellini. Und die *Nemesis* wird im Gegenzug wichtige Nachrichten vom Hauptquartier empfangen.

„Prioritätsnachricht Stufe 2 eingegangen!", meldet Singh. „Kommunikation beendet, Stasekiste schließt...", beginnt Singh, doch Bellini unterbricht ihn lautstark.

„Danke Mister Singh, wir sehen alles selbst. Was steht in der Prio-Nachricht?"
Singh drückt ein paar Knöpfe, räuspert sich. „Meldungen über zwei Anomalien des Hyperraums." Bellini nickt. „In dem Sektor, in dem wir unsere beobachtet haben?" Singh zögert ein paar Sekunden und drückt Knöpfe an seinem Pult. Doch Master Chief Leander Blayton an der Navigation kommt ihm zuvor. „Negativ Captain. Weit draußen an der Grenze zum Leonen- und zum Greyraum. Mindestabstand eintausendvierhundert Lichtjahre zu *unserer* Anomalie." Bellini schluckt. Das ist in der Tat eine Merkwürdigkeit.
„Mister Singh, den Captain informieren!".

Um 23.30 Uhr Bordzeit, kurz vor dem Dienstbeginn von Captain Petrovas Alpha-Alpha-Wache, empfängt sie Bellini in ihrem Quartier. Die Kapitänin sitzt an ihrem Schreibtisch. „Das ist Grund zur Sorge, Mister Bellini. Was denken Sie?" „Allerdings ist es Grund zur Sorge, Captain. Nur weiß ich wirklich nicht, was ich davon halten soll."

Petrova nickt. Ich werde es mit dem Wissenschaftsteam besprechen. Aber ich denke, das wird die Sache von Wissenschaftsschiffen der Navy werden. Wir haben unseren klar definierten Auftrag, unseren abtrünnigen Admiral zu finden, nebenbei zu klären, wie genau die Lage auf Luminos Prime ist und zu schauen, wie viel Geheimnisverrat Esparza begangen hat. Wenn überhaupt." Petrova nickt. „Bei allem Respekt Captain, Sie haben sich da recht bedeckt gehalten. Wie genau ist denn die Lage auf Luminos Prime?"

Die Kapitänin seufzt. „Es sieht so aus, Commander, als ob der Planet leer ist. Ein getarntes Schiff der Navy hat ihn bereits besucht und diverse Schiffswracks im Orbit und im System gefunden. Aber alles nur Leonen, Beelze und sogar Greys. Freibeuter noch dazu, darunter Nova-Gloaks und auch Menschen. Aber kein einziges Luminos-Schiff. Wir sind diejenigen, die Näheres herausfinden sollen."
„Und weiß man, wieso sich Admiral Esparza gerade dorthin begeben hat?"

Die Kapitänin seufzt. „Offenbar soll es so etwas wie ein religiöser Selbstfindungstrip werden. Man munkelt in esoterischen Kreisen schon länger, die Luminos hätten da so eine Art Meditationspfad in ihrem System oder auf Luminos Prime selbst. Wobei niemand weiß, was das genau sein soll. Der stand natürlich keinen Fremdrassen zur Verfügung. Offensichtlich will Esparza dort pilgern."
Bellini nickt. „Auf einem Planeten voller Leichen?" Doch Petrova schüttelt den Kopf.

„Nach den Scans gibt es auch keine Leichen der Luminos auf dem Planeten. Oder nicht mehr, als man für normal halten würde.

Friedhöfe und dergleichen. Die Luminos und ihre Flotte sind verschwunden. Und niemand weiß wohin."

20:50 Uhr, Sonntag, 06.06.2255 Greenwich-Erdzeit

19:40 Uhr, 06.08.003 Bordzeit *EFS Nemesis*

An Bord des Himmlischen Streitwagens *Michael*, Avianer-System

Sarah McKinley

Diesmal werden Paulus und Sarah synchron wach. Wieder in dem kleinen Korridor vor der Brücke. Direkt neben ihr kommt Paulus aus einer zweiten Stasekiste heraus, die keine Handbreit von ihrer „Gruft" parallel im Boden liegt. Und der Kerl grinst schon wieder. Missmutig denkt sie, dass die Kulisse des kompakten Kirchenkriegsschiffs anmutet wie eine Spar-Theaterbühne einer Schulaufführung von Tristan und Isolde. Weil alles im selben grauen Raum stattfindet. Aber das ist gerade die Eigenheit des Kriegsschiffes. Kaum Platz für die Crew und keine raumgreifenden Wartungsgänge, sondern überall schwirren Nanobots durch die Gegend, die alles instand halten. Auch das Schiff wird schon wieder repariert sein. Das hatte Paulus ihr schon vorm „Schlafengehen" angekündigt und immerhin ist ungefähr ein Jahr Bordzeit vergangen in der Zwischenzeit. Wenn auch nur ein paar Tage laut Normalzeit.

„Na, wie hast du geschlafen?", fragt er sie lächelnd. Wieder rollt sie mit den Augen.

„Gar nicht, weil man in einer Stasekiste nicht schläft", grummelt sie. Als jemand, der mit einem schwerbewaffneten Raumschiff voller geklauter Geheimtechnologie durch die Gegend fliegt, sollte er so etwas wirklich wissen, denkt sie verstimmt. Beide stehen auf. „Und ich habe uns neue Sessel anfertigen lassen, während wir geschlafen haben. Die alten haben die Naniten einfach aufgelöst", erklärt er freudig und setzt sich seine Mind-Reader-Haube auf.

Wo hat er die nur stecken gehabt? Ich habe sie eben nicht gesehen. Paulus geht vor und Sarah folgt ihm. Sie sieht sie schon von hinten. Zwei schwarze Ungetüme, kunstledrig riechend und mit gewaltigen, blitzenden Beschlägen hier und da. Massiven Kopfstützen. „Ta-ta!", gibt Paulus überflüssigerweise von sich. McKinley fasst sich an die Stirn.

„Na was denkst du?"

„Drehen wir hier einen Holo-Streifen? Der Beichtstuhl des Kaplans? Der Folterstuhl des irren Kirchenküsters?"

Paulus räuspert sich. Zeit, den Systemscan anzusehen. Er setzt sich demonstrativ langsam in seinem Sessel nieder und demonstriert ihr durch hin- und herrucken, wie bequem es darin ist, während sie mit den Augen rollt. Ein holografisches Display des Aviansystems materialisiert zwischen den beiden auf der winzigen Brücke, das die ihr schon bekannte Topografie zeigt. Das Avianer-System, eingezeichnet mit Fixstern und den Bahnen der sechs Planeten. Im Orbit von Avian-Prime befindet sich *Binar-Station*, die gemeinsam von Menschen und Avianern betriebene Raumstation. Etwa ein Lichtjahr draußen die durch einen blauen Ring angedeutete Dimensionöffnung. Streng genommen kein Tor im Sinne einer technischen Vorrichtung, sondern nur die diesseitige Öffnung eines Tores, das physisch im Nanitovers liegt. Geöffnet auch nur, wenn man einen genau abgestimmten Strahlungscocktail und Gravitationsimpuls auf das Tor gibt. Vor dem „Tor" liegen die offizielle *Border-Station* der Föderation und acht eingezeichnete Geschützplattformen, um die geschlossene Öffnung ins Visier nehmen. Vermutlich gibt es noch einmal dieselbe Anzahl an 3-Gen-Geschützplattformen, vielleicht sogar 4-Gen-Versionen, denkt sich McKinley. In einem Viertel Lichtjahr

Entfernung *Port-Station*. Die riesige Raumstation, in der die *Lucandor Wenton* einen permanenten Hafen gefunden hat. Jenes Raumschiff, das einst die *Moondreamer* abgefangen hatte, als sie im Nanitenkrieg in das Avianersystem gekommen war, um die Ursache der Naniteninfektion zu untersuchen. Missmutig fällt McKinley auf, dass das Taktische Diagramm der *Michael* alle Avianerschiffe und –Installationen in Orange und alle Föderationsschiffe in Rot zeigt. Orange die *Blauer Seeadler*, das wieder instand gesetzte Raumschiff der uralten Avianischen Kultur, das so etwas wie der Pate des Wiedererstarken des Avianischen Volkes nach dem Nanitenkrieg geworden ist.

Reichlich Raumschiffe gibt es im System. Die Sechste Flotte der Föderation mit ihren dreißig *Moondreamer*-Klasse Fregatten, *Vailant*-Zerstörern, einigen *America*-Klasse Korvetten, dem *Terra*-Klasse Kreuzer und zwei der nagelneuen *Lotus*-Klasse Korvetten, die ständig im System sind, wie sie im Taktischen Diagramm erkennt. Der Systemscan hat auch noch zwölf avianische AF1-Fregatten angezeigt. *Nemesis*-Klasse Derivate, die nicht zu unterschätzen sind, auch wenn man in einem futuristischen Kirchenraumschiff sitzt, denkt sich McKinley.

„Weißt du", beginnt sie gedehnt und zeigt auf das Diagramm. „Gen-4-Scanvorrichtungen gibt es bestimmt auch reichlich. Ich sehe nicht, dass wir da durchkommen. Eine gute Idee wäre das sowieso nicht. Wer weiß, was wir da drüben im Nanitovers anrühren würden. Manchen trüben Tümpel soll man lieber ungestört lassen." Doch Paulus wischt ihren Einwand mit der Hand weg.

„Ich habe dir doch schon erzählt, dass wir zweifelsfreie Berichte haben, dass deine Navy da laufend Kontrollflüge rein macht. Alles soll drüben ein einziger Trümmerhaufen sein. Offensichtlich ballern Föderationsschiffe da ständig auf alles, was sich bewegt." McKinley sieht ihn zweifelnd an.

„Jedenfalls", verkündet er, „habe ich eine Idee, wie wir durchkommen, trotz irgendwelcher 4-Gen-Scans durch die modernen Schiffe." McKinley zieht ein Gesicht.

„Hoffentlich ist Beten kein allzu großer Teil deines Plans." Sie erinnert ihn noch einmal daran, dass er ihr Informationen über die Truppenstärke etc. versprochen hat, wenn sie mit ihm auf die Reise geht. Das veranlasst ihn zu einer Verbeugung.

„Natürlich Madame." Sie rollt mit den Augen.

„Nur die Vorbereitungen werden ein bisschen extensiv", murmelt er und setzt sich in eine Ecke des kargen Vorraums und schließt die Augen, den Mind-Reader-Helm auf dem Kopf. Gelangweilt setzt sich Sarah wieder auf ihren Ausklappsitz. Der Kirchenmann hat ihr Zugriff auf eingehende Kommunikation gegeben, also richtet sie sich verbal an den Schiffscomputer.

„Eingehenden Nachrichtenstrom sortieren. Wichtiges zuerst. Und wehe du sortierst religiöse Beiträge mit ein."

„Bestätigt. Vierundvierzig religiöse Beiträge über das Ende der Schöpfung werden aus der Liste gelöscht."

„Bitte was?"

Der Computer bestätigt noch einmal. Sarah seufzt. „Kirchencomputer eben", murmelt sie.

„Es liegt eine Notfall-Depesche der Föderationsregierung vor", meldet ihr der Rechner leidenschaftslos.

„Abspielen!", kommandiert sie. Eine Textnachricht erscheint rot auf schwarz in einem Formenergiebildschirm vor ihr. Ein weiterer Bildschirm zeigt eine Sprecherin in einem langweiligen Businessanzug, die an einem simplen Schreibtisch sitzt. „Emergency-Broadcast" ist groß in Rot eingeblendet.

„Dies ist eine dringende Notfallsendung der Regierung der Föderation der Menschheit. Sämtliche raufahrttreibenden Organisationen und die Kommandanten von Raumschiffen, insbesondere im interstellaren Verkehr, werden dringend aufgefordert, den Hyperraum des Normaluniversums sowie den Plus-100 Hyperraum auf Anomalien hin zu beobachten. Es sind in der jüngsten Vergangenheit diverse Anomalien gemeldet worden, die noch ungeklärte Auswirkungen auf Raumfahrzeuge im Hyper- oder Plus100-Hyperraum haben. Es wird dringend empfohlen, anomale Zonen weiträumig zu umfliegen. Privatleuten wird empfohlen, keine Raumflüge durchzuführen, es sei denn, sie sind unbedingt erforderlich. Per Paragraf Fünf der Notverordnung der Föderationsregierung sind sämtliche Kommandanten oder Piloten von Raumfahrzeugen angewiesen, beobachtete Anomalien der nächsten planetaren Raumbehörde oder ersatzweise dem nächsten angetroffenen Schiff der Raummarine zu melden. Gemeint sind nicht die üblichen Extrauniversaltaschen in den beiden von Menschen befahrenen Hyperräumen, sondern weitreichende Verzerrungen, die die Grundsubstanz der erwähnten Räume betreffen und…"

McKinley hört schon nicht mehr zu. Sie schließt das Bildfenster und liest lieber die Textversion. Der entnimmt sie, dass die Störungen sowohl auf der üblichen Route zwischen Terra und Arret als auch zwischen Terra und dem abgelegenen Planeten Bluelark beobachtet worden sind. Bevor sie versucht, Näheres aus diversen anderen Nachrichten zu entnehmen, flucht sie vor sich hin. „Nicht nur die Radikalen sind verrückt geworden. Das Universum gleich mit."

Paulus murmelt in der Ecke vor sich hin, verloren in der Mind-Reader-Trance. Sie beschließt den wirren Kirchenmann in Ruhe zu lassen und wendet sich den Beiträgen im Datenstrom zu.

20:50 Uhr, Sonntag, 07.06.2255 Greenwich-Erdzeit

19:40 Uhr, 14.11.003 Bordzeit *EFS Nemesis*

An Bord des Himmlischen Streitwagens *Michael*, Avianer-System

Sarah McKinley

Sie hat sich gemütlich eingerichtet in dem Himmlischen Streitwagen, wie Paulus ihn nennt. Seit er das letzte Mal aus seiner Mind-Reader-Trance gekommen ist, hat er ihr ein paar Befugnisse in Sachen Programmierung der Inneneinrichtung des Raumschiffs eingeräumt. „Inneneinrichtung", das bezieht sich auf die variable Nanitenschicht, die völlig anpassbar ist. Sarah fläzt sich in ihrem Sessel auf der Minibrücke des Schiffes. Dem rechten der beiden Pilotensitze. Hat ihn so verstellt – per Handauflegen, worauf der Formenergiestuhl entsprechend reagiert – dass sie in halb liegender Stellung draufsitzt, die Füße hoch und über Kreuz. Wofür ihr das Ding eine kleine mittige Fußstütze ausgefahren hat, die sie vorher schlichtweg mit ihren bloßen Händen geformt hat. Auch neue Bekleidung hat sie sich besorgt. Allerdings echte aus dem Printer und keine aus Formenergie. Mit letzterer gibt es zu viele in den Massenmedien überlieferte Unfälle, die Paulus vermutlich gerade Recht kämen, wie sie denkt. Jeder kennt die sogenannten Gaderobenunfälle dieser Popsängerin Byogirl, die immer im Restaurant oder Tanzclub plötzlich *ganz ohne* dasteht und die Paparazzi sie wieder auf die Frontpages der Netzseiten bringen. Ups, die Formenergie klemmt wieder, oder was sie dann immer sagt, wenn sie nackt dasteht.

Sarah wischt auf dem Formenergiemagazin herum, das vor sie projiziert wird. Auch aus einem Update im Avianersystem, wo dankenswerterweise auch Föderationsmagazine und Netzseiten zur Verfügung stehen.

Der zukünftige Präsident Jackson, der im September Erdzeit die jetzige Präsidentin DeKlerk ablösen wird, kündigt groß sein neues Programm an. Brander will er sofort entlassen und anklagen. Und die angebliche Clique von Brander will er aus der Raumflotte werfen. „Gut, dass ich da ausgestiegen bin", murmelt sie. Denn als ehemalige OPS-Offizierin auf Branders *Moondreamer* wäre sie vermutlich mit dabei bei solchen Säuberungsaktionen. Die ganze Raumflotte will er in Form einer blanken „Notfallstreitmacht" reorganisieren, wie sie entsetzt liest. Sie schüttelt den Kopf. Wie soll das funktionieren? Die Antwort ist im nächsten Absatz enthalten. Die alten *Moondreamer*-Fregatten sollen weitestgehend ins Flottendepot wandern und die modernen Schiffe größtenteils an die einzelnen Planetenregierungen übergeben werden, aufgeteilt je nach Bevölkerungsanteil. Sie lacht sarkastisch. Dann würden der Erde fast alle Schiffe zustehen. Sie liest von einer künftigen „Terra Defence Force" und von anderen Verteidigungskräften der Kolonien der Menschheit. Die Föderationsregierung würde nur noch ein kleines Kontingent an modernen Raumschiffen behalten für die eigentliche Raummarine der Erdföderation. Sie schüttelt den Kopf. Das käme wohl einem Zerfall der Föderation der Menschheit gleich. „Politiker!", schimpft sie. Mit einem Fingerschnippen lässt sie das Magazin entmaterialisieren und steht auf. Sieht sich in dem kleinen Raum um. Die Wände sind mit einem von ihr entworfenen, blausilbernen Schlierenmuster ähnlich einer Tapete versehen, das ihr mittlerweile selbst auf den Geist geht. Mit kalten, nackten Füßen steht sie auf dem glatten Silberboden. Sie legt die Hand irgendwo an die Wand und die schimmernde Wandverkleidung gibt eine Art Schrank mit einem einzigen Knopf frei. Sie drückt diesen. „Damensöckchen, konventionell Nylon in meiner Größe, hautfarben", spricht sie nach einem Pington. Dann zieht sie sich die Söckchen an. Sieht an sich herunter. Der geprintete weiße Overall mit dem roten Papageien- und Blumenmuster sieht eigentlich ganz nett aus, findet sie. Sie sieht auf ihre Füße. Nicht, dass Paulus da wieder einen Kommentar hat, denkt sie grimmig. Es ist Zeit ihn zu „wecken", denn er sitzt schon wieder seit Stunden in der VR-Trance mit seinem Mind-Reader-Helm und will ihr immer noch nicht sagen, was er vorhat. So hat sie sich ihr Dasein auf dem Schiff nicht vorgestellt. Schließlich soll er ihr im Gegenzug für ihre Gesellschaft etwas über die Technologie und militärische Stärke dieser Vereinigungskirche erzählen. So war es ausgemacht. Sie geht zur Luke, die in den Vorraum führt.

Was für eine merkwürdige Zwei-Zimmer-Wohnung im Weltall das hier ist, denkt sie ironisch. Doch kaum steht sie vor der Tür, gibt diese einen Fehlerton von sich, der dem auf Föderationsschiffen sehr ähnlich ist. „*What the fuck?*", entfährt es ihr. Sie tritt gegen die geschlossene Tür, was der Nanitenüberzug sanft abbremst. „Computer! Paulus informieren, dass ich raus will! Stell eine Verbindung her!"

Zur selben Zeit

An Bord der *EFS Nemesis*

Es ist November des Jahres 3, nach der Bordzeit der *Nemesis*. Längst hat damit Bellinis Betawache das Schiff übernommen, was noch bis Ende Dezember dauern wird. Denn während Sarah McKinley in der *Michael* die Wände dekoriert hat, ist an Bord der *EFS Nemesis* die hundertfache Zeit vergangen. Der Dienst an Bord ist eintönig und langweilig. Sie liegt im Bett und kann nicht schlafen. Starrt die Decke an. Es ist wieder mal so, als würde ihr Körper wegen der Eintönigkeit des Schiffs und der ewig gleich beleuchtenden Korridore eine total verstellte innere Uhr haben. *Ich weiß nicht, wieso die Leute Raumfahrt immer mit Abenteuer assoziieren,* denkt sie, gesteht aber zu, dass es an den Werbeholos der Navy liegen muss. Für sie war der Flottendienst bislang immer eintöniger Schichtdienst, abgelöst von der Spannung, wie gut oder schlecht die Essensmanipulatoren gerade funktionieren. Sicher, sie hatte das große Vergnügen, beim Nanitenkrieg vor zwanzig Jahren auf dem Schiff dabei zu sein, das den Krieg beendet hat. Nur, dass sie von der großen Entscheidungsschlacht gar nichts mitbekommen hatte, weil sie die ganze Zeit über in einer Stasekiste lag, wie alle Crewleute aus der Beta- und Gammawache. Als sie nach der Schlacht geweckt wurde, standen überall die übelriechenden Gelantinestängel herum, in denen offenbar die restliche Crew eingesperrt gewesen war. Trotzdem war das so etwas wie das Highlight ihrer Karriere. Man geht in die Schlafkammer, als noch alles in Ordnung ist, kommt raus, sieht die Trümmer einer Art Alien-Invasion und wird daheim auf der Erde als Heldin gefeiert. Von der nächsten Mission der *Moondreamer* hatte sie nichts mitbekommen, weil sie da gerade ihr Commander-Training an der Flottenakademie in San Francisco hatte. Ganz unfroh, die Konfrontation mit der sogenannten *Maladistin* verpasst zu haben, die damals u.a. die gesamte Besatzung der *EFS Jeanne D'Arc* getötet hatte, ist sie nicht wirklich.

Doch diesmal könnte es wirklich spannend werden. Denn als XO ist sie Teil der Vollcrew, wenn das Schiff in ein paar Monaten Bordzeit ans Ende der Reise kommt. Und vielleicht das Rätsel der verschwundenen Luminos zu lösen, klingt wirklich nach ein bisschen Aufregung. Brander ist ja nicht an Bord, denkt sie sarkastisch. Denn der hat ja immer die Angewohnheit, am Ende das Schiff zu verlassen und alles allein zu lösen. Wie er es während der Entscheidungsschlacht des Nanitenkrieges gemacht hat und vorher schon beim Zurückschlagen der Invasionsflotte der Hohen Rassen 2179. Bellini merkt, wie ihr die Augen zufallen. Noch ein paar Stunden bis zum Beginn ihrer Schicht...

Minuten Normalraumzeit später

20:53 Uhr, Sonntag, 07.06.2255 Greenwich-Erdzeit

00:40 Uhr, 15.11.003 Bordzeit *EFS Nemesis*

An Bord des Himmlischen Streitwagens *Michael*, Avianer-System

Sarah McKinley

Sie läuft in der merkwürdig dekorierten Brücke des Schiffes Kreise wie ein eingesperrter Tiger und fingert unschlüssig mit ihrem Disruptor herum, der in einer Tasche ihres Overalls versteckt war. Sie hat ihn nicht erwähnt, als sie an Bord gekommen ist und Paulus auch nicht. Aber es wäre naiv zu vermuten, dass er nichts davon weiß.

Endlich antwortet er. Seine Stimme erklingt von der Decke. „Warte noch, mein Schatz. Ich bin gerade bei ein paar schwierigen Holodarstellungen hier, die die ganze Kammer einnehmen", erklärt er ihr. „Wenn du jetzt mit deinem Luxuskörper da zwischen herumrennst, wird alles ganz meschugge." Sie sieht kritisch zur Decke, als könne das irgendwie zur Klärung beitragen.

„Ich bin nicht dein Schatz!"

„Das sagt der Bordcomputer auch immer!", antwortet seine Stimme von der Decke. McKinley schüttelt den Kopf und fast sich mit der Rechten an die Stirn.

„Verrate mir endlich, was du da treibst!"

„*Toute suite!*", antwortet er. „In genau zwanzig Minuten bin ich fertig. Beschäftige dich solange irgendwie." Sie grummelt etwas Unverständliches und lässt sich wieder in ihrem Sessel nieder. Sie merkt nicht, wie sie kurze Zeit später einschläft. Als sie Minuten später wach wird, sieht sie ihn vor ihrem Sessel stehen, in dem sie mit den Füßen oben auf der Lehne liegt. Ihre gekreuzten Füße bilden ein V, das ihn ins Visier zu nehmen scheint.

„Altmodische Söckchen. Niedlich."

„Spar dir deine Kommentare!", fährt sie ihn wütend an und stemmt sich hoch. Was dazu führt, dass der Nanitenstuhl den Druck ihrer Arme als Verstellwunsch fehlinterpretiert und sie ganz und gar mit dem Kopf am Boden ist, während ihre Füße fast an die Decke reichen. Sarah kreischt etwas von „verfluchte Naniten". „Äh…, wenn du hier fertig bist, kann ich dir das kleine Ablenkungsmanöver zeigen, das ich vorbereitet habe."

Sarah McKinley

„Okay", sagt Sarah erschöpft. „Ich bin immer noch nicht überzeugt davon, dass es funktionieren kann. Die neuen *Lotus*-Korvetten sehen einfach alles, mit ihren 4-Gen-Sensoren." Paulus nickt. „Gut, wenn sie mit ihren 3-Gen-Raketen unter ihren 3-Gen-Schilden auf uns schießen, macht uns das nichts, weil wir ja durch 4-Gen geschützt sind." Sarah zieht eine Augenbraue hoch. „Ach, willst du noch mehr Navyschiffe vernichten und uns beide zu den meistgesuchten Verbrechern gleich nach James Thorau machen?" Doch er schüttelt den Kopf.

„Nein, natürlich nicht."

„Außerdem", erklärt sie mit erhobenem Zeigefinger, „würde ich mich nicht drauf verlassen, dass eine *Lotus*-Klasse-Korvette nicht doch 4-Gen-Torpedos an Bord hat. Das ist zwar streng geheim, aber ich würde so etwas vermuten."

„Ich erkläre es dir noch mal. Bin aber nicht sicher, ob du es diesmal verstehst", gibt er genervt von sich, hier in dem kleinen Vorraum, der von diversen projizierten Diagrammen und 3D-Darstellungen irgendwelcher Bauteile eingenommen ist.

„Warte!", schnaubt sie empört. „Du glaubst also, dass ich deinen Trick, den du mit der Flotte spielen willst, intellektuell nicht erfassen kann, oder was?" Sie ist so wütend, dass sie sogar gegen die Wand der kleinen Kammer tritt, auch wenn die nachgiebige Nanitenbeschichtung den Fußtritt wieder einmal dämpft. „Weißt du", stößt sie hervor und sieht ihm tief in die Augen. „Ich habe die Urlaubsplanung für die *Moondreamer* damals gemacht. Die Urlaubsplanung!"

Er sieht sie verwirrt an. „Ja und?"

Sie wirbelt mit den Händen unter der niedrigen Decke herum. „Hast du dir mal überlegt, wie kompliziert das ist?" „Also, eigentlich n…", beginnt er.

„Da gibt es Urlaubstage, die fallen im Normalraum an. Also unter Normalzeit. Dann Urlaubstage, die fallen im Plus-100-Universum an!"

„Aha", stößt er matt hervor.

„Und was", fragt sie in triumphierenden Unterton, „wenn jemand im Großschichtenbetrieb nicht in der Stasekiste liegt, sondern sich Urlaub nimmt? Zählt das als bezahlter Urlaub? Unbezahlter? Wie ist das mit dem Zeitfaktor, denn er kann ja einhundert Tage in einem Tag Normalzeit nehmen!"

Paulus macht eine Geste, dass ihm alles zu viel wird. „Also", sagt er scharf. „Nochmal zu meinen getarnten Nanitenclustern, die wir hier im Schiff gerade produzieren. Die werden…"

„Ich geh mal auf den Topf", unterbricht sie ihn und er stößt frustriert ein Holobecken zur Seite, das ihm eine Art silbrige Kugel vor den Kopf projiziert hat, die nur halbfertig ist. „Und die Toilette auf diesem Miniraumschiff ist einfach ekelhaft, dass du es weißt!"

Er rollt mit den Augen.

„Dass man sich in eine winzige Wandnische setzen soll und sich dann Nanitenwabbelmasse überall festsaugt…" Sie berührt die fugenlose Wand mit der Hand, dessen silbrige Masse plötzlich eine niedrige, schmale Tür mit einer Nische und einer Art Sitz dahinter bildet."

„Frauen im Weltraum", murmelt er, als sich die Luke hinter Sarah geschlossen hat.

„Männer! Pseudopriester!", hört er noch, als sich die Toilettentür wieder schließt.

22:18 Uhr, Montag, 09.06.2255 Greenwich-Erdzeit

22:20 Uhr, 08.06.004 Bordzeit *EFS Nemesis*

An Bord des Himmlischen Streitwagens *Michael*, Avianer-System

Sarah McKinley

Sie muss sich eingestehen, dass sie eine merkwürdige Abenteuerlust erfasst hat. Erst schien es ja nur ein Deal zu sein, den sie mit Paulus abgeschossen hat, dem merkwürdigen Kirchendissidenten. Wobei das Wort Kirche wirklich unpassend ist für diese terroristische Sekte, die offensichtlich durch einen direkten Draht zur Entwicklungsabteilung der Navy über bessere Hochtechnologie verfügt, als sie die Navy selbst im Feld hat. Die religiösen Fanatiker haben die moderne 4-Gen-Technologie wesentlich schneller und konsequenter ausgerollt, als es so ein schwerfälliger, bürokratischer Apparat wie die Space Navy tut. Und haben dabei auch keine Hemmungen gekannt, die Nanitentechnologie zum Extremum zu führen. Wahnsinn wie nanitische Körper wären bei der Flotte natürlich undenkbar. Oder gar Raumschiffe, die teilweise aus Nanobots bestehen, die unter anderem Reparaturen durchführen und damit viel Platz und Zeit sparen. Seit dem Nanitenkrieg 2235 ist die Erdföderation den entgegengesetzten Weg gegangen und hat Nanitentechnologie weitestgehend verbannt. Etwas, das ihr nun einen furchtbaren Nachteil verschaffen kann, wenn diese Vereinigungskirche tatsächlich alptraumhafte Kriegsschiffe wie dieses eine hier in Serie produziert. Zu solchen Daten, wo und wie viele, hält sich Paulus leider immer noch ziemlich bedeckt. Sie wird nun jedenfalls eine Kommunikationskapsel absetzen, die zunächst getarnt im Avianersystem verbleiben und sich erst dann enttarnen wird, wenn die *Michael* es durch das Dimensionstor geschafft hat. Wenn

Paulus' wahnsinniger Plan überhaupt funktioniert. Dass sie überhaupt daran teilnimmt, sie muss es sich selbst eingestehen, ist eigentlich verrückt. Aber irgendwie hat sie die Abenteuerlust erfasst. Die Navy hatte sie zuletzt fast wie eine Verbrecherin behandelt, wobei man das Wort *fast* durchaus auch weglassen kann. Die Verhöre nach der eigentlich heldenhaften *Moondreamer*-Mission im Nanitenkrieg waren dermaßen extrem, dass sie den Dienst quittiert hatte, nur um diesen zu entgehen. Das Oberkommando war offensichtlich damals schon mit Admiral Brander über Kreuz und wollte möglichst viel über seine Zurückhaltung und private Verwendung von noch unbekannten Ancient-Technologien erfahren. Und die Führungsoffiziere der *Moondreamer* saßen dabei natürlich zwischen allen Stühlen. So hatte sie sich auf New Ireland zurückgezogen. Aber nach den alptraumhaften Ereignissen um den Angriff durch den verrückten Kirchenmann und den abgesprungenen „Ritter" Paulus sieht sie nun die Gelegenheit gekommen, sich wieder eine Scheibe der Action zurückzuholen, die sie zugegebenermaßen sehr vermisst hat. Zu sehen, was heute, nach zwanzig Jahren auf der anderen Seite des Dimensionstores ist. Braut sich da neues Unheil zusammen? Rekonfiguriert sich die Nanitenpest dort? Fragen, die sie sich schon öfter gestellt hat und die sie nun beantwortet bekommen kann. Aber die Flotte soll erfahren, was hier vor sich geht. Wer sie ist, wer Paulus ist und dass sie nichts Übles im Schilde führt. Sie wird einen kompletten Bericht dalassen, inklusive der Verstrickungen dieses Admirals Esparza, die Paulus mehr und mehr bestätigt hat. Anfangs hat sie gezögert, der Navy eine solche Anschuldigung vor den Kopf zu knallen. Aber nun, bevor sie das Dimensionstor im günstigsten Fall tatsächlich durchqueren können, muss es sein. Denn danach wären sie von aller

Kommunikation abgeschnitten. Sie macht es sich vorne rechts auf der kleinen Brücke mit ihrer eigenartigen, bunten Wanddeko bequem. Dann sieht sie dorthin, wo sie die Aufzeichnungsoptik vermutet, sofern man bei der Nanotechnologie noch von Optik reden kann und atmet tief durch.

„Earth Federation Space Navy. Hier spricht Lieutenant-im-Passivstand Sarah McKinley", beginnt sie.

00:21 Uhr, Montag, 11.06.2255 Greenwich-Erdzeit

03:20 Uhr, 25.09.004 Bordzeit *EFS Nemesis*

An Bord des Himmlischen Streitwagens *Michael*, Avianer-System

Sarah McKinley

Sie wird verschlafen in ihrem Sessel wach und stellt fest, dass sie wieder mal mit dem Kopf tief unten und den Füßen oben schläft. Sie trägt nicht mehr als Slip, Strumpfhosen, und ein dünnes T-Shirt. Die Bettdecke, die sie sich aus dem Printer hat drucken lassen, ist zur Seite gewühlt. Sowieso ein widerliches Ding, das mit Kreuzen, arabischen Schriftzeichen und sonstigen Symbolen bedruckt ist. „Kriegt man Alpträume von", murmelt sie. Sie merkt, dass sie ihren Po nach links weggestreckt hat. Aber wahrscheinlich wird Paulus, ihr merkwürdiger Mitstreiter der Mission-für-was-auch-immer wieder im Vorraum vor seinen Diagrammen werkeln. Nanitencluster, die für Ablenkung sorgen sollen, während die *Michael*, ihr kleines nanitendurchseuchtes Kriegsschiff, einen getarnten Durchbruch hin zum Dimensionstor versuchen wird. Sie rappelt sich verschlafen hoch, da sieht sie auch schon sein grinsendes Gesicht. Er war die ganze Zeit im Sessel. Hat offenbar auch geschlafen und beim Aufwachen den Anblick ihres Allerwertesten genossen! Schnell setzt sie sich grade hin und deckt sich zu, mit der Decke mit Kruzifixen und anderem. Sie räuspert sich und bringt ein „guten Morgen" zustande. Warum hat sie sich nicht kompletter angezogen, wo sie doch wusste, dass Paulus hier vielleicht auch schläft? War es Absicht? Aber andererseits ist es natürlich so viel bequemer gewesen. „Ich geh' zuerst ins Bad", sagt sie schnell und steht auf. Sie hat ein merkwürdiges Déjà-vu von einer Studenten-WG, in der sie irgendwann mal in ihrer Lehrerausbildung gelebt hat und erinnert sich an den morgendlichen Kampf um das eine Bad. Sie entschwindet in den Vorraum und ihre Hand berührt die fugenlose Wand und verschlafen braucht es mehrere Tapser mit der Hand, bis die Klappe endlich aufgeht. Fluchend buchsiert sie sich in die winzige Kaverne hinein und sitzt unbequem auf dem Sitz. *Sich hier drin auszuziehen, wird auch wieder so ein Theater,* denkt sie. *Und erst diese Nanobot-Zahnbürste. Widerlich!*

Kurze Zeit später nehmen beide ein Frühstück ein. Sarah hat sich einen neuen Overall gedruckt. Diesmal in blutrot, was irgendwie eine Antwort auf die weiße Bettdecke mit den schwarzen religiösen Symbolen sein soll. Sie verzieht das Gesicht, als sie den heißen Toast mit Marmelade zu sich nimmt und vom Kaffee schlürft. Dass alles wie auch die Bettdecke aus demselben Printer aka Molekülmanipulator kommt, ist irgendwie ein widerlicher Gedanke, findet sie.

„Bin fast fertig, wir können bald loslegen", murmelt Paulus, der einen dreifachen Toast mit Wurst, Käse und Ei kaut, wie es aussieht. Sarah schüttelt den Kopf.

„Es ist schon eine verrückte Idee. Wir sollten doch lieber ein bisschen durch die Gegend düsen. Oder hin zu Luminos-Prime. Die Luminos sollen in der letzten Zeit kaum noch Aktivität zeigen. Das wäre weitaus weniger gefährlich." Paulus antwortet irgendetwas mit vollem Mund, das sie nicht versteht. „Computer, Nachrichtensendungen!", befiehlt sie und vor den beiden Frühstückenden schaltet sich ein zweidimensionaler Bildschirm an, der aus dem Nichts projiziert wird. Die Nachrichtensprecherin redet in einem schicken Studio vor einem Hintergrundbild, das offensichtlich den Hyperraum mit seinem konturlosen Grau und den bunten Einstülpungen fremder Universen zeigt. Sarah ist sofort alarmiert und denkt an die letzten Nachrichten von Hyperraumanomalien.

„… hat die Föderationsregierung unnötige Raumflüge verboten, sofern diese den Hyperraum benutzen. Damit sind beide von Föderationsschiffen befahrene Hyperräume gemeint. Wer entsprechende Flüge plant, muss wie bisher seinen Flugplan von der planetaren Raumkontrolle genehmigen lassen. Also *Terra Control* am Beispiel der Erde, *Arret Control* am Beispiel Arrets und so weiter. Allerdings ist ab sofort besonderer Augenmerk auf den Reisegrund zu richten, der zu Ablehnung des Flugplans führen kann und damit den Flug faktisch verbietet. Sogar die Navy selbst hat angekündigt, ihre Flüge derzeit auf ein Minimum zu begrenzen. Wir schalten nun zu Professor John Schmidt von der Space Navy Universität Terrania City, von dem uns ein auf der Erde aufgenommenes Interview vorliegt…"

„Fuck!", entfleucht es Sarah. „Dieser Mist geht weiter." Paulus, der immer noch auf seinem Sandwich herumkaut, sieht sie mit großen Augen an und macht eine Geste, dass er das alles nicht so ernst nimmt. „Sicher wieder irgendein Mist, in den uns deine Navy reingezogen hat", murmelt er mit vollem Mund. Sarah wirft ihm nur einen wütenden Blick zu.

„Computer!", kommandiert sie in Richtung Decke. „Finde einen aussagekräftigen Bildbericht von der Anomalie. Originalbilder, die von Raumschiffen aufgezeichnet worden sind."

„Wahrscheinlich hat dein Admiral Brander wieder mal den falschen Aliens auf die Füße getreten", kommentiert Paulus mit vollem Mund und schluckt kräftig. Der Bildschirm schaltet um und man sieht einen Film vom Hyperraum. So wie ein paar Ausläufer einer Extrauniversaltasche langsam am Bildrand vorbeiziehen, ist es offensichtlich, dass ein Raumschiff oder vielleicht eine schnelle Sonde das aufgezeichnet hat.

„Hier sehen Sie den Hyperraum des Normaluniversums. Also näher am Zuhause als einem lieb ist", kommentiert eine belustigt wirkende Stimme aus dem Off. Sarah sieht sich die Quellenangabe an. „Spacer Café" ist die Quelle, eine eigentlich brauchbare Seite für interne Diskussionen von Raumfahrern, die sie schon kennt. Auch wenn der Ton dort manchmal unangemessen locker ist. „Und warten Sie, gleich kommt es. Wooow!", ist der Sprecher zu hören. Denn jetzt sieht man, wie sich die eigentlich rundlichen Einstülpungen fremder Universen schlagartig zu irgendetwas wie dünnen Balken in die Länge ziehen, die von links nach rechts über den Bildschirm laufen. Eine Texteinblendung macht klar, dass das Raumschiff „Status Rotalarm" hat und nach Backbord wegschwenkt. Sarah sieht jetzt auch den eingeblendeten Schiffsnamen. *EPS Lusty Argonian*, ein privates Schiff und keines der Navy, wie das Hoheitskürzel verrät. Was auch immer der Name bedeuten soll. Dann sieht man, wie sich der Raum nach einem Wendemanöver normalisiert und wieder das normale Grau mit bunten Einschlüssen des Hyperraums zeigt. Doch ein eingeblendeter zweiter Bildschirm, etwas kleiner, zeigt die Sicht hinter der *Lusty Argonian*. Nach wie vor ist dort der Hyperraum aufs Extremste verzerrt und grauenvollerweise sieht es so aus, als würden zwei der horizontalen, bunten „Arme" dem Schiff hinterhergreifen, wie um es aufzuhalten. Doch das Schiff mit dem merkwürdigen Namen entkommt, daran lässt der Sprecher keinen Zweifel.

„Heilige Sch…", beginnt Sarah. Sie hört Paulus laut schlucken. „Als ob der Herrgott uns strafen will", murmelt er und sie verdreht die Augen zur Decke. Doch Paulus scheint ein neuer Gedanke zu kommen. „Aber das ist doch wirklich mal ein Grund, wieso wir den Durchbruch auf die andere Seite schaffen müssen. Ins Nanitovers und vielleicht noch woandershin!" Sie sieht ihn fragend an.

„Weil", führt er aus, „die zugegebenermaßen hypothetischen Hinterlassenschaften der dortigen Hohen Rassen uns vielleicht etwas in die Hand geben können, mit dem man dieses Chaos hier", er zeigt auf den Bildschirm, „verstehen und möglicherweise sogar heilen könnte." Er sieht sie erwartungsvoll an. „Heilen?"

„Klar. Wer weiß", erklärt er ausweichend. „Was dort für ein Tech zu finden ist. Und wenn es ganz schlimm kommt mit diesem Universum hier", er zwinkert ihr zu, „dann ist das da drüben vielleicht ein angenehmerer Ort als dieses Universum hier." Sarah sieht ihn mit großen Augen an. „Aber erst gibst du mir noch ein paar Antworten. Wie viele dieser Raumschiffe habt ihr?" Sie deutet lax um sich herum. „Was sind eure nächsten taktischen Ziele und was ist eure Strategie hinter allem?" Sie tritt auf ihn zu und ignoriert, dass er schmerzhaft das Gesicht verzieht, als sie mitten in einem Hologramm einer silbrigen Kugel steht. „Und was für technische Überraschungen habt ihr noch? Und wo ist eure Militärbasis?" Er steht auf von dem Wandsitz, auf den er sich gesetzt hatte und versucht, eine echte Distanz zu ihr aufzubauen. Was in dem winzigen Raum nicht einfach ist. „Ich kann meine Freunde dort unten auf dem Planeten nicht verraten. Egal wie verwirrt sie auch sein mögen", schnauzt er. „Ich habe lange selbst daran geglaubt und denke immer noch, dass vieles wahr ist, was die Kirche erzählt. Dass die Föderationsregierung und vorneweg dieser unselige Admiral Brander und eure ganze Navy die Menschheit in gefährliche Alien-Narreteien verwickeln. Dass wir am Ende bitter dafür bezahlen werden, dass wir unseren verwundbaren, kleinen Planeten Erde so exponieren. Dass dein Brander wahrscheinlich Teil eines kosmischen Schachspiels ist und von irgendwelchen anderen Rassen über das Spielfeld bewegt wird. Hohe Rassen vermutlich. Und", stößt er nach Luft schnaufend hervor, „dass sich von diesen anderen Playern im Universum niemand darum schert, wie gut oder schlecht es der Menschheit dabei geht." Sie sieht ihn nur stumm an und schüttelt den Kopf. „Aber ich denke, die Kirche hat es vielleicht übertrieben", gesteht er zu.

„Ach, denkst du das?", wirft sie sarkastisch ein. Er nickt. „Dieses völlige Ablehnen bestimmter Alientechnologie, die Brander auf die Erde gebracht hat. Backups und andere Lebensverlängerung zum Beispiel. Wir könnten sie einsetzen, auch wenn die Vereinigungskirche sie verteufelt und sogar irgendein faschistisches Weltbild von angeblich wahren Menschen aufgebaut hat, das mir zusehends auf den Geist gegangen ist und zu meiner Loslösung von dem Allem geführt hat", erklärt er. „Obwohl ich in dem Astralkörper das immer orthodoxer gesehen habe, was an den Stimulanzen gelegen hat."

Sie nickt und macht eine beschwichtigende Geste. „Okay, okay", sagt sie leise.

„Aber überlichtschnelle Raumfahrttechnologie, die uns Brander gebracht hat?", beginnt Paulus erneut. „Wir sollten besser sehr vorsichtig sein, wo wir damit hinfliegen, um nicht in heißere Spiele verwickelt zu werden, als wir aushalten könnten."

Sarah macht ein ungläubiges Gesicht.

„Sagt der Mann, der gerade vorbereitet, durch ein erwiesenermaßen gefährliches Dimensionstor in ein anderes Universum zu reisen. Von wegen *vorsichtig sein, wo wir damit hinfliegen*, äfft sie ihn nach. Er sieht sie nur an. Denkt offenbar nach. Er sieht ärgerlich aus, denkt sie.

„Warte", sagt er und sie sieht, wie seine Haare plötzlich silbern glänzen.

„Was zur Hölle", stößt sie hervor. Doch er grinst sie an. „Statt der Frisörhaube, die ich brauche, um mit dem Schiff zu kommunizieren", erklärt er. „Jetzt habe ich Naniten in den Haaren." Sie schluckt.

„Du lässt mich jetzt nicht durch einen Tunnel in der Nanitenwand in den Weltraum absaugen, oder?" Er kichert. „Etwas viel Verwegeneres."

„Was?"

Im selben Augenblick materialisiert ein riesiges paar roter Lippen vor Sarah in der Luft. Ein Mund ähnlich wie aus einem Luftballon auf dem Schützenfest geformt. Der Mund öffnet sich... und eine riesige rote Zunge erscheint, die ihr herausgestreckt wird. Sie starrt den Mund und dann Paulus mit ungläubigem Gesichtsausdruck an. Dann fangen beide an zu lachen. Offensichtlich hat er die überall herumschwebenden Naniten diesen Unsinn produzieren lassen.

„Weißt du", stößt er mühevoll unter Luftschnappen hervor, als er wieder einigermaßen Luft bekommt. „Jetzt wo das Kind in den Brunnen gefallen ist und das Universum kaputt ist... da will ich halt reparieren helfen. Und einfach zuhause sitzen zu bleiben hilft da sicherlich nicht."

Sie nickt. „Okay. Macht so weit Sinn. Innerhalb deines verqueren Weltbildes jedenfalls", fügt sie einschränkend hinzu. „Aber da ist noch eine Sache, über die wir reden müssen."

„Welche?"

„Dass du mich immer anstarrst."

„Tue ich das?"

„Ja. Wie vorhin, als wir wach geworden sind. Du warst schon wach und hast mir die ganze Zeit auf den Hintern gestarrt."

„Eine Ausnahmesituation. Du hast mir dein possierliches Hinterteil aber auch ganz und gar entgegengestreckt."

„Nein!", entgegnet sie wütend. „Ich habe geschlafen. In diesem verdammten unbequemen Sessel in diesem verdammten winzigen Cockpit da vorne."

Er nickt. Scheint zu überlegen. „Es war natürlich auch ein ganz besonders entzückendes Hinterteil." Sie sieht ihn ärgerlich an. Wundert sich wieder einmal über die diversen schwarzen Tattoos, die unmögliche Kringel und religiöse Zeichen auf seiner Haut formen. Vom Stil her irgendwo zwischen Maori und Verrückter-Serienmörder-malt-die-Wände-seiner-Zelle-voll, wie sie wieder einmal denkt. Sie bekommt einen roten Kopf. Tritt schnaufend auf ihn zu.

„So, war mein Hinterteil also possierlich?"

„Das war es. Das kann ich definitiv feststellen." Sie tritt noch näher an ihn heran. „Haben dir das deine Naniten im Hirn gesagt?"

„Nein, haben sie nicht."

Er tritt auch einen Schritt näher an sie heran. Im nächsten Augenblick küssen sich beide und die Holoprojektionen Todesstern-artiger Gebilde geraten völlig durcheinander und zerfließen zu miteinander verquirlten Formen. Nach einer ganzen langen Weile mag sie etwas gerufen haben. *„Take me...take me... to the church, Mister Priest."* Was man nicht unbedingt übersetzen muss. Und er mag dazu nur geseufzt haben, aber es ist natürlich möglich, dass alles nur ein energetischer Wirbel aneinanderreibender Partikel in den eigenartig verwirbelten Hologrammen gewesen ist.

An Bord der *EFS Nemesis*

Commander Nancy Bellini

Die Reise der Warp-Fregatte Nemesis nähert sich ihrem Ende. Nach zwei Jahren und vier Monaten Flugzeit, ist das Schiff noch 30 Lichtjahre von seinem Ziel, dem Luminos-Hauptsystem entfernt. Die Bordzeit ist während der gesamten Reise vom 05.06. des Bordjahres 2 auf den 03.10. des Bordjahres 4 gesprungen. Damit macht diese Reise den Großteil der Lebenszeit des brandneuen Raumschiffes aus. Zwei Jahre und vier Monate, in denen im Normaluniversum und damit auf der Erde gerade einmal neun Tage vergangen sind. Noch fliegt die *Nemesis* durch den Hyperraum des Plus-100 Universums, unterwegs mit ihrer Reisegeschwindigkeit von eintausend Licht. Oder streng genommen einem Geschwindigkeitsäquivalent von eintausend Licht, denn dem Warpantrieb des Schiffes gedankt steht die Fregatte dabei ja eigentlich still.

Captain Petrovas Anweisungen gemäß, die sie hinterlassen hat, bevor sie sich in die Stasekapsel gelegt hat, ist die Dienstdauer der Gamma-Großwache verkürzt worden. In dieser hatte Lieutenant Commander Felton als Kommandierender Offizier das Schiff geführt, während Petrova und Bellini zumindest meistens in den Stasekapseln lagen. In der Art vieler Führungsoffiziere hatten es sich der Kapitän und Erste Offizier des Schiffes allerdings nicht nehmen lassen, immer mal wieder durch plötzliche Anwesenheit aufzufallen.

Doch nun sind alle wieder wach und die Stasekapseln verwaist. Damit gilt die normale Dreischicht-Rotation, bei der die frühmorgendliche Alphawache ab Null Uhr von Captain Petrova selbst geführt wird. Abgelöst von der Betawache ab acht Uhr morgens mit Commander Bellini als Kommandierenden Offizier. Wiederum abgelöst von der Gammaschicht ab sechzehn Uhr mit Lieutenant-Commander Felton. Der ist zurzeit auch auf der Brücke, aber um zwanzig Uhr ist zunächst eine Stabsbesprechung der Führungsoffiziere angesetzt. Es wird sicher ein langweiliges Briefing werden, denkt sich Bellini, denn jeder weiß ja eigentlich, was zu tun ist. Nur kennt von der Crew natürlich niemand die Situation auf Luminos-Prime. Noch ist die *Nemesis* viel zu weit entfernt, um über ihre Sensoren die aktuelle Situation feststellen zu können. Alle sehnen sich nach dem nächsten Quantenfunkkontakt zum Funkschiff *EFS Marconi*, die die ungeliebte Quantenkommunikation über die Ancient-Naniten in ein paar Stunden zu einem vordefinierten Zeitpunkt erledigen wird. Natürlich sind die schon beim Abflug der *Nemesis* festgestellten Hyperraumanomalien das große Gesprächsthema auf dem Schiff und jeder hofft, dass sich dieses Mysterium nicht noch verschlechtert hat. Aber erst der Funkkontakt zur *Marconi* wird Klarheit bringen. Bellini hat sich bereits ein paar der Sensorlogs angesehen, seit sie vorgestern nach Bordzeit ihrer Stasekapsel entstiegen ist. Sie ist wahrlich kein Experte für Hyperraumphysik, aber nach ihrer Grobsichtung des Datenwustes würde sie die Situation als „gerade noch normal" bezeichnen, die die Schiffssensoren gesehen haben. Mit deutlich über dem statistischen Mittel liegenden Instabilitäten bestimmter Region des Plus-100 Hyperraums. Sie seufzt. Aber da wird Wissenschafts- und OPS-Offizierin Jäger hoffentlich mehr wissen. Trotzdem ist sie sich nicht sicher, wie hilfreich die Frau sein wird. Schließlich ist sie eine politische Besetzung und nur wegen ihrer guten Kontakte ins HQ der Flotte hier und nicht wegen ihrer eher durchschnittlichen fachlichen Qualifikation. Bellini ist in Gedanken versunken, als der Türgong ertönt.

„Lieutenant Jäger wünscht Sie zu sehen", verkündet der Bordcomputer über die Deckenlautsprecher.

„Wenn man vom Teufelchen spricht", murmelt Bellini vor sich hin. Kurze Zeit später steht Jäger im Raum und Bellini lächelt sie freundlich an. „Was kann ich für Sie tun, Lieutenant?" Ihr fällt auf, dass Jäger wirklich müde aussieht. Mit dicken Ringen unter den Augen. Unwillkürlich sieht Bellini auf ihren Flottenchrono am Handgelenk. „Es ist spät für Sie. Aber nehmen Sie doch Platz." Schließlich ist Jägers Alphawache in etwas über vier Stunden. Die OPS-Offizierin kommt sofort zur Sache. „Haben Sie die Hyperraum-Sensorprotokolle gesehen?" Bellini nickt.
„Die aus dem Plus-100 Hyper? Ja habe ich." Jäger setzt sich. Bellini fällt auf, dass sie sich ihr Uniformhemd zurechtzupft. Das dunkelblaue Hemd sitzt nicht besonders gut, da Jägers korpulente Figur den Hemdsaum an der Gürtellinie in eine knuddelige, sich ausbeulende Angelegenheit verwandelt.

„Und was denken Sie?", fragt Jäger. Bellini seufzt. „Nun, wie zu erwarten war, sind die Fluktuationen des Hyperraums deutlich stärker als früher." Doch Jäger winkt energisch ab.

„Über die ganze Reise gemittelt hatten wir nur etwa acht Prozent mehr Fluktuationen als im statistischen Mittel für

Hyperraumreisen. Aber es ist die Art und Weise, *wie* der Hyperraum anormal ist." Sie pausiert und holt Luft. „Ich habe die schlimmste Fluktuation einmal vorbereitet. Bei Lichtjahr 1458", erklärt sie. „Mit Ihrer Erlaubnis, Commander?" Bellini nickt. „Computer, Datei Jäger-1458 aus dem Journey-Folder abspielen." „Bestätigt", tönt es von der Decke. Neben den beiden Frauen poppt ein Formenergiebildschirm auf, auf dem man einen normalen Ausschnitt des Hyperraums sieht. An den leichten Veränderungen der Perspektive erkennt man, dass die *Nemesis* mit ihrer üblichen Reisegeschwindigkeit unterwegs ist. Eintausend Licht werden auch in das Bild eingeblendet.

„Gleich", kündigt Jäger an. Dann sieht man, wie sich gleich mehrere der bunten Einstülpungen fremder Universen scheinbar synchron ein- und ausblenden. So als würden sie langsam verblassen und dann wiederkommen. Alles zyklisch. „Oh", kommentiert Bellini nur.

„Nein warten Sie, das Beste kommt noch. Jetzt!", erklärt Jäger und zeigt auf den Schirm. Und dann kommt es. Etwas blendet sich langsam ein. Konturen, die langsam sichtbar werden. Erst sieht man nur zwei helle grüne Punkte, dann scheint sich ein Oval aus hellgrüner, leuchtender Farbe zu formen. Danach scheint sich ein Mund aus noch helleren, länglichen Anomalien zu bilden. Der Mund öffnet sich. Doch dann sieht es so aus, als würde das „Gesicht" in einer Masse aus sich bildenden, rötlichen Feldern versinken, die sich um das „Kinn" herum bilden. Langsam versinkt der scheinbare Kopf im Roten, bis er völlig verschwunden ist. Es wirkt, als sei da ein riesenhaftes Wesen schreiend in einem energetischen Morast versunken.

Bellini schnauft. „Nun, es ist eine Art Rohrschach-Test, wie man die Anomalien interpretiert. Da haben Psychologen ihre helle Freude dran. Wir hatten ja schon mal so ein ähnliches Phänomen während unserer Reise." Doch Jäger sieht sie mit schiefgelegtem Kopf an.

„Wenn Sie mir jetzt erzählen Ma'am, dass Sie da keine Qual und kein Gesicht gesehen haben, dann glaube ich es nicht. Und wegen der fortlaufenden Anomalien mussten wir schon ein paar Umwege fliegen und sind gut achtzig Lichtjahre hinter dem Plan."

„Nun Lieutenant. Wir kommen bald an. Nur noch wenige Tage Bordzeit. Und nehmen wir noch mal eine Quantenkommunikation auf. Nicht mit der *Marconi* natürlich, sondern direkt mit dem HQ der Ersten Flotte vom Normalraus aus. Dann werden wir sicher noch ein paar interessante Updates bekommen." Jäger nickt. „Gutes wird da nicht zu erwarten sein."

02:26 Uhr, Montag, 11.06.2255 Greenwich-Erdzeit

19:56 Uhr, 03.10.004 Bordzeit *EFS Nemesis*

An Bord des Himmlischen Streitwagens *Michael*, Avianer-System

Sarah McKinley

Paulus und Sarah sitzen vorne in ihren Sesseln auf der kleinen Brücke des „Himmlischen Streitwagens". Wenn auch Sarah den von Paulus manchmal verwendeten Begriff in „Müffeligen Wohnwagen" umgewidmet hat. Sehr zum Frust von Paulus, der das nicht so erheiternd findet. Für Sarah steht aber auch weniger Humor im Vordergrund der Umbenennung, sondern vielmehr die Tatsache, dass die Luft irgendwie undefinierbar nach den Ausdünstungen zweier Menschen auf engstem Raum riecht. „Okay, der Kurs ist programmiert. Unter 4-Gen-Tarnung setzen wir die vier Nanitencluster ab und dann nichts wie los Richtung Dimensionstor." Sarah nickt, wenn auch mit zerknirschtem Gesichtsausdruck. Paulus hebt wieder einmal den Kopf und schnüffelt vor sich hin.

„Das ist dein Parfum, oder? *Madam Frattinatti* oder wie das heißt?" Sarah seufzt. „Es heißt *Fragrance Le Nuit pour Madame*, wie ich dir schon x-mal erklärt habe.

Er brummt Zustimmung. „Jedenfalls können die Naniten es nicht richtig rausfiltern. Bist du sicher, dass man dafür keinen Waffenschein braucht?"

Sie holt tief Luft. „Welcher Idiot baut schon eine Klimaanlage, die mit Naniten funktioniert?"

Paulus scheint einen Moment darüber nachzudenken. „Derselbe, der auch die Naniten-Toilette konstruiert hat."

„Auch wieder wahr", stimmt sie nickend zu.

„Kurs liegt an. Aktiviere!"

„Na dann man zu", stößt sie hervor. „Kann man sich hier anschnallen?"

02:46 Uhr, Montag, 11.06.2255 Greenwich-Erdzeit

05:16 Uhr, 05.10.004 Bordzeit *EFS Nemesis*

An Bord des Himmlischen Streitwagens *Michael*, Avianer-System

Sarah McKinley

Sarah sieht auf dem Taktischen Diagramm, wie das Schiff blitzschnell beschleunigt, nachdem es die erste Nanitenlast abgeworfen hat. Mit der für Warpantrieb typischen Beschleunigung rast das Schiff binnen Sekunden auf Lichtgeschwindigkeit und dann weit darüber hinaus und legt dabei einen großen Teil des Querschnitts des avianischen Sonnensystems zurück. Sarah bewundert es insgeheim, ist sie doch noch den viel langsamer beschleunigenden, konventionellen Überlichtantrieb der alten *Moondreamer* gewöhnt. Trotzdem hätte sie gerade gern wieder ihr altes Offiziersquartier zurück, denkt sie schmunzelnd. Mit dem großzügigen Bett und dem Bad mit einer echten Wasserdusche, statt diesem Nanitenalptraum, mit dem man hier auf der *Michael* berieselt wird. *Ein neuer Name für den Kahn müsste auch mal her*, grübelt sie. Irgendwas wie *„Priest and Fake Nun"* vielleicht. Oder lieber nicht. Sie schüttelt den Kopf. „Erreichen Abwurfpunkt Beta in Zehn…Neun…", zählt Paulus herunter, der bequem in seinem Nanitensessel sitzt und das Schiff offensichtlich über die in sein Hirn eingedrungenen Naniten steuert. Die *Michael* bleibt die ganze Zeit unter aktivierter 4-Gen-Tarnung. Da diese Tarnvorrichtung ständig die Frequenz wechselt, mit der sie dem Normalraum entrückt ist, dürfte es sogar für entsprechend aufgerüstete Ortungsstationen und die modernen *Lotus*-Klasse-Korvetten schwierig werden, den Himmlischen Streitwagen zu orten, muss sie einräumen. Auf dem Diagramm, das die *Michael* in aller Vorsicht durch reine Passivscans erhalten hat, sind die dreißig *Moondreamer*-Klasse-Fregatten zu sehen, die in mehreren Clustern um das Dimensionstor herum gruppiert sind. Das Dimensionstor ist soweit im Diagramm nichts als ein winziger, oranger Ring und wird auch in der Realität solange unsichtbar bleiben, bis die Gravitonprojektoren der *Michael* den richtigen Impuls ausstoßen, um das Tor aufzureißen, wie Sarah weiß.

Von den fünf *Vailants* sieht man derzeit vier. Die von der *Moondreamer*-Klasse abgeleiteten Zerstörer sind natürlich für die technisch hochgerüstete *Michael* keine Gegner, ebenso wenig wie die *Moondreamer*-Originale oder die zehn *America*-Klasse-Korvetten, die geortet werden können. Dass man nur eine der modernen *Lotus*-Korvetten und acht der ebenso modernen, avianischen *AF-1* – Fregatten sieht statt der erwarteten elf oder zwölf lässt die Frage aufkommen, was noch alles hinter 4-Gen-Tarnvorrichtungen steckt. Aber auf einen 4-Gen-Aktivscan wollen es der Kirchenmann und die Ex-Offizierin noch nicht ankommen lassen.

Nach dem Ausstoßen der letzten der vier Nanitencluster ist die *Michael* nur noch zehntausend Kilometer vom Tor entfernt. Die acht korvettengroßen Geschütze, die auf das Tor zielen, sind im Taktischen Diagramm deutlich zu erkennen. Und dass da eine ähnliche Anzahl 3-Gen- und vermutlich sogar 4-Gen-Geschütze lauert, weiß Sarah natürlich auch. Allerdings sieht man an der Ausrichtung der Geschütze, dass sie dafür gedacht sind, etwas unter Feuer zu nehmen, das durch das Tor *in* dieses Universum eindringen will. Sie sind nicht dafür gedacht, jemanden unter Feuer zu nehmen, der *von dieser Seite aus* das Tor durchdringen will. Doch in dem Augenblick, wo die *Michael* den Bereich unmittelbar vor dem Tor anfliegt, wird es unangenehm. Auch sich dem Tor „von hinten" zu nähern, würde keinen Vorteil bringen, weil die Geschütze ja einfach durch den Torbereich feuern können. Schließlich ist das Tor normalerweise nicht im Raum vorhanden, solange nicht der Gravitonimpuls erfolgt ist. Entsprechend kann es auch keine Deckung bieten.

Dann ist es soweit, die *Michael* ist nur noch wenige tausend Kilometer vom Dimensionstor entfernt, das noch immer nur als Markierung im Taktischen Diagramm zu sehen ist und noch nicht real im Weltraum manifestiert ist.

„Starte meine Show jetzt!", ruft Paulus und Sarah ist erstaunt, dass erst einmal nichts geschieht. „Es wird einige Sekunden dauern, bis sie es merken", fügt er noch an.

„Und was genau geschieht dann?"

„Die Nanitenwolken, die ich vorbereitet habe. Sie simulieren, dass riesige Flugobjekte im System auftauchen. So als seien dort riesige, unbekannte Kugelraumschiffe mit fluktuierenden 3-Gen-Tarnschilden. Mit einem Kilometer Durchmesser." Er kichert dazu. „Ah", gibt Sarah nur von sich. Es dauert etwa eine Minute und eine gefühlte Ewigkeit, dann sieht man, wie sich ein Großteil der Raumschiffe am Dimensionstor aufmachen und ihre Positionen verlassen. „Es funktioniert, die sind im Funkverkehr ganz schön alarmiert", kommentiert Paulus überflüssigerweise. Sarah sieht, dass die *Michael* weiter Kurs auf das Dimensionstor nimmt. Offenbar ist sie unter ihren 4-Gen-Tarnschilden immer noch nicht geortet worden. Nervös betrachtet Sarah das Taktische Diagramm, auf dem man deutlich die acht riesigen Geschützplattformen erkennt, welche die *Michael* gleich im Rücken haben wird. Ein Wunder, denkt Sarah, dass uns noch immer niemand geortet hat, wo doch sicher irgendwo 4-Gen-Scanner verbaut sein werden. Oder hat man auf diese verzichtet, um die neue Technologie nicht mit den Avianern teilen zu müssen?

Der „Himmlische Streitwagen" rast jedenfalls weiter auf das Dimensionstor zu und bremst jetzt stark ab, um eine Kurve über den gedachten oberen Rand des Tores zu fliegen und dann kurz vor dem Tor fast zum Stillstand zu kommen, bevor er mit dem Gravitonstrahler das eigentliche Tor aktiviert und sehr langsam hindurchfliegt, ganz wie es die alte *Moondreamer* damals getan hat. Ein Moment, in dem das Schiff sehr verwundbar wäre, hätte sie nicht ihre 4-Gen-Schilde zum Schutz durch komplette Entrückung aus dem Einsteinuniversum.

„Wir werden gerufen!", meldet Paulus plötzlich und zeitgleich poppt ein Bildschirm vor den beiden hoch. Zu sehen ist das Gesicht eines grimmigen Mannes mit dunklem Teint, der die dunkelblaue Uniform der Space Navy trägt. Die vier goldenen Streifen eines Captains glänzen auf seinen Schulterklappen. Der Mann wirkt wütend.

„An das unbekannte Flugobjekt! Hier spricht Captain Francis DeSoto von der Earth Federation Space Navy. Ich weiß nicht, wer zur Hölle Sie sind und ob es sich bei Ihnen um das gerüchteweise vorhandene Raumschiff der Vereinigungskirche handelt oder was auch immer. Aber wenn Sie weiter versuchen, auf das Tor zuzufliegen, werden wir feuern. Auch Ihre 4-Gen-Technologie wird Sie nicht schützen! Antworten Sie und ändern Sie Ihren Kurs!"

Sarah sieht Paulus unsicher an. „Sollten wir nicht…", beginnt sie, doch der Kirchenmann macht eine wegwerfende Handbewegung.

„Alles nur ein Bluff. Wir wissen genau, wie die rudimentäre 4-Gen-Technologie der Föderation funktioniert. Sie ist nicht so gut wie unsere", grinst er. Der Captain auf dem Bildschirm redet noch einige Zeit weiter. Fordert ultimativ eine Kursänderung. Doch die *Michael* macht sich wie in Zeitlupe daran, sich für die Durchfahrt durch das Dimensionstor auszurichten, wie Paulus und Sarah über ein zweites Hologramm verfolgen können, das kurz über Bodenhöhe auf die kleine Brücke projiziert wird. Das Schiff ist schon fast ausgerichtet, da blinken dezente rote Warnfelder an den Wänden der Brücke auf und im Hologramm sieht man rote Linien, die von achtern auf das Schiff zurasen. „Warptorpedos, 4-Gen-Proto" informiert ein aufpoppender Bildschirm. „Und explodiert, direkt hier", lacht Paulus triumphierend auf.

„Aber sie haben uns nicht erwischt?"

„Haben Sie nicht!", bestätigt Paulus. Weil das Schiff genau weiß, wie sich die Föderationstorpedos unserer eigenen Dimensionsverschiebung anpassen wollen und uns konsequent weiterverschieben."

Sarah schwirrt etwas der Kopf. „Die Torpedos der Föderation sind also fest eingestellt?"

„Nein", sagt Paulus wie ein ungeduldiger Grundschullehrer. „Sie passen sich nur zu langsam an. Diese hier jedenfalls." Sarah nickt fast ehrfürchtig, kann aber nicht anders, als sich an den nachgiebigen Armlehnen ihres Sessels festzukrallen, als das Raumschiff sich auf dem Taktischen Diagramm so ausrichtet, dass es waagerecht vor dem Tor liegt, das mit einem grünen Kreis dargestellt wird.

„Graviton fährt hoch", erklärt Paulus eben, da erschüttert es gewaltig das Schiff. Sarah benutzt schnell die automatisch herausfahrenden Sicherheitsgurte. „Verdammt", flucht der Kirchenmann.

„Haben sie unsere Frequenz?", fragt Sarah, denn sie vermutet, ein 4-Gen-Torpedo der Waffenplattformen hinter ihnen habe sich jetzt doch auf die Dimensionsverschiebung der *Michael* eingestellt. „Nein!", blafft Paulus. „Aber unsere 4-Gen-Schilde fluktuieren und haben ein paar Prozent durchgelassen."

„Graviton arbeitet", erklärt Paulus und beide starren auf den Hauptbildschirm, auf dem man ein bläulich-silbernes Wabern erkennt. Das Dimensionstor öffnet sich, denkt Sarah. „Wie damals mit der *Moondreamer*", haucht sie.

„Sag nicht immer dieses schmutzige Wort", knurrt Paulus, zwinkert ihr aber dabei zu. Sie sieht ihn verstört an und schüttelt den Kopf. Sarah sieht, wie die *Michael* in das silbrige Schimmern eintaucht. Es dauert einen Augenblick, bis sie merkt, dass der Himmlische Streitwagen dabei eine Geschwindigkeit von einhundert Stundenkilometern Fahrt macht.

„Paulus. Wir hatten damals nur dreißig Kilometer Geschwindigkeit, den Protokollen der *Lucandor Wenton* folgend", erklärt sie. Die *Lucandor Wenton*, das damals im Nanitenkrieg von der *Moondreamer* vorgefundene Raumschiff aus einer anderen Dimension. Doch der ehemalige Kirchenritter grinst sie nur breit an.

„Nur Mut. Das wird schon gutgehen." Sie merkt, dass die Durchfahrtgeschwindigkeit wohl weniger das Problem ist, denn in diesem Augenblick wird das kleine Schiff wieder durchgeschüttelt. „Normale Schilde auf sechzig Prozent, ich verstärke

Achterschilde", tönt es von Paulus, der sich konzentriert in seinem Sessel zurücklehnt, wohl um die Justierungen mit der Gedankenschnittstelle vorzunehmen. Gebannt sieht Sarah auf den Hauptbildschirm, der immer noch das silbrige Blau zeigt und wünscht sich, es wäre genug Zeit gewesen, vorher eine Sonde durchzuschicken. Was werden sie gleich zu sehen bekommen? Nie wird sie den Anblick vergessen, den sie damals auf der Brücke von Branders Fregatte *Moondreamer* gehabt hatte. Und wie ihr der Mund offen gestanden hatte, als die alte Fregatte durch das Tor durchgeflogen war. Was sie gesehen hatten, war ein Gegenstück zum Avian-Sonnensystem, dort in diesem anderen Universum. Aber in großen Teilen ausgefüllt von einer bräunlichen Nanitenwolke, die sogar den Planeten wie eine Art Spinnennetz eingesponnen hatte. Mit trichterartigen Auswüchsen, die bis auf die Planetenoberfläche hinuntergingen. Überall waren Raumschiffe fremder Rassen präsent. Teils in riesigen Raumdocks, teils einfach so schwebend oder sogar aktiv im System auf Patrouille. Wie wird es jetzt aussehen? Wird sie die Trümmer des dortigen Planeten Avian Prime sehen, der bei der Flucht der *Moondreamer* von zahllosen Planetenkillern zerrissen worden war? Wohlgemerkt nicht von der Föderationsfregatte abgefeuert, sondern von zahlreichen Raumschiffen fremder Rassen, die alle aus der nanitischen Fremdkontrolle erwacht waren. Die Tragik, dass die Avianer dieses Paralleluniversums, die gerade aus einer zehntausend Jahre andauernden Nanitentrance erwacht waren, nun bei der Zerstörung ihres Planeten grausam zu Tode gekommen waren, war nur wenigen bekannt geworden. Hatten doch Navy und Föderationsregierung die genauen Umstände der Beendigung des Nanitenkrieges als streng geheim eingestuft.

Dann ist es soweit, zu einem letzten Rucken der *Michael* und Paulus' Kommentar, die rückwärtige Schildstärke sei bei fünfzig Prozent bei stark fluktuierenden 4-Gen-Schilden, ist das bläulich-silberne Schimmern schlagartig vorbei und...

... Sarah merkt, wie ihr wieder der Mund offensteht. Genau wie damals vor zwanzig Jahren auf der Brücke der *BigM*. Nur, dass es diesmal ein gänzlich anderer Anblick ist.

03:50 Uhr, Montag, 11.06.2255 Greenwich-Erdzeit

15:56 Uhr, 09.10.004 Bordzeit *EFS Nemesis*

Im Hauptquartier der Earth Federation Space Navy, Terrania-City, Terrania, Atlantischer Ozean, Erde

Fleet Admiral Thomas Brander

"Also, um es noch einmal zusammenzufassen. Wir haben diese Hyperraum-Anomalien in der Nähe von der Erde, ...Arret, Socona und Avian-Prime gesichtet. Außerdem an vier Orten auf den Transitrouten zwischen den Systemen und die Nova-Gloaks und Leonen bestätigen ähnliche oder identische Sichtungen."

„Ja Sir", bestätigt Branders Adjutantin Commander Nancy Sober. Sober, dem Aussehen nach eine junge Mittzwanzigerin, sitzt extrem aufrecht in dem Sessel vor Branders Schreibtisch, wie es ihre Art ist. Sie hat den Eindruck, dass es Admiral Brander schwergefallen ist, die Aufzählung der Hauptplaneten der Föderation zusammenzubekommen.

„Außerdem haben wir einen Angriff eines hypermodernen Raumschiffs auf die Kolonie New Ire, womit sich offenbar die Theorie von einer sich schwer bewaffnenden Sekte dieser Wahre-Menschheit-Glaubensrichtung bestätigt."

„Ja Sir."

„Nur, dass niemand geglaubt hat, dass sie hypermoderne Raumschiffe haben, die über die Fähigkeiten verfügen, unsere Kriegsschiffe zu zerstören."

„Auch wahr, Sir."

Brander reibt sich verschlafen die Augen, denn hier mitten im Atlantik, wo sich das Hauptquartier der Raumflotte auf der riesigen, schwebenden Stadt namens Terrania City befindet, ist es bereits später Abend.

„Aber Sarah McKinley verspricht Aufklärung, indem sie mit einem abtrünnigen Kirchenmann durch das Universum rast." Die Frau zögert. „So ist es, Sir", sagt sie schließlich. Brander, der Oberkommandierende der Navy und ihr direkter Vorgesetzter, hat in der letzten Zeit die beunruhigende Angewohnheit, alles zu wiederholen, denkt sie.

Brander lächelt an seinem Schreibtisch vor sich hin. „Die gute Sarah war schon immer etwas impulsiv. Ich erinnere mich." „Wir informieren…", beginnt Brander, unterbricht sich aber. „Ah… wir haben den Verteidigungsminister bereits informiert und der hat wiederum unserer Noch-Präsidentin DeKlerk Bescheid gegeben."
„Ja Sir." Sober sieht den Admiral sorgenvoll an. „Wie fühlen Sie sich, Admiral?"

Brander holt tief Luft und reibt sich die Schläfen. „Nun, mein Zustand ist schon ein merkwürdiger und als solcher unverändert. Meine Vergesslichkeit wird von den Naniten kompensiert. Insofern geht es wohl."

„Sir, ich mache nochmals den Vorschlag, dass Sie in dieser Krisensituation das Oberkommando niederlegen. Admiral Ferguson ist sofort bereit, kommissarisch zu übernehmen. Sie sollten Ihr Backup einspielen, Sir. Ihr Gesundheitszustand…" Brander steht auf und schnauft wütend. „Das Backup einspielen!", wiederholt er in sarkastischem Tonfall. „Wie ich diese Formulierung hasse. Es heißt nichts anderes als Selbstmord zu begehen, um aus dem Abfall des toten Körpers oder jedenfalls des

Hirns einen neuen Körper formen zu lassen. Wenn auch mit den alten Erinnerungen."

„Das ist richtig, Admiral. Aber sie stellen es als zu negativ dar." Brander schnaubt. „Als ob es da etwas positiv darzustellen gäbe. Und außerdem, mein letztes Backup ohne dieses verdammte Gesundheitsproblem ist von 2192. Das sind 63 Jahre! Wer will ein 63 Jahre altes Backup haben? Noch dazu wo dieser verdammte Jackson schon auf der Lauer liegt, mir allen möglichen Unsinn juristisch an die Backe zu binden."

„Ein Zitat, das wir in Ihren Memoiren so nicht für die Nachwelt erhalten wollen, Sir." Sober grinst ihn an. Sie ist nicht ohne Mitleid für ihren Chef. Fleet Admiral Thomas Brander, legendäre Gründungsfigur der Erdföderation und gleichzeitig hochdekorierter Flottenoffizier und oft genug als Held des Nanitenkrieges bezeichnet, trägt irgendein mysteriöses Hirnleiden mit sich herum, seit er im Jahre 2195 mit der Korvette *Asia* bei einer mittlerweile als Asia-Massaker titulierten Raumschlacht zu viel Strahlung von einer Hyperraumanomalie abbekommen hat. Die Folge war ein Hirnleiden, das schlichtweg Senilität ausgelöst hat und zeitweise merkwürdige Visionen aus der frühen Vergangenheit Branders mit sich gebracht hat. Fortgeschritten wie die Medizin des Jahres 2255 auch sein mag, ist sie trotzdem nicht in der Lage, derart Strahlenerkrankten zu helfen. Brander kompensiert seine Krankheit allerdings mithilfe eines Nanobot-Clusters in seinem Hirn. Solche nanitischen Hirn-Helfer waren bis zum Nanitenkrieg vor zwanzig Jahren durchaus normal. Etwa um den Träger an wichtige Termine zu erinnern oder eben als immer zur Verfügung stehender Speicherplatz für alle möglichen Dinge. Aber seit dem Nanitenkrieg sind sie verboten. Was den Admiral allerdings nicht daran hindert, diese Technologie selbst immer noch zu nutzen. Die Naniten in seinem Hirn übernehmen immer mehr Funktionen wie sie weiß und Brander hat ihr gegenüber schon zugegeben, nicht mehr genau zu wissen, wann er nur noch wie ein Automat agiert und wann seine eigene Restpersönlichkeit die Oberhand habe. Sie atmet tief durch und denkt im selben Augenblick, dass ihr solche menschlichen Verhaltensweisen wie das Tiefdurchatmen schon in Fleisch und Blut übergegangen sind. Denn als erste androidische Adjutantin eines Flottenadmirals der Menschheitsgeschichte sind menschliche Verhaltensweisen für sie immer noch keine Selbstverständlichkeit.

„Sir. Wenn Sie ein offenes Wort gestatten. Es ist an der Zeit zurückzutreten. Sie haben dann Zeit sich entweder auf Ihre juristische Verteidigung vorzubereiten oder erst einmal das ungeliebte Backup…"

„Genug davon!", faucht Brander, der ihr den Rücken zugekehrt hat und aus dem Fenster hier im 51. Stock des Flottenhauptquartiers auf die Lichter des nächtlichen Terrania sieht.

„Bereiten Sie die Kampfgruppe Eins vor, Commander."

Sober muss schlucken. „Die Kampfgruppe Eins, Sir?" Es handelt sich dabei um den ersten der Kampfverbände, die Brander im Rahmen seiner Flottenrestrukturierung seit dem Nanitenkrieg eingeführt hat. Im Zentrum einer solchen Kampfgruppe steht immer ein Schlachtschiff der *Silverroad*-Klasse. Im Falle der Kampfgruppe Eins eben die *EFS Silverroad* selbst, Branders Flaggschiff. Kommandiert von Captain Robert Henderson. Auch Flottenurgestein wie Brander selbst. Außerdem zählen acht Schlachtkreuzer der nur etwas schlankeren *Capricorn*-Klasse, acht

Zerstörer der kastenförmigen, älteren *Avalon*-Klasse und vier Korvetten dazu. Bei den übrigen Kampfverbänden alles Korvetten der *America*-Klasse, im Falle der Kampfgruppe Eins sind es allerdings Korvetten der revolutionären *Lotus*-Klasse. Das Neuste vom Neusten und bereits mit Warpantrieb ausgerüstet. Es ist nicht übertrieben zu sagen, dass die Kampfgruppe Eins als direktes Instrument von Admiral Brander dem zukünftigen Präsidenten Jackson ein Dorn im Auge ist. Und dass ihr Vorhandensein deswegen auch beim ausgehenden Verteidigungsminister und der Noch-Präsidentin nicht gern gesehen wird.

„Sir, sollen wir den Einsatz mit dem Verteidigungsminister absprechen? Ich meine, die Menschen sind beunruhigt und wenn der Oberkommandierende jetzt das Sol-System verlässt…", lässt sie den Satz in der Luft hängen.

„Informieren Sie mein Pressebüro, dass wir eine Meldung herausgeben, dass sich *El Chefe* die Anomalien persönlich ansieht." Er zögert. „Und die Esparza-Story, die McKinley bestätigt hat. Dass ein verschwundener Ex-Oberkommandierender der Flotte immer noch beste Beziehungen hinein in unsere streng geheimen Entwicklungsabteilungen hat und Geheimnisse an die Radikalen dieser sogenannten Kirche verraten hat. Das kommt uns sehr ungelegen. Wasser auf die Mühlen von Jackson."
„Ja S…", beginnt sie ihre gewohnte Bestätigung, doch dann verändert sich ihr Gesichtsausdruck schlagartig, denn sie bekommt über ihre ständige Online-Verbindung eine Meldung herein. „Admiral. Zwei Meldungen. Per Quantenverbindung ist aus dem Avian-System gemeldet worden, dass Sarah McKinley eine weitere Boje abgesetzt hat mit der Meldung, die Vereinigungskirche würde abgesehen von dem einen aktiven Schiff über keine weiteren

verfügen. Aber noch drei in Bau haben, die bald fertig sind. Offensichtlich hat dieser abtrünnige Kirchenmann weitere Details offenbart."

„Ich will nicht wissen, was McKinley glaubt dafür tun zu müssen", murmelt Brander vor sich hin und wird daraufhin von seiner Adjutantin mit einem strengen Blick bedacht. „Und die EFS *Tubman* kommt gerade aus dem Socona-System zurück und meldet, dort würden die Hyperraumphänomene jetzt auch auf den Normalraum übergreifen."

Brander sieht sie entsetzt an. „Inwiefern?"

„Eine Wissenschaftsstation auf dem Gasriesen im System berichtet von merkwürdigen Aliensichtungen, die möglicherweise Halluzinationen sind, Sir. Und dass eigenartigerweise Hyperraumstrahlung aufgetreten sei. Auf der Station im Normalraum!"

Brander schluckt. „Umso mehr Grund, hier nicht wie ein Kaninchen vor der Schlange in der Gravitationssenke herumzusitzen, sondern loszufliegen und nachzusehen. Da draußen spielt die Musik, Mister Sober", gibt Brander von sich und zeigt aus dem Fenster in Richtung des Sternenhimmels über dem Atlantik.

„Und wenn Sie erlauben, Sir, hole ich noch ein Team von Wissenschaftlern dazu. Die das Phänomen analysieren können."

Brander nickt zerstreut. „Ja, ja", murmelt er. „Geht nichts über ein paar Wissenschaftskäuze, die einem erzählen, sie hätten sowieso keine Ahnung, was da vor sich geht."

Commander Nancy Bellini

Die Vollcrew hat sich auf der Brücke versammelt. D.h. nicht nur Captain Petrova ist da, sondern auch Nancy Bellini als Erste Offizierin und die jeweiligen Sektionschefs sitzen an ihren Stationen. Die Fregatte *Nemesis* befindet sich im Normalraum im Luminos-Prime-System, gehüllt in ihre 3-Gen-Tarnschilde, die das Schiff komplett dem Normalraum entrücken. Die Fregatte liegt nicht auf der Ekliptik, d.h. nicht auf der gedachten Scheibe, die der Fixstern zusammen mit den Rotationsebenen der Planeten bildet. Die *Nemesis* hat sich stattdessen so positioniert, dass ihre eigene Längsachse im rechten Winkel zur Ekliptik steht und sie daher durch den Passivscan eine Draufsicht auf das gesamte System bekommt. Was über den Scan hereingekommen ist, lässt alle zunächst innehalten. Luminos Prime, die Hauptwelt der aggressiven und mysteriösen Luminos-Rasse, zeigt kaum noch elektromagnetische Signale. Auch keine Hyperfunksignale. Es gibt noch vereinzelte Beleuchtung auf dem Planeten, aber diese ist minimal. Elektrizität scheint im Allgemeinen nicht mehr zur Verfügung zu stehen. Eher sind es wohl vereinzelte Notbeleuchtungen, die noch arbeiten. Sehr aktiv sind offensichtliche Verteidigungssatteliten in der Umlaufbahn von Luminos Prime und auch auf manchen der restlichen sechs Planeten des Systems zeigen Verteidigungsinstallationen noch Energie. Der Planet ist außerdem von einer Wolke von Trümmerteilen umgeben, die metallisch sind.

„Ohne Aktivscans kann man es nicht mit Bestimmtheit sagen", gibt Lieutenant Franca Jäger von der OPS gerade von sich. „Aber höchstwahrscheinlich sind das alles die Trümmerstücke von fremden Raumschiffen, die den verlassenen Planeten erforschen wollten." Denn verlassen ist er, denkt Bellini. Ohne Aktivscan kann die *Nemesis* zwar keine Lebenszeichen feststellen, aber mangels elektromagnetischer Aktivität scheint der Planet verlassen. Auch diverse Satelliten, die der Informationsübermittlung dienen, sind völlig inaktiv. Sieht man von gelegentlichen, gegenseitigen Pings ab, mit denen sich die Systeme gewissermaßen automatisch ihres Vorhandenseins vergewissern, wie es sich selbst überlassene Computersysteme tun. Die *Nemesis* kann zum Vergleich auf Spionagescans der Vergangenheit zurückgreifen. Und auf diesen war Luminos Prime vor Aktivität förmlich überbordend. Wie es für die Hauptwelt einer entwickelten, raumfahrenden Rasse normal ist. „Wo sind nur alle hin?", fragt Lieutenant Jäger. „Bevölkerung etwa eine Milliarde. Nicht viel für eine Welt von dreiviertel Größe der Erde mit ähnlich viel Landmasse im Verhältnis", rezitiert Bellini die Fakten. „Trotzdem sollten die nicht alle so schnell verschwinden."

Bellini seufzt. „Vieles an den Luminos ist immer geheimnisvoll geblieben."
Captain Petrova seufzt. „Und wir haben wirklich keine Anzeichen von aktiven Raumschiffen? Leonen, Greys oder was auch immer. Mister Jäger? Mister Felton?"

„Nichts Ma'am", gibt Jäger von der OPS als Antwort. Doch Lieutenant Commander Felton an der Taktikkonsole zögert. „Getarnte Leonen oder Greys können wir so im Passivscan nicht erkennen. Selbst mit den konventionellen Tarnvorrichtungen nicht, die sie verwenden. Da muss der Aktivscan her. Und bei Greys bringt der vermutlich trotzdem nicht viel." Petrova baut sich im Zentrum der Brücke auf. Sie steht hinter ihrem Kommandantensitz und stützt sich auf die Lehne. „Wir machen früher oder später einen Aktivscan. Den brauchen wir sicher. Aber noch wollen wir unsere Anwesenheit nicht so offenkundig machen." Sie dreht sich zu Bellini hin um. „Und Commander, wir haben heute Morgen schon drüber gesprochen. Sie überlegen sich bitte, wo Admiral Esparza hingegangen sein könnte. Wenn er jetzt hier stünde und dieses Scanbild in seinem Warpshuttle sähe oder womit auch immer er hierhergekommen ist."

„Ja Ma'am", bestätigt Bellini und starrt angestrengt auf das Taktische Diagramm.

„Ich würde ein Raumschiff in der Nähe des unregelmäßigen Mondes verstecken. *Hemor*, wie man ihn nennt." Petrova nickt. In der Tat hat der Planet Luminos Prime zwei Monde. Einen, der sehr regelmäßig geformt ist und etwas kleiner als der Erdtrabant ist und ebenso atmosphärelos. Außerdem einen zweiten Trabanten. Auch eine luftlose Welt, die allerdings etwa so groß ist wie der Erdmond und im Gegensatz zum anderen Mond eine sehr unregelmäßige Form aufweist.

„Wie auch in der Datenbank enthalten strahlt Hemor über ein weites Spektrum", gibt OPS-Offizierin Jäger an. „Allerdings nichts für Menschen bedrohliches."

„Wenn ich ein ... Admiral auf einem esoterischen Trip wäre, wenn wir das so nennen wollen, würde mich der merkwürdige Mond wohl magisch anziehen", theoretisiert Bellini.

Captain Petrova verzieht bei der Formulierung schmerzhaft das Gesicht, stimmt aber zu. „Dieses Loch in der Mitte, oder besser dieser riesige Krater. Er ist immer noch ein Mysterium, oder, Mister Jäger?"

„Allerdings, Captain. Die unregelmäßige Form ist immer noch nicht erklärbar. Es gibt diverse Theorien zu dem Krater, die von absichtlicher Verformung aus religiösen Gründen bis hin zu Waffentests gehen."

Petrova denkt eine Weile nach. Dann klatscht sie plötzlich in die Hände und guckt in die Runde. „Leute, auf geht's. Lasst uns diese moderne Technik nutzen, die unsere schöne neue Fregatte hat." Sie wendet sich an Lieutenant Jäger.

„Mister Jäger, schleusen Sie eine der neuen 3-Gen-Sonden aus, die ja sogar Warpantrieb haben. Distanz aber nur fünftausend Kilometer von unserer Position, wohin auch immer. Die Sonde macht einen Aktivscan und wenn sie fertig ist, kommt sie zurück zu uns an Bord auf einem anderen Kurs." Sie sieht in Richtung Navigationskonsole vorne rechts im Kontrollraum. „Mister Parker, stimmen Sie sich mit OPS ab." Beide Offiziere bestätigen. „Sonde ausgeschleust", heißt es bald darauf. Bellini ist sich der Vorteile dieser Vorgehensweise bewusst. Würde die *Nemesis* selbst einen Aktivscan durchführen, würde sie damit den Tarnvorteil ihrer 3-Gen-Tarnvorrichtung aufgeben. Bellini sieht auf ihre Uhr am Handgelenk. Es wird etwa zehn Minuten dauern, dann ist die Sonde zurück und die *Nemesis* wird ihren Aktivscan haben.

Die Zeit vergeht zäh, doch schließlich verkündet Lieutenant Jäger von der OPS, dass die Sonde zurück an Bord ist. „Lege Aktivscan auf den Schirm", kündigt sie an und bald darauf sieht man sowohl auf dem zweidimensionalen Hauptbildschirm wie auch auf dem dreidimensionalen Holodiagramm, was sich verändert hat. Zwei große orange Zonen fallen im Scanbild ins Auge, neben denen zwei weitere, kleinere Zonen liegen.

„Zwei Leonen-Dreadnoughts und zwei Leonen-Zerstörer mit 98-prozentiger Wahrscheinlichkeit", gibt Jäger von sich. Felton von der Taktik gibt ein überflüssiges „sie benutzen konventionelle Tarnung" hinzu. Denn im Passivscan waren die Schiffe ja nicht zu sehen und es bedurfte eines Aktivscans, der in Überlicht die Eindellungen des Raumzeitgefüges feststellen kann, um sie zu sehen. Eindellungen, die selbst getarnte Objekte erzeugen, sofern sie nicht gerade eine 3-Gen oder 4-Gen-Tarnung benutzen oder eine ähnlich fortgeschrittene Tarntechnologie wie die Greys haben.

„Und die Trümmerstücke im Orbit? Der Planet hat ja bald einen Ring", wendet sich Petrova an die OPS. Das ist zwar stark übertrieben, aber Lieutenant Jäger zuckt ein bisschen zusammen und drückt schnell auf ihrer Konsole herum. „Natürlich, Captain. Die Trümmerwolke besteht... zu großen Teilen aus unbekannten Metalllegierungen, aber ein Teil ist definitiv als leonisch, tartisch und Grey identifizierbar." Petrova bewegt spielerisch ihren Kommandantensessel hin und her, so wie sie auf ihn gelehnt direkt hinter dem Kommandantenplatz steht. „Also haben alle auf die Augen bekommen, die sich dem Planeten nähern wollten." Sie dreht sich zu Bellini um. „Und wenn Sie jetzt ein Admiral im Ruhestand wären, vielleicht verzweifelt und in Sorge, ihr Verrat an der Föderation würde Sie bald einholen. Dann könnten Sie natürlich elegant Selbstmord begehen, indem Sie ihr Raumschiff einfach auch in die Nähe der Verteidigungsplattformen lenken und Teil der Schrottwolke werden, nicht wahr, Mister Bellini?" Bellini macht ein unschlüssiges Gesicht.

„Nun ja, Captain. Das hätte mit einer spirituellen Selbstfindungstour natürlich wenig zu tun. Die Gerüchte von religiösen Gründen für die riesige Delle im Mond sind freilich plausibel und…", beginnt Bellini.

„Richtig. Selbstmord könnten Sie auch daheim in Spanien in der Toilettenschüssel begehen. Einfach Kopfreinstecken, Spülung betätigen und Durchhalten." Bellini und der Taktische Offizier tauschen ein paar unsichere Blicke aus und auch Jäger an der OPS zieht ihre Augenbrauen hoch. *Gut,* denkt Bellini, *Petrova ist ja für ihren bisweilen schrägen Humor bekannt.*

„Wir brauchen einen Detailscan von Hemor, Mister Jäger. Schleusen Sie noch einmal die Sonde aus und lassen Sie sie etwas näher an den Mond herangehen." Jäger bestätigt. „Und ich hole mir in der Zwischenzeit einen Smoothy in der Messe." Captain Petrova wendet sich an Bellini. „Sie haben die CON, Commander." Lieutenant Jäger sieht Bellini unsicher an, so als wolle sie sagen: Die geht jetzt doch nicht ernsthaft von der Brücke? Doch Bellini grinst sie nur an. *Petrova hat einfach zu lange unter Admiral Brander gedient,* denkt sie vor sich hin grinsend.

20:16 Uhr, 13.10.004 Bordzeit *EFS Nemesis*

An Bord des Himmlischen Streitwagens *Michael*, alternatives Avianer-System im Nanitovers

Sarah McKinley

„Oh fuck!", schreit Sarah und kann sich den Ausruf nicht verkneifen, als Paulus die ohnehin fluktuierende 4-Gen-Tarnung des Streitwagens eben ausgeschaltet hat und das kleine Raumschiff unter enormen Beschuss schwankt und gravierende Erschütterungen auch akustisch im Schiff zu hören sind. Durch die Sicherheitsgurte werden beide auf der Brücke sicher in ihren Sesseln gehalten. Der Hauptmonitor und das Hologramm zeigen die beiden riesigen Raumschiffe unbekannter Bauart, die die *Michael* unter konventionelles Thermofeuer genommen haben, seit sie das Dimensionstor passiert hat. Es handelt sich um etwa drei Kilometer lange Raumschiffe, die lila in der Farbgebung sind und deren Außenhaut von tentakelartigen Gebilden überlagert wird, die sich offenkundig bewegen können und bei denen es sich allesamt um Thermostrahler handelt.

„Schilde bei achtundzwanzig Prozent!", ruft Sarah, die den Wert von einem der zahlreichen, frei auf der Brücke schwebenden Hologramme abgelesen hat. „Und weiter stark fluktuierend. Beginnende Hüllenbrüche!", keift sie förmlich. Das Ende scheint nah, wird ihr klar.

Die anderen vier Raumschiffe im System halten es ja nicht mal für nötig, in den Kampf ihrer zwei Geschwister einzugreifen und bleiben weiter bei ihrer Arbeit. Eben der Arbeit, mit der alle sechs Raumschiffe beschäftigt waren, als die *Michael* hier in das alternative Avianische System des Nanitovers gekommen war. Diese Arbeit besteht aus dem Feuern von Antienergie/Energie-Torpedos irgendwo in die systemweite, bräunliche Nanitenwolke im hiesigen Sonnensystem. Eine Nanitenwolke, in der Bruchstücke von Raumschiffen und teils riesige Fragmente des zerstörten avianischen Hauptplaneten herumtreiben. Die Scanner erfassen gruseliger Weise manchmal auch Objekte, die wie planetare Personen- oder Frachtgleiter wirken. Die hier frei im Weltraum herumtreiben. Auch die restlichen sechs Planeten des Sonnensystems driften auf instabilen Bahnen durch die Nanitensuppe, sind aber offenbar noch heil. Es wirkt auf den Scannern alles so, als hätte ein wütender Kindgott hier alles mit geballter Faust zerschlagen und eine Suppe aus Nanitenschlieren, Planeten, Planetenbruchstücken und Resten von Bauwerken und Fahrzeugen erzeugt. Das hiesige Gegenstück zu Avian Prime stellt natürlich das Gros der Trümmer dar. Denn der Planet war ja vor zwanzig Jahren beim Besuch der *Moondreamer* komplett zerstört worden.

Genau in dem Augenblick, als der Himmlische Streitwagen gerade durch das Dimensionstor gekommen ist, haben zwei der insgesamt sechs riesigen Raumschiffe im System Kurs auf die *Michael* genommen, die ohnehin durch den Beschuss im Einsteinraum schon fluktuierende Schilde hatte. Paulus musste alle Energie des Schiffes aufwenden, um die Schilde zu stabilisieren, denn offensichtlich hat der feindliche Beschuss die Eigenschaft, auf die konventionellen Schilden degenerierend zu wirken.

„Fahre 3-Gen-Schilde hoch", keucht Paulus und hofft genau wie Sarah, dass genau das ihre Rettung sein könnte. Denn wenn die empfindliche, frei shiftbare 4-Gen-Technologie auch gerade überlastet ist, so kann die robustere 3-Gen-Technologie vielleicht dem Beschuss standhalten. Sie sieht außerdem, dass die beiden Hauptdisruptoren des Schiffes, die offensichtlich auch irgendwo unter der silbrigen Nanitenhaut verborgen sind, wieder versuchen, jeweils eines der Feindschiffe ins Fadenkreuz zu nehmen, was im Taktischen Diagramm angezeigt wird. Allerdings haben die erheblichen Erschütterungen des Schiffes bislang ein erfolgreiches Zielen verhindert. Auch ist der Waffenpuffer der Disruptoren gleich leer, wenn Sarah die holografischen Anzeigen richtig versteht.

Wieder eine Erschütterung und jetzt ertönt die warnende Stimme des Bordcomputers. „Schildzusammenbruch steht bevor." Doch dann wirft Paulus triumphierend beide Arme in die Luft. „3-Gen steht", sagt er nur. Sarah sieht, wie das kleine Schiff weiter beschossen wird, was aber offenbar gegenwärtig keine Wirkung hat. Ruhig liegt die *Michael* im Raum. Paulus wischt sich die verschwitzte Stirn mit dem Handrücken ab und grinst Sarah an. Die 3-Gen-Schilde haben ihre nicht mehr funktionierenden 4-Gen-Gegenstücke erfolgreich ersetzt!

„So... sollen wir die sechs Schiffe jetzt mit den Disruptoren unter Feuer nehmen?", fragt er. Sie sieht, wie sich die Waffenpuffer schnell füllen.

„Untersteh dich!", keift sie. „Bring uns hier raus. Kurs... irgendwohin."
Er nickt. „Okay, okay", gibt er scheinbar gelangweilt von sich. „Setze Kurs auf die Erde... die, die sie hier haben, meine ich." Sarah entspannt sich sichtlich, als die *Michael* rasant unter Einsatz ihres Warpantriebs verschwindet, während die beiden Leonenschiffe weiter auf ihre alte Position feuern.

„Habe Audio/Video", erklärt Paulus plötzlich, da geht auch schon ein neuer Formenergiebildschirm vorne auf der Brücke auf. Was zu sehen ist, lässt beide japsen. Auf dem Bildschirm sieht man eine riesige Säule, die sich nach oben abgestuft verjüngt. Ganz oben steht ein großes, lila Wesen, das in luftigen, weißen Stoff gehüllt ist und offensichtlich mit einer Art Elefantenrüssel in die Luft trompetet, was entsprechend laut ist. Auf den fünf oder mehr tieferen Stufen sitzen kleinere Ausgaben seiner selbst, meist in hellblau, die dazu ein leiseres Tröten von sich geben. Es klingt manchmal furchtbar dissonant, dann aber wieder wie ein untermalender Chor. Die Wesen wirken wie eine Kreuzung aus Kraken und Elefanten, so kurios das auch klingt. „Der Computer hat keine Ahnung, was das heißen soll", erklärt der Kirchenmann. „Sie verwenden jedenfalls das Nanitovers-Altavianische Kommunikationsprotokoll. Aber die Sprache kennt keiner."

„Ich möchte auch gar nicht wissen, was das bedeuten soll", erklärt Sarah nach einer Weile.

„Und ich möchte nicht mal wissen, wer das ist", murmelt Paulus. Er schaltet die Verbindung ab, während die beiden Alien-Schiffe weiter auf die alte Position des Kirchenschiffes feuern. Doch die *Michael* entfernt sich immer weiter.

„Was denkst du, was uns auf der hiesigen Gegenerde erwartet? Bei der hiesigen Erde, meine ich?", fragt er nach einiger Zeit. Sarah lässt sich Zeit mit ihrer Antwort.

„Wir haben keine Informationen darüber. Wenn man den nur leicht divergierenden Zeitfluss einbezieht und sich überlegt, wie lange die hiesige Avianerzivilisation schon unter Kontrolle der

Naniten war, dann könnte die hiesige Menschheit theoretisch schon in der Steinzeit nanitisch verseucht worden sein. Oder vielleicht irgendwann später, als sie wegen des technologischen Fortschritts erst als Opfer interessant geworden sind", überlegt sie laut.

„Also vielleicht gibt es hier auch eine Menschheit, die mit einer alten Ancient-Raumschiffflotte durch die Gegend fliegt und dann erst von den feindlichen Nanobots überwältigt worden ist." Sarah zuckt mit den Schultern. „Wer weiß."

20:36 Uhr, 13.10.004 Bordzeit *EFS Nemesis*

Auf der Brücke der *EFS Nemesis* im System Luminos Prime

Commander Nancy Bellini

Captain Petrova sitzt in ihrem Kommandosessel und hält sich an einem dampfenden Becher Kaffee fest, dessen Geruch Bellini fast schon penetrant in die Nase steigt. Die *Nemesis* hat sich unter ihrer 3-Gen-Tarnung dem eigenartigen Mond Hemor genähert. „Lieutenant Jäger?", wendet sich die Kapitänin wieder einmal an die OPS-Offizierin. „Ich habe immer noch keine wirklich klaren Messungen", antwortet die schwitzende Frau. „Aber alles deutet auf biologische Werte in riesenhaftem Ausmaß hin, Captain." Etwas leiser setzt sie noch „und auf Nanobots unbekannter Bauart" hinzu. Petrova saugt scharf Luft ein. „Also wollen Sie mir sagen, Lieutenant, dieser Mond ist kein Schweizer Käse, aber vielleicht ein mit Nanobots durchsetzter Schweizer Käse?" Jäger räuspert sich und Bellini sieht, wie die OPS-Offizierin rot angelaufen ist.

„Eher irgendeine Art von Lebensform, wenn ich die Scannerwerte so auf die Schnelle interpretieren soll. Ohne… äh… Gewebeprobe geht das nun mal nicht wirklich gut." Sie sieht die Kapitänin förmlich entschuldigend an.

„Schon gut Mister Jäger", beruhigt Petrova die sichtlich nervös gewordene OPS-Offizierin.

„Aber aus dem… äh… Loch… da bekomme ich Werte, die auf eine energetische Abschirmung hindeuten. Man sieht auch ein dunkelblaues Schimmern. Ein Energiefeld, das da irgendetwas verbirgt, Captain."

Petrova steht auf und wendet sich direkt ihrer OPS-Offizierin zu. „Sehr gut, Lieutenant."

Bellini unterdrückt ein Grinsen, als sie sieht, wie erleichtert Jäger über das Lob der Kommandantin ist. Kurze Zeit später meldet Jäger, dass die Sonde zurück ist.

„Definitiv von Naniten durchsetztes Gewebe, Captain. Werte, wie man sie von Tieren oder auch Intelligenzlebewesen erwarten würde. Keine DNA, aber ein Äquivalent auf leicht veränderter chemischer Basis. Unbekannt im genauen Aufbau. Leider habe ich ohne Gewebeprobe keine Möglichkeit, den genetischen Code zu analysieren."
Commander Bellini schüttelt den Kopf.

„Ein Mond mit genetischem Code und DNA-Äquivalent? Was es nicht alles gibt." Petrova sieht sie spöttisch an und nickt. „Und mit einem geheimen Kämmerchen drin. Neues über das Energiefeld, Mister Jäger?"

OPS-Offizierin Jäger drückt wieder auf diversen Tasten herum.

„Ja Captain. Im Prinzip nicht unähnlich unseren Föderationsschilden. Also Raumverzerrungsbasis. Es deckt einen Krater ab, der anfangs fast einhundert Kilometer Durchmesser hat, sich dann aber sehr schnell auf nur etwa fünfzig Meter verjüngt. Unsere Scans dringen nicht durch. Die der Sonde sind auch nicht durchgegangen. Soll ich versuchen, eine Sonde durch das Energiefeld zu schicken, Ma'am?"

„Tun Sie's, Mister Jäger. Selbst wenn die Sonde zerschellt, wissen wir wenigstens mehr über die Natur des Energiefelds und ob es

Esparza da durchgeschafft haben könnte. Lassen Sie die Sonde ganz langsam durchgehen, Lieutenant."

„Aye Captain."

Es dauert mehrere Minuten, in denen die Brückencrew am Ende die langsame Annäherung der Sonde an das Energiefeld verfolgt, das sich bläulich von der grauen Substanz des Mondes abhebt. „Wie Biosubstanz sieht die Mondsubstanz eigentlich nicht aus", kommentiert Lieutenant Commander Felton von seiner Taktischen Konsole.
„Ist es aber, Sir", antwortet ihm die OPS-Offizierin. „Jedenfalls ist es kein Einschlagkrater, wie Sie vorhin gesagt haben", gibt Felton von sich und Bellini kann sich des Eindrucks nicht erwehren, dass Felton etwas gegen die OPS-Offizierin sticheln will. Vermutlich wegen ihres verwandtschaftlich guten Drahts zum Oberkommando.

„Ich habe nicht gesagt, dass es ein Einschlagskrater ist, Sir", rechtfertigt sich Jäger.

„Sie haben es vorhin einen Krater genannt. Und das impliziert...", bekräftigt Felton.

„Danke Mister Felton, das reicht an sprachlicher Analyse", fällt Captain Petrova dem Taktischen Offizier scharf ins Wort. Unterdessen sieht man auf dem Hauptbildschirm, dass die Sonde das bläuliche Energiefeld fast erreicht hat. „Nur noch drei Sekunden bis Auftreffen", verkündet Jäger von der OPS. Dann ist es soweit und man sieht, wie die Sonde in das Energiefeld eintaucht. Auf dem Schirm wird alles komplett blau. Dann reißt die Übertragung ab, was auf dem Hauptbildschirm zu völliger Schwärze mit einer eingeblendeten Meldung über den

Abriss der Kommunikationsverbindung zur Sonde führt. „Keine Trümmerstücke. Sonde ging intakt durch, soweit wir das von dieser Seite aus feststellen konnten", erklärt Jäger. Captain Petrova schnaubt.

„Versuchen Sie weiter, Kontakt mit der Sonde aufzunehmen, Lieutenant." Jäger bestätigt, jedoch wird von Minute zu Minute klarer, dass ihre Bemühungen nicht von Erfolg gekrönt sein werden.

„Captain, wir werden gerufen. Von einer Föderations-Kommunikationsboje keine tausend Kilometer entfernt", meldet Miriama Mutoni von der Kommunikationskonsole. „Das ist erstaunlich", kommentiert Jäger von der OPS dazu. „Die Boje haben wir eben gerade erst mit unserem 4-Gen-Scan erfasst und sie hat sofort Funkkontakt aufgenommen. Von der Bauform eine 4-Gen-Com-Boje, wie wir sie auch an Bord haben." „Das Neuste vom Neusten", kommentiert Bellini. „Die Boje identifiziert sich als dem Oberkommando zugehörig", erläutert Mutoni. „Der Signaturcode ist jedoch ungültig", erklärt sie mit Aufregung in der Stimme. Sie drückt auf einem Touchscreen herum. „Captain! Da ist der persönliche Signaturcode von Admiral Esparza enthalten. Als Oberkommandierender der Flotte. Natürlich jetzt ein ungültiger Code." Petrova nickt. „In der Sandbox annehmen, Mister Mutoni. Eine Direktverbindung wollen wir lieber nicht." Die Kommunikationsspezialistin bestätigt. Es dauert nur Sekunden, dann erscheint die zwischengepufferte und mehrfach auf Schadsoftware analysierte Audio/Video-Nachricht auf einem recht großen Seitenbildschirm rechter Hand vom Hauptbildschirm. Alle blicken in das Gesicht von Rodrigo

Esparza, dem damaligen zweiten Oberkommandierenden der Föderationsflotte.

Der Admiral im Ruhestand trägt zivil. Eine einfache schwarze Jacke und ein weißes Hemd darunter. Seine schwarzen Haare glänzen im Licht eines Deckenstrahlers und wirken trotz irgendeinem Gel arg durcheinandergewirbelt. Esparza hat tiefe Ringe unter den Augen. *Er hat auch wenig Grund zur Freude gehabt,* denkt sich Bellini sofort. Schließlich war seine Tochter damals Kommandantin der noch in der Testphase befindlichen *EFS Terra*, dem Prototyp der neuen leichten Kreuzer. Gleich zu Beginn des Nanitenkrieges war sie in die Hand des Verräters Thorau geraten. Ein Schicksal, das bestenfalls auf Versklavung als nanitenkontrollierte Gefangene hoffen ließ. Sein anschließender Versuch, Trost in der Religion zu finden, hatte ihn in die Fänge der radikalen Wahre-Menschheits-Strömung gebracht, die den gegenwärtigen Kurs der Föderation und damit auch Esparzas eigenes Lebenswerk strikt ablehnt.

„Schiff der Kirche", beginnt Esparza mit sonorer Stimme in der Aufzeichnung. „Ich bin mir jedenfalls sicher, dass diese Aufzeichnung von einem Kirchenschiff abgerufen werden wird, das mir hierher gefolgt ist. Denn 4-Gen-Technologie ist natürlich rar gesät." Er seufzt deutlich hörbar in der Aufzeichnung. „Aber selbst wenn es ein Föderationsschiff sein sollte. Nun gut, warum sollte es nicht auch diese Aufzeichnung hören." Er pausiert ein paar Sekunden. „Ich bin also hier. Oder bin hier gewesen, besser gesagt, von Ihrem Standpunkt aus. Mein Leben im Dienste der Vereinigungskirche der Wahren Menschheit hat mich in eine Sackgasse geführt. Aber das Verschwinden der Rasse der Luminos, das gegenwärtig noch Geheimsache ist und die zahlreiche, wenn auch spekulative Literatur über den eigenartigen Mond Hemor haben mich zu etwas veranlasst, das vielleicht für viele schwer zu verstehen ist." Wieder pausiert Esparza. Er rauft sich die Haare und scheint nach Worten zu suchen.

„Also hat sich alles bestätigt", flüstert Bellini in Richtung Petrova. „Er ist tatsächlich zur Kirche übergelaufen. Hat vermutlich Geheimnisse verraten. Und rechnet jetzt damit, dass seine Glaubensbrüder ihn retten wollen." Captain Petrova starrt eine Weile schweigend auf den Bildschirm, auf dem Esparza länger mit der Hand an der Stirn verharrt und sich mehrfach räuspert. Schließlich fährt er fort.

„Die Luminos wissen Dinge über die Natur des Universums, die uns anderen verborgen sind", spricht Esparza in leisem, bedächtigem Tonfall. „Die allen anderen *Rassen* verborgen sind. Und an dieser Weisheit möchte ich teilhaben. Ich werde mich daher auf den Pfad des Lernens begeben, den die Luminos seit Urzeiten für sich entdeckt haben. Nach meinen Recherchen wird mein Shuttle in der Lage sein, das einseitige Energiefeld zu durchdringen und dann wird die Reise meines Lebens vor mir liegen." Er lacht humorlos. „Eine sofortige Rückkehr wird nicht möglich sein, wenn ich einmal durch das Energiefeld bin, denn es ist nur in einer Richtung passierbar. Soweit sind meine Recherchen eindeutig."
Esparza endet noch mit ein paar belanglosen Abschiedsworten religiösen Inhalts, die bei der Brückencrew nur hochgezogene Augenbrauen auslösen.

„Es ist die bittere Wahrheit", sagt Petrova schließlich. „Und die Flotte steht immer schlechter da. Erst der Verräter Captain Thorau. Dann Admiral Esparza als Verräter auf andere Art. Und jetzt noch der Versuch der kommenden Regierung, Admiral Brander einen Strick aus seinem unorthodoxen Vorgehen zu drehen. Was die Presse davon machen wird, kann man sich lebhaft vorstellen." Niemand antwortet auf der Brücke. Da ertönt ein Warnton an der OPS-Konsole und alle Köpfe fahren zur OPS-Offizierin herum.

„Die zwei Leonen-Dreadnoughts nehmen Kurs auf uns", meldet Jäger.
„Bestätigt", kommt es vom Navigator Fähnrich Parker. „Und die zwei Zerstörer schwenken auch in unsere Richtung!", fügt die Taktik an.

„Das war klar, die haben unseren Funkverkehr mit Esparzas Sonde aufgefangen", kommentiert Commander Bellini das Offensichtliche. Jetzt ist die Annährung der vier großen Leonenschiffe auch auf dem Taktischen Diagramm zu sehen. Während die beiden Dreadnoughts etwa ein-einhalb Kilometer lang sind, haben die beiden fremden Zerstörer etwa die Größe der Nemesis.
„3-Gen-Schilde stabil", meldet der Taktische Offizier Felton. Captain Petrova seufzt. Die taktische Situation ist ihr klar. Zwar ist die Nemesis im Prinzip unter ihrem Tarnschild unangreifbar für die Leonenflotte, da sie ja gleichsam dem Normalraum entrückt und damit auch für jedweden Beschuss unverwundbar ist. Während die Nemesis selbst die Feindschiffe sehr wohl treffen kann. Denn wenn von der Nemesis abgefeuerte Disruptorstrahlen das 3-Gen-Tarnfeld verlassen, treten sie in den Normalraum über und können die Feindschiffe treffen. Trotzdem wäre es nicht zu empfehlen, sich mit so relativ kampfstarken Feindschiffen auf einen längeren Schusswechsel einzulassen. Denn die 3-Gen-Technologie ist recht

instabil bei Konfrontation mit hohen energetischen Entladungen. Es gilt also, den Vorteil der Phasenentrückung durch die 3-Gen-Technologie sorgsam und nicht übertrieben einzusetzen, damit ihr Vorteil in einer etwaigen Schlacht erhalten bleibt. „Schiff zu Schiff, Mister Mutoni", befiehlt Petrova. Sie atmet tief durch und lehnt sich in ihrem Kommandantensessel zurück.

„An die Leonenflotte. Hier spricht Captain Saskia Petrova, Kommandantin der *EFS Nemesis*, Schiff der Earth Federation Space Navy. Wir sind hier im Luminossystem auf einer friedlichen Erkundungsmission, wie Sie vermutlich auch. Das Verschwinden der Luminos-Bevölkerung gibt offensichtlich hinreichend Anlass für eine Erkundung. Außerdem erforschen wir das Schicksal einer früheren Erkundungsmission der Föderation, die sich nicht zurückgemeldet hat."

An dieser Stelle hebt Commander Bellini ihre rechte Augenbraue. Auf diese Art und Weise, den verschollenen Admiral Esparza als eine frühere Expedition zu erklären, hat sie eine elegante Erklärung für das Hiersein der *Nemesis* geliefert.

„Ich zähle darauf, dass Sie meine Bemühungen ebenso wenig stören werden wie ich die des Leonischen Reiches. Captain Petrova over."

Erwartungsvoll sieht die Kapitänin auf den Frontschirm, der noch immer keine Verbindung zu der Leonenflotte zeigt. „Audio-Video von einem der Leonen-Dreadnoughts", meldet plötzlich Chief Mutoni. Sofort erscheint der überlebensgroß reproduzierte Kopf eines der katzenartigen Lebewesen auf einem der bislang dunklen Bildschirme. Das Wesen hat mehrere goldene Bänder in seine drahtigen Kopfhaare geflochten, die bekanntermaßen

Rangabzeichen bei der Raummarine dieser Rasse sind. Petrova glaubt einen Admiral niederen Ranges zu erkennen. Das Wesen spricht in der von Zischlauten durchsetzten Sprache dieses Volkes, aber der Bordcomputer der Nemesis übersetzt synchron.

„Captain Petrova, es ist mir eine große Ehre, eine so berühmte Kapitänin der Menschen kennenzulernen." Das Wesen zeigt ein breites Grinsen, das allerdings keineswegs raubtierartige, sondern eher harmlos wirkende Zähne auf dem Schirm aufblitzen lässt.

„Mit wem habe ich das Vergnügen?", fragt Petrova.

„Admiral Zarz", ist die Antwort, wobei Petrova natürlich weiß, dass der Name eine unvollkommene Lautrepresentation in menschlicher Sprache darstellt.

Petrova studiert schnell einen an ihrer rechten Konsole aufpoppenden Formenergiebildschirm. Offensichtlich ist Admiral Zarz eine Art Spezialist für Erkundungsmissionen. Rear Admiral wäre seine Entsprechung in den Rängen der Raummarine der Föderation.

„Admiral Zarz, ich habe viel von Ihnen gehört und bin erfreut Ihre Bekanntschaft zu machen", erklärt sie und stählt sich gleichzeitig für das nun sicher folgende Abklopfen der Möglichkeiten, das so typisch für Begegnungen mit den Leonen ist.

„Sie haben ein mächtiges Schiff, aber verbergen es, als ob es in Gefahr sei", bemerkt Zarz mit ausdrucksloser Miene. Wobei Petrova sich selbst eingestehen muss, nicht gerade Expertin in leonischem Mienenspiel zu sein.

„Ein guter Kapitän schützt sein Schiff, selbst wenn es ein außergewöhnlich machtvolles Instrument ist", erklärt sie und stellt sich damit geistig auf die Kommunikationsart der Leonen ein.

„*Nemesis* ist ein guter Name für ein Kriegsschiff. Ein nicht so guter für ein Schiff auf einer friedlichen Mission", erklärt Zarz und zeigt wieder sein Gebiss. Petrova zwingt sich zu einem breiten Lächeln.

„*Nemesis* ist ein guter Name für ein Schiff, das allen Herausforderungen gewachsen ist", erklärt sie lächelnd.

„Dann werde ich aufpassen, dass ich nur Gutem würdig bin und nicht den Zorn der Rachegöttin auf mich ziehe", erklärt der leonische Admiral und stößt ein paar Zischlaute aus, die ihre rechte Konsole als leonisches Lachen bezeichnet. Offensichtlich ist er über die ursprüngliche, mythische Bedeutung des Namens Nemesis informiert.

„Meine *Nemesis* ist eine gnädige Göttin, um Ihrer Diktion zu folgen, Admiral. Ich bin sicher, Sie, ich und mein Schiff werden zu einer harmonischen Beziehung finden."

Der Admiral sieht sie eine Weile an. „Möchten Sie denn dann meinem Vorschlag entsprechen, den ich Ihnen hiermit unterbreite, mir die Rettung eventuell überlebender, verlorener Föderationscrew zu überlassen und sich selbst aus diesem System zurückzuziehen?"

Petrova holt tief Luft. „Nein, Admiral. Und wenn Sie mich jetzt entschuldigen möchten, ich bin bei meiner Rettungsarbeit und könnte da ein wenig Distanz benötigen. Wenn Sie freundlicherweise Ihre Flotte auf anderen Kurs brächten, um nicht meine Sensoren zu stören? Ich wäre Ihnen und dem Leonischen Reich sehr verbunden für Ihre freundliche Kooperation."

Wieder zischt der Admiral. „Ich weiß Ihre Freundlichkeit und Bereitschaft, auf die Redeweise meines Volkes einzugehen, sehr zu schätzen, Captain. Wir drehen ab." Wieder sieht der Leone sie durchdringend an. „Doch seien Sie vorsichtig, dies ist gefährlicher Raum."

Plötzlich ist die Verbindung gekappt. „Leonenflotte dreht ab", meldet Felton von der Taktik kurz darauf. „Captain", beginnt Bellini und tritt an Petrovas Kommandantensessel heran. „Vielleicht sollten wir einen Shuttle mit Droiden durch das Energiefeld schicken." Sie sieht die Kommandantin fragend an. Doch Petrova macht ein eher verdrießliches Gesicht. „Negativ, Commander. Ich bin noch nicht bereit, so viel Hardware zu riskieren. Wir sollten mit Regierungseigentum sorgsam umgehen." Sie grinst ihre Erste Offizierin schelmisch an. Entschlossen steht sie auf.

„Lieutenant Jäger. Als unsere Chefwissenschaftlerin bitte ich Sie, dass Sie sich die Scanwerte von diesem eigenartigen Energiefeld genauer ansehen. Sie selbst oder jemand aus dem Wissenschaftsteam, den Sie dafür für geeignet halten, wenn Sie selbst hier auf der Brücke verbleiben wollen." Petrova sieht die OPS-Offizierin fragend an. Lieutenant Jäger schluckt deutlich hörbar und überlegt ein paar Sekunden. „Natürlich Captain. Ich denke, Chief Öger ist als Energiefeld- und Schildspezialist dafür der geeignete Mann." Petrova nickt. Für einen Augenblick scheint es Bellini so, als sei die Kapitänin enttäuscht, dass die OPS-Offizierin nicht die Brücke verlässt, auf der sie als Aufpasserin des Oberkommandos etwas verschrien ist.

„Frage noch einmal bei Öger nach", erklärt Jäger und drückt so hektisch auf ihren Touchscreens herum, dass Bellini vermutet, dass sie erst jetzt die Scanwerte weiterleitet. *Petrova hält uns jedenfalls alle auf Trab*, denkt sie sich und grinst dabei innerlich. Im selben Augenblick leuchtet der Rotalarm an den zahlreichen Alarmleuchten an den Wänden auf und eine bis ins Mark gehende Sirene ist zu hören.

„Was zur H…", beginnt Petrova, da sieht man es auch schon auf dem Taktischen Diagramm. Nicht weniger als vier Raumschiffe, angezeigt in leuchtendem Rot, sind plötzlich in unmittelbarer Nähe der *Nemesis* erschienen, die immer noch hinter ihren 3-Gen-Tarnschilden verborgen ist, aber natürlich durch den vorhergehenden Funkverkehr ihre Position verraten hat. „Mind-Reader!", ruft Petrova aus und brüllt gleichzeitig ein „NAV, zufälliges Ausweichmanöver!", um die Zeit, bis alle Brückencrew in ihren Liegesitzen mit der VR-Umgebung verbunden ist, etwas abzukürzen.

„Vier Beelze-Dreadnoughts mit aktivierten Waffen und taktischen Schilden enttarnt!", meldet der Bordcomputer der *Nemesis* mit emotionsloser, aber lauter Stimme über die Deckenlautsprecher der Brücke. Für alle auf der Brücke ist die Meldung ein Schock. Nicht nur, dass die Beelze bislang nur über einfache Navigationsschilde, aber nicht über starke taktische Schilde verfügt haben, macht ihr plötzliches Auftauchen so bedrohlich. Auch dass sie plötzlich über eine erstklassige Tarnvorrichtung verfügen, die die empfindlichen Sensoren der Föderationsfregatte täuschen konnte, versetzt Bellini und Petrova einen nicht unerheblichen Schock. Die Crew ist noch nicht mit der gedankenschnellen virtuellen Umgebung verbunden, da zeigt das Taktische Diagramm auch schon massiven Beschuss an.

„Beschuss durch Thermostrahler", merkt die KI wiederum in Vertretung des Taktischen Offiziers über die Lautsprecher an. Bellini stellt fest, dass wenigstens die Bewaffnung der bislang technisch unterentwickelten Beelze immer noch dieselbe ist. Als Bellini und die anderen mit der VR-Umgebung verbunden sind, sind sie in der Lage, in schnell geäußerten Gedankenradikalen statt in umständlich formulierten, ganzen Sätzen zu kommunizieren. Blitzschnell bietet der Taktische Offizier eine Feuerleitlösung an, die alle Thermowaffen eines der vier Dreadnoughts komplett eliminieren würde und nur einen Sekundenbruchteil später steht eine Feuerleitlösung auch für die anderen drei Dreadnoughts zur Verfügung. Petrova bestätigt gedankenschnell. Damit hat der Taktische Offizier Feuererlaubnis.

Bellini sieht in der virtuellen Umgebung, wie das Taktische Diagramm riesig in der simulierten schwarzen Kuppel schwebt, die statt der realen Brückencrew entsprechende Bilddarstellungen der Crewleute zeigt; die sogenannten Avatare. Sie fühlt mehr als sie sieht, wie diverse kleinere Disruptoren aus ihren stählernen Buchten unter der Außenhaut der *Nemesis* fahren und auch die weiße Formenergiehaut der Fregatte ihnen wie vorprogrammiert Platz macht. Dann beginnen die sekundären Disruptoren zu feuern. Der Effekt stellt sich sofort ein. Zwei Sekunden später haben die Dreadnoughts der Beelze alle Thermowaffen verloren, die für die Geschütze der Föderationsfregatte erreichbar waren. Nur wenige Thermostrahler bleiben den Feinden damit noch und ein Feindschiff ist komplett entwaffnet. Bellini sieht sofort am Schilddiagramm, dass die konventionellen Schilde der *Nemesis*, die das Schiff hinter einer Art Raumkrümmung verbergen, nach wie vor nicht belastet sind. Das bedeutet, dass die 3-Gen-Schilde das Schiff immer noch zuverlässig dem Normalraum entrücken, allem Beschuss zum Trotz. Der feindliche Beschuss kommt schlichtweg nicht zu den normalen Schilden durch, da das Schiff dem Normalraum entrückt ist. Trotzdem ist die Situation alarmierend. Dass die Leonen offenbar bei diesem Angriff mit den Beelze zusammengearbeitet haben ist ein Novum. Und wer hat die rückständigen Beelze mit so hervorragenden Tarnvorrichtungen ausgestattet? Auch wenn sie nicht so gut wie die 3-Gen-Technologie sind. Das alles sieht nach der Handschrift der Greys auf, die es sich bekanntlich zur Aufgabe gesetzt haben, das Vordringen der Menschheit in den Weltraum durch taktische und oft intrigante Winkelzüge zu verhindern. Offenbar haben die Greys hier für ein zu erwartendes Forschungsschiff der Föderation eine deftige Überraschung vorbereitet und Leonen und Beelze zusammengebracht. Kritisch beobachtet Bellini die Symbole der vier Leonenschiffe im Taktikdiagramm. Da sieht sie, dass diese sich von der *Nemesis* entfernen. Aber die vier Beelze-Dreadnoughts sind immer noch in der Nähe und scheinen nicht von der *Nemesis* ablassen zu wollen.

„Disruptorfeuer!", geht als Warnung höchster Priorität durch alle in der VR-Umgebung verschalteten Hirne. *Das gibt es doch nicht! Disruptoren?* Bellini schreit in der VR-Trance förmlich auf, soweit das dort möglich ist. Denn das ist eine Meldung, bei der jedem Flottenoffizier der Atem stockt. Denn bislang hat nur die Föderation der Erde über diese uralte, ursprünglich von der Alienrasse der Ancients entwickelte Überlichtwaffe verfügt. Nicht mal die Greys sollten Disruptoren besitzen, obwohl es schon länger Gerüchte gibt, dass es dieser Rasse gelungen war, diese Waffe nachzubauen. Es ist typisch für die taktischen Spielchen der Greys, dass sie diese neue Waffe nicht selbst einsetzen, sondern sie in die Hände einer Drittrasse geben. *Wenn sie sich selbst damit nicht einen*

Bärendienst geleistet haben, denkt Bellini. Denn dass die aggressiven, genetisch optimierten Superkrieger der Beelze jetzt mit Tarnvorrichtungen ausgestattet sind, wie sie auch die Greys haben, das könnte sich auch für die Greys als Alptraum erweisen. Ganz zu schweigen von den schlagkräftigen Disruptoren in den Händen dieser genetisch optimierten Superkrieger.

„3-Gen-Schilde auf 99 Prozent!", wird alarmierend in der VR-Umgebung gemeldet. „3-Gen-Schilde noch stabil", fügt der Taktische Offizier hinzu. Doch kurz darauf, unter weiterem Disruptorbeschuss springt die Anzeige auf 97 Prozent. Lieutenant Commander Felton muss daher nachbessern und eine „leicht abnehmende Feldintegrität der 3-Gen-Schilde" einräumen. Captain Petrova macht über ein Gedankenradikal, d.h. einen in der VR-Umgebung transportierten, kurzen und präzisen Kerngedanken, sofort klar, dass sie nicht länger gewillt ist, das Katz- und Mausspiel mitzuspielen. Sie erstellt blitzschnell eine Audio/Video-Nachricht an die fremden Schiffe. Sowohl an Beelze als auch an Leonen. Die künstliche generierte Aufzeichnung zeigt sie ohne die VR-Verschränkung völlig normal in ihrem Kommandantensitz und sie blickt ernst in die Kamera. So wird eine überzeugende Simulation den Empfängern der Sendung präsentiert. Schließlich kann sich die Kapitänin für eine Funkverbindung schlecht in der VR-Liege filmen lassen.

„Jäger- und Leonenverbände", beginnt sie ihre Ansprache und verwendet mit *Jäger* die Übersetzung des Eigennamens, den sich die Beelze selbst gegeben haben. „Hier spricht Captain Saskia Petrova von der *EFS Nemesis*, Schiff der Föderation der Erde. Sie werden sämtlichen Beschuss und sämtliche feindlichen Handlungen gegen mein Schiff einstellen, oder Sie werden vernichtet. Und ich lasse mich nicht auf das Spielchen ein, dass die Leonenverbände hier angeblich unschuldig sind."

Statt einer Antwort gibt es weiteres Disruptorfeuer, so dass die Schildintegrität der 3-Gen-Schilde auf nur noch 81 Prozent fällt und die darunterliegenden konventionellen Schilde der *Nemesis* entsprechend eine Auslastung von einem Prozent zeigen, als die Föderationsfregatte zumindest teilweise für die Waffen der Feinde erreichbar ist.

Petrova wartet eine Antwort der Feinde auf ihren Funkspruch nicht ab, sondern lässt die *Nemesis* sich so in Position bringen, dass ihre beiden Hauptdisruptoren jeweils einen der Beelze-Dreadnoughts anvisieren. Der Taktische Offizier bestätigt sofort den Waffenlock. In der VR-Umgebung mit ihren gedankenschnellen Informationen und Kommunikationen erscheint es viel länger, aber es sind reale vier Sekunden vergangen, in denen die Auslastung der normalen Schilde der Fregatte um weitere drei Prozent angestiegen und die Feldintegrität der experimentellen 3-Gen-Schilde auf 78 Prozent gesunken ist. „Feuer!", befiehlt Petrova und die Föderationsfregatte feuert aus beiden Hauptdisruptoren. Zunächst bewegt sich die tödliche Disruptorstrahlung durch den entrückten Raum, in dem sich auch das Schiff selbst befindet. Doch als die Strahlenbündel das Entrückungsfeld der 3-Gen-Technologie verlassen, gehen sie einfach in den Normalraum über, in dem sich auch die Feindschiffe befinden. Entsprechend werden die beiden anvisierten Kriegsschiffe von der tödlichen Strahlung voll getroffen. Interessiert nimmt die Kapitänin zur Kenntnis, dass die Schilde der beiden Dreadnoughts in der Tat keine besondere Härtung gegen Disruptorbeschuss aufweisen, wie ihr schon die Sensoren verraten haben. Der gnadenlos aufgerissene Normalraum fegt konventionelle Energieschilde, stählerne Außenhüllen, Schotten und Decks der beiden Beelzeschiffe ebenso einfach zur Seite, wie er es auch mit Atmosphäre und Körpern tut. Am Ende rasen die Disruptorstrahlen auf die Maschinenkerne der zwei Feindschiffe zu. Sie durchdringen ohne innezuhalten die stählernen Außenhüllen der Maschinenkerne und rasen praktisch im selben Augenblick durch deren innere Energieschilde. Energieschilde, die sorgsam Antienergie und Energie auseinandergehalten haben. Zwei Urkräfte, die sich nun explosiv vereinigen. Binnen einer einzigen Sekunde ist von den beiden über einen Kilometer langen, kastenförmigen Raumschiffen und ihren Besatzungen nichts mehr übrig als glühende Bruchstücke, Wolken aus Luft und Wasser und intakte oder gar auseinandergerissene Körper. Mag die genetische Manipulation der Beelzekrieger ihnen auch noch ein paar Sekunden in der gnadenlosen, luftleeren Kälte des Raumes geben, so ist es nichts, um das man sie beneiden sollte.

Commander Bellini sieht sofort, dass sich die Feldintegrität der 3-Gen-Technologie auf unter siebzig Prozent reduziert hat und will schon eine entsprechende Warnung in die VR-Umgebung geben, da sieht sie schon, dass die Fregatte den dritten Beelze-Dreadnought anvisiert hat, während sich der letzte durch ein geschicktes Manöver dem Beschuss durch den Hauptdisruptor entzogen hat. Die Nemesis feuert auf den dritten Dreadnought, doch wird sie dabei plötzlich stark erschüttert. Da geschieht, was sie schon befürchtet hat. Die Integrität der 3-Gen-Schilde ist schlagartig auf nur etwa vier Prozent gefallen und ist dabei stark fluktuierend, so dass die konventionellen Schilde der Fregatte jetzt weitestgehend ihr einziger Schutz vor dem feindlichen Disruptorbeschuss sind. Die konventionellen Schilde, die gegen

Disruptorbeschuss gehärtet sind, weisen bereits über ein Viertel Auslastung auf, so dass bereits geringe Belastungen der Formenergiehülle des Schiffes verzeichnet werden. „Disruptoren offline, sie haben unsere Hauptenergieleitung getroffen!", ist eine Meldung vom Taktischen Offizier zu vernehmen. Sofort erscheint in der virtuellen Umgebung das Abbild der Chefingenieurin Tamara Wilcox. Die dunkelhäutige Frau hat einige sich bewegende Tattoos im Gesicht, die ihren grimmigen Gesichtsausdruck noch grimmiger wirken lassen. „Analysiere das Problem", gibt Wilcox in der Kurzsprache von sich, die in der Mind-Reader-Umgebung üblich ist. Sie fügt an, dass sie um die Dringlichkeit der Wiederherstellung der Hauptwaffe des Schiffes weiß, wohl um die sonst an dieser Stelle üblichen Bemerkungen von Führungsoffizieren zu vermeiden. „3-Gen deaktivieren!", befiehlt Petrova und Bellini weiß sofort, worauf die Kapitänin hinauswill. In der Praxis gibt es nur eine einzige Handlungsweise, die die störanfälligen 3-Gen-Schilde wieder herstellt. Und das ist schlichtweg, sie vorübergehend abzuschalten.

Im Taktischen Diagramm kann Bellini sehen, dass der dritte Dreadnought keinen tödlichen Schaden davongetragen hat. Der Disruptorbeschuss hat wegen eines Ausweichmanövers den Maschinenkern knapp verfehlt und im feindlichen Schiff lediglich ein paar Wassertanks und ein Beiboot ruiniert, wie die Scanner anhand der Trümmerwolke erfassen. Damit sieht sich die Föderationsfregatte zwei im Wesentlichen unbeschädigten Kriegsschiffen gegenüber.

Zweierlei findet gleichzeitig statt. Die *Nemesis* feuert gleichzeitig mehrere konventionelle Warptorpedos ab, vier auf jeden der

Dreadnoughts. Außerdem feuern kleinere, aus ihren Waffenbuchten ausgefahrene Disruptoren auf die beiden Dreadnoughts und versuchen, die empfindlichen Maschinenkerne zu erreichen. In der Tat erreichen die Salven den Punkt an der Außenhülle, der in einer gedacht fortgesetzten Linie direkt in den Maschinenkern führen würde. Doch sind die Schilde der gewaltigen Raumschiffe stark genug, um ein Eindringen zu verhindern. Lediglich die stählerne Außenhaut erhält tiefe Krater, die jedoch wenig mehr als einen Schönheitsfehler darstellen.

Zu ihrem Entsetzen sieht Bellini, dass die Kapitänin einen neuen Kurs befohlen hat. Einen, der direkt in das Gestein – oder besser organische Material – des Mondes Hemor führt, weitab vom mysteriösen Krater. Bellini richtet eine Anfrage direkt an die Kapitänin, doch die bestätigt ihrer Ersten Offizierin knapp den Kurs. Stoisch verrichten der Bordcomputer und der Navigator Fähnrich Harold Parker ihre Arbeit und die Fregatte setzt sich auf einen Kurs im spitzen Winkel, der in etwa fünfzehn Sekunden zum Aufschlag auf dem Mond führen wird. Blitzschnell erfragt die Kapitänin von OPS und der Chefingenieurin den Status der 3-Gen-Vorrichtung und erhält eine wenig positive Meldung. Bellini erhält in diesem Augenblick eine private Nachricht von der Kapitänin in der VR-Umgebung, die folgendes besagt: „Meist reichen die paar Sekunden." Offensichtlich meint Captain Petrova damit, dass bei Erreichen der Mondmaterie auch die 3-Gen-Schilde mutmaßlich wieder zur Verfügung stehen werden. *Müssen sie ja*, denkt sich Bellini. *Wenn wir nicht zerschellen wollen.*

Es ist ein extrem waghalsiges Manöver, das die Kapitänin plant. Denn die *Nemesis* wird mit wieder aktivierten 3-Gen-Schilden wirklich in die Materie des Mondes eindringen können wie ein

Geist in eine massive Wand. Allerdings ist das eine Vorgehensweise, die in den Offiziershandbüchern der Flotte wegen der bekannten Instabilität dieser Technologie ausdrücklich nicht empfohlen wird.

„Bellini. Machen Sie ein Außenteam unter Ihrer Leitung für ein Shuttle fertig." Gedankenschnell reagiert Bellini und akzeptiert sofort den personellen Vorschlag des Bordcomputers, der ihr umgehend beigebracht wird. Beim Außenteam sind vier der Marineinfanteristen und ihr Kommandant, Alastair Frederics dabei, mit dem sie ja unlängst ihr anregendes, wenn auch etwas eigenartiges Gespräch hatte. Auch die Luminos-Spezialisten Ingwen Chen ist dem Außenteam zugeteilt. Sorge hat Bellini, ob sich das Außenteam schnell genug im Shuttlehangar versammeln kann, denn zumindest die Luminos-Spezialistin wird der Einsatzbefehl wohl unvorbereitet treffen. „Machen Sie sich keine Sorgen", wendet sich die Kapitänin ungewohnt ausführlich an ihre Erste Offizierin, denn in der Mind-Reader-Umgebung tauscht man ja sonst nur knappe Mitteilungen aus. „Wir werden hoffentlich längere Zeit im Mondgestein bleiben können." Sie schickt das Äquivalent eines Lachens an Bellini. „Oder das Mondfleisch oder was immer das ist. Und jetzt gehen Sie!" Bellini hastet von der Brücke, auf dem Weg zum Shuttledeck, während sie mit ihrem Kommunikator dem Bordcomputer Anweisungen gibt.

Wieder wird die *Nemesis* von feindlichem Disruptorfeuer erschüttert. Doch die Schilde halten. Dann ist der Moment da und die *Nemesis* fliegt im spitzen Winkel auf die Mondoberfläche zu. Deutlich erkennt man das jetzt tatsächlich wie bleiches Fleisch wirkende Oberflächenmaterial des Mondes. Petrova, die noch merkt, wie Bellini die virtuelle Umgebung verlässt, hält den Atem an, trotz der weitgehenden Entkopplung des Körpers vom Geist in der VR-Umgebung.

„3-Gen könnte durchaus wieder funktionieren", gibt die Chefingenieurin an und sogar in der VR-Umgebung glaubt man einen verschmitzten Unterton zu hören. Dann wird die Fregatte wiederum durch mehrere Schüsse erschüttert. „Konventionelle Schilde auf sechzig Prozent. Haarrisse in der Außenhülle auf Decks sechs bis neun", meldet die Taktik.

„3-Gen-Schilde aktivieren!", befiehlt die Kapitänin. Alle atmen zumindest im übertragenen Sinne auf, als die 3-Gen-Schilde sofort hochfahren. Dann dringt die Fregatte in das weißliche Gestein ein, an dem Bellini plötzlich ein rosafarbener Schimmer auffällt. „Igitt", kommt ihr automatisch über die Lippen.

„Hier sollten sie uns nicht orten können", kommt von Jäger von der OPS. Ein paar Sekunden vergehen.

„Feinde feuern sinnlos in das Mondgestein… ich meine Material", kommt vom Taktikoffizier Felton.

„Mind-Reader aus!", befiehlt Petrova. Schneller als andere hat sie ihre VR-Liegeposition verlassen und steht auf. Sekunden später geht sie mit auf dem Rücken verschränkten Händen auf den Taktischen Offizier zu, der gerade wieder aus seiner Liegeposition hochkommt.

„Eigentlich", beginnt Petrova an Felton gerichtet, „war es nie so gedacht, dass sich die *Nemesis* verstecken muss. Eigentlich war es vorgesehen, dass wir der Jäger sind und die anderen Schiffe bequem hinter unseren 3-Gen-Schilden abschießen." Sie zögert

einen Augenblick. „Was ist eigentlich mit unseren Warptorpedos?"
„Alle bis auf einen durch Gegenmaßnahmen abgelenkt. Leichte Schäden am Dreadnought Nummer Drei." Petrova nickt. „Sollen wir 3-Gen-Warptorpedos einsetzen, Captain?" Petrova überlegt einen Moment. „Nein, ich bin kein Fan davon, unsere kostbare 3-Gen-Technologie in winzig kleinen Torpedos durch die Gegend zu feuern." Der Taktische Offizier versteht natürlich, was die Kapitänin meint. Wenn bei der experimentellen Technik irgendetwas schief geht, würde man so dem Feind die brandneue Technologie frei Haus liefern.

„Sie können uns nicht erreichen und wir haben Zeit für den nächsten Schritt."

„Außenteam im Shuttle-Hangar Eins unter Commander Bellini bereit, Captain", meldet Mutoni von der COM." Petrova nickt. „Rotalarm aufheben, Alarmstufe Gelb." Ein Aufatmen geht durch die Brückencrew, als die Anspannung der letzten Momente von den Leuten abfällt. Im Taktischen Diagramm lassen sich die beiden Schiffe beobachten, wie sie am Mond verharren. Lieutenant Commander Felton grinst die Kapitänin an.

„Ma'am. Wenn der Dreadnought Nummer Vier noch ein bisschen näher an den Mond herankommt, wäre es praktisch risikolos ihn mit einem 3-Gen-Warptorpedo abzufangen. Selbst wenn die Schilde des Torpedos hier im Gestein leicht fluktuieren sollten, könnten die Beelze sie in dem Strahlungschaos des Mondes nicht orten."
„Wie sind eigentlich unsere eigenen 3-Gen-Schilde?", denkt Petrova laut und sieht die Antwort sofort vorne an der Stirnwand der Brücke.

„Stabil Ma'am", antwortet Felton von der Taktik. Petrova grinst. „Gut, wir sind nicht hier, um Kriege anzufangen. Aber wenn die Föderation den aggressiven Beelze deutlich macht, dass mit ihren Schiffen nicht zu spaßen ist, schadet das auch nichts." Sie zögert. „Bereiten Sie den Torpedo für den richtigen Moment vor." Felton bestätigt. Kurz darauf geht wieder der große Bildschirm an, auf dem Chefingenieurin Wilcox zu sehen ist. Petrova wendet sich dem Schirm erwartungsvoll zu.

„Wegen Ihrer Idee, Captain, dass wir unter 3-Gen-Tarnung ein Shuttle ausschleusen, das selbst auch 3-Gen-Tarnung aktiviert hat." Petrova sieht die Chefingenieurin erwartungsvoll an. „Wissen Sie Captain, man hat mir ja bisweilen schon vorgeworfen, viel herumzumäkeln. Zickig zu sein." Petrova zieht erstaunt eine Augenbraue hoch.

„Aber", fährt die Ingenieurin fort, „die Idee, hinter den 3-Gens steckend ein voll besetztes Shuttle auszustoßen, das seine 3-Gen-Schilde so perfekt synchronisiert hochfahren muss, dass sie genau dann richtig eingeschaltet sind, sowie das Shuttle unsere eigenen 3-Gen-Schilde verlässt, dass…", brummt die Chefingenieurin. „Ja?", fordert sie Petrova zum Weiterreden auf. „Zickig kann ich ja auf einem Schiff voller weiblicher Führungsoffiziere nicht sein, aber… es ist wirklich keine gute Idee, Captain."
Petrova seufzt. „Haben Sie irgendwelche Einwände, Lieutenant, die über die generelle Nichtempfehlung aus dem Offiziershandbuch hinausgehen?"

„Abgesehen vom Ingenieurshandbuch meinen Sie? Nein, Captain."
„Dann denke ich, werden wir fortfahren, Lieutenant."

Die Chefingenieurin schließt die Verbindung grußlos. „Dreadnought Vier in Reichweite, Ma'am!", meldet Felton von der Taktik.

„Torpedo los!"

Auf dem Taktischen Diagramm lässt sich verfolgen, wie der Torpedo nach wenigen Sekunden den feindlichen Dreadnought erreicht hat. Auch dies ist eine Situation, bei der der von der Fregatte abgefeuerte Torpedo seine eigenen 3-Gen-Schilde so einschaltet, dass sie ihn schützen, sowie er den 3-Gen-Schild der Fregatte verlassen hat. Und das alles im massiven „Fleisch" des Mondes. Nicht anmessbar durch das Feindschiff dringt der Torpedo dank seiner Entrückung aus dem Normaluniversum in die Außenhülle und innere Substanz des feindlichen Dreadnoughts ein, als sei der nur ein Hologramm. Keine Sekunde nach dem Eindringen des Torpedos in die Substanz des Feindschiffes schaltet er seine 3-Gen-Schilde ab und führt zeitgleich seine internen Antienergie- und Energieladungen zusammen. Das Feindschiff wird von einer riesigen inneren Explosion auseinandergerissen und zerbricht in mehrere große Teile, die ihrerseits von Sekundärexplosionen heimgesucht werden. Petrova nickt befriedigt. „Eine Lektion für Beelze und Leonen."

„Captain!", erklingt es alarmiert von Lieutenant Jäger. „Unsere 3-Gens beginnen wieder zu fluktuieren." Petrova sieht die Angabe sofort am Taktischen Diagramm bestätigt. Auch wenn die Feldintegrität mit 96 Prozent nicht wirklich schlecht ist, weiß sie jedoch, wie schnell sich das verschlimmern kann. Sofort ist auch wieder die Chefingenieurin auf dem Frontbildschirm mit einem bissigen Kommentar präsent.

„Los, los Leute, raus mit dem Shuttle!"

Die COM-Spezialistin Mutoni bestätigt. „Tor auf. Shuttle autark, startet… verlässt Schiff. 3-Gens erfolgreich synchronisiert." Petrova atmet deutlich hörbar auf.

Verblüfft sieht sie, wie Lieutenant Tomasz die silberne Namensplakette auf der Brücke mit einem Taschentuch poliert. Rechts neben dem Doppelschott der Brücke ist das glänzende Stahlschild angebracht. Auf ihr ist nicht nur *EFS Nemesis* zu lesen, sondern auch die Registriernummer *F-1501* und das Datum der Indienststellung, neben dem Schiffsmotto *Going where others retreat*. Dorthin gehen, wo andere flüchten.

„Ist etwas nicht in Ordnung mit der Plakette, Lieutenant?" Tomasz zuckt förmlich zusammen.

„Alles in Ordnung, Captain, Ma'am. Ich dachte nur für einen kurzen Augenblick…", er zögert.

„Dachten was, Lieutenant?" Tomasz räuspert sich. „Dass sich da irgendwelcher Dreck darin gespiegelt hätte." Unsicher sieht er zur hohen Decke der Brücke. So, als würde er befürchten, dass da irgendetwas durch die Decke quellen würde. „Mister Tomasz. Wir stecken nicht wirklich im Mondmaterial, denn wir sind ihm ja entrückt." Der Offizier macht ein säuerliches Gesicht, nickt aber.

„Natürlich, Captain."

Lieutenant Ingwen Chen

Lieutenant Chen schnappt japsend nach Luft, als das kleine Shuttle es geschafft hat, seine 3-Gen-Schilde mit denen des Mutterschiffes zu synchronisieren und unter eigenen Schilden durch die seltsame Substanz des Mondes zu fliegen. Sie kann sich ein Grinsen nicht verkneifen, denn das Gespräch mit Commander Bellini, die jetzt hier neben ihr sitzt, ist ihr noch im Ohr. Ein Gespräch, wo die *Nemesis* mit ihrem historischen Vorbild aus dem 19. Jahrhundert verglichen worden ist. Ein Vergleich, den wohl auch die Flotte bei der Namensgebung im Sinn hatte. Doch so stark wie das historische Vorbild ist die neue *Nemesis* offensichtlich nicht; jedenfalls nicht im Vergleich zu ihren Gegnern. Schließlich musste das Schiff zu dem Winkelzug greifen, sich in der Materie eines mysteriösen Mondes zu verbergen, um dem feindlichen Beschuss zu entgehen. Obwohl die bislang geschaffte Vernichtung von geschlagenen drei Dreadnoughts durch eine einzige Fregatte natürlich eine sehr ansehnliche Bilanz ist. Wenn auch fern von dem schrecklichen Massaker, das die historische Fregatte in der chinesischen See an den kaiserlichen Kriegsdschunken veranstaltet hatte.

Verwirrt stellt sie fest, dass Alastair Frederics, der Kommandant des Marines-Kontingents der *Nemesis*, zu ihr herübergrinst. Er trägt wie alle anderen auch die *MeMa* genannten Kampfanzüge der Raumflotte, wobei die Helme noch über ihnen an der Wand des Shuttles befestigt sind. Diese neueste Generation Vier der MeMas hat nicht nur die neueste Formenergietechnologie, die es den Trägern erlaubt, schwertartige Verlängerungen ihrer Extremitäten zu erzeugen, sollte das gewünscht sein. Sie haben außerdem Nanitenpacks dabei, die recht universell eingesetzt werden können und sowohl zu medizinischen, technischen, wie auch offensiven Zwecken zur Verfügung stehen. Allerdings sind die Nanitenpacks in einer winzigen Stasekiste gesichert, so dass es schon der Freigabe durch den Kommandanten des Marineskontingents bedarf, um sie freizusetzen. Die kostbare 3-Gen-Technologie haben die MeMas nicht, die schließlich nicht in fremde Hände fallen soll. Leider ist die Flotte mit der entsprechend ausgerüsteten Spezialkräfteversion der Kampfanzüge knauserig, denkt sie.

„Nervös, Lieutenant?", fragt sie der androidische Kommandant der Marines, der ihr schräg gegenübersitzt. Unwillkürlich rollt Chen mit den Augen. Auch Bellini neben ihr macht nach der Bemerkung ein eher ablehnendes Gesicht. Dass er hier klischeehaft den erfahrenen, harten Soldaten spielen will, geht Chen gehörig auf die Nerven.

„Es wäre Dummheit, nicht besorgt zu sein", antwortet sie nur frostig. Auf eine Macho-Tour kann sie verzichten, auch wenn der Androide mit den wehenden, blonden Haaren die Äußerlichkeiten für die Macho-Rolle hat.

„Der letzte Beelze feuert mit seinen neuen Spielzeugen ins Mondmaterial, was immer das auch ist", tönt es über die Deckenlautsprecher des Shuttles, in dem das Außenteam sitzt. Eine Durchsage der zweiköpfigen Crew vorne im Cockpit des Shuttles. Die Marines, die ihre langen, kombinierten Paralysator-, Thermo- und Disruptorwaffen zwischen den Beinen stehen haben und festhalten, lachen dazu. Chen muss einen Augenblick überlegen, was damit genau gemeint ist.

Dann erst versteht sie. „Neue Spielzeuge" bezieht sich natürlich auf die Disruptoren, die die Beelze nicht haben sollten, aber doch ihr Eigen nennen. In Kampfsituationen Metaphern und Sprachbilder zu benutzen, hat sie schon immer als idiotisch empfunden. Aber leider ist es etwas, das ihre meist westlichen Erdkulturen entstammenden Kameradinnen und Kameraden oft tun. „Nähern uns Exitpunkt", heißt es bald. Damit ist natürlich der Bereich vor dem mysteriösen Energiefeld gemeint, das das Innere des Mondes Hemor abschirmt und offensichtlich nur in einer Richtung – nämlich hinein – passiert werden kann. Ein Weg, den offensichtlich dieser durchgedrehte Ex-Admiral Esparza genommen hat. Wohl wegen des Schmerzes, seine Tochter an den Verräter James Thorau verloren zu haben mitsamt ihrem stolzen Kriegsschiff. Sie fragt sich unwillkürlich, ob die Sache mit seiner Tochter damals irgendwie besser verlaufen wäre, wäre nicht eine der *Waiguoren* auf dem Kommandantensessel gewesen, sondern eine Chinesin wie sie selbst. Unwillkürlich hat sie den chinesischen Begriff Waiguoren verwendet, der eigentlich mit Ausländer zu übersetzen ist. Sie muss über sich selbst grinsen, denn sie verwendet diesen Begriff immer wieder für alle nicht-chinesischen und sogar alle nichtasiatischen Menschen, wie es sehr viele Chinesen tun, egal wie widersinnig das hier außerhalb Chinas auch sein mag. Jetzt geht ein Bildschirm im Shuttle an und es erfolgt die Aufforderung, die Helme aufzusetzen. Alle kommen dem sofort nach und dann sieht sie, wie ihr ein taktisches Diagramm in das Sichtfeld ihres Helms projiziert wird; genau wie bei allen anderen des Außenteams. Markiert ist ein Landepunkt auf dem bleichen Material des Mondes, vor dem sich das riesige Energiefeld erstreckt, das den Krater hier in etwa einem Kilometer Tiefe komplett abschirmt. Und das, wo der Krater, wenn man ihn so nennen will, einen Durchmesser von fünfzig Metern hat. Der Shuttle verharrt wenige Meter über dem Rand des Kraters, als wolle er direkt vor dem Energiefeld aufsetzen. Doch alle bleiben wir sitzen. Chen sieht, dass Frederics in leisem Tonfall mit Commander Bellini spricht. „Machen wir, was uns Captain Petrova aufgetragen hat", beginnt Frederics mit gewichtigem Tonfall. „Schleusen wir erst eine 3-Gen-Sonde aus und horchen, ob sie von der anderen Seite mit uns Funkkontakt aufnehmen kann. Unsere eigenen 3-Gens werden uns vor den Beelze-Sensoren schützen, wie auch das Strahlungschaos hier." Chen bemerkt, wie Frederics sie dabei ansieht. *Er redet so ausführlich, weil er mich beruhigen will*, denkt sie und ist leicht genervt von der neuerlichen Beschützertour des androidischen Marines-Captain.

Die 3-Gen-Sonde kann natürlich das bläuliche Energiefeld problemlos passieren. Nur dass sie nie wieder herauskommt. Ebenso ergeht es einer der kostbaren 4-Gen-Sonden, die danach abgefeuert werden.

„Sogar für die phasenverschobenen Sonden ist das Energiefeld nur in einer Richtung passierbar", stellt Commander Bellini das Offensichtliche fest, noch bevor Frederics dazu einen Kommentar abgeben kann. „Erstaunlich." Danach gibt Bellini den Befehl, den Shuttle am Fuße des Energiefelds zu landen. „Aussteigen und Sammeln vor dem Tor", befiehlt Frederics.

Es ist ein surrealer Anblick. Der riesige, in die Schwärze des Alls offene Krater, der sich verjüngt, um schließlich von einem riesigen, spiegelglatten und metallisch-blauen Energiefeld verschlossen zu werden. Eine Energiewand, die allem einen blauen Schimmer aufdrückt und einen Durchmesser von etwa fünfzig Metern hat. Das Außenteam hat den Shuttle durch die Luke schwebend verlassen, nachdem die Atmosphäre abgesaugt war und landet nun auf dem Pseudogestein vor dem Energiefeld. Die Gravitonaggregate der Kampfanzüge geben dem Außenteam das klare Gefühl, dass sich das Energiefeld wie eine Wand vor ihnen erstreckt und der riesige Krater mit der Schwärze des Weltraums hinter ihnen. Auch das Außenteam der *Nemesis* in ihren hellen MeMas und der eckige Shuttle schimmern bläulich, da sie das Energiefeld reflektieren.

Als alle ratlos vor dem blau schimmernden Energiefeld stehen, schüttelt der Marines-Captain den Kopf.

„Na dann", sagt er. „Wir haben ja alle Backups". Bevor Chen irgendetwas sagen kann, ist er auf das bläuliche Energiefeld zugegangen und mit einem entschlossenen Schritt hindurch. „Oh verflucht!", gibt Bellini von sich, die für einen Augenblick die Selbstkontrolle verliert. „Niemand tut hier irgendetwas ohne meinen ausdrücklichen Befehl!" Chen und die Marines bestätigen. Chen schüttelt den Kopf. Frederics ist nicht etwa langsam, Zentimeter für Zentimeter hinein gegangen, sondern mit einem einzigen großen Schritt ganz im Energiefeld verschwunden und ist nicht mehr zu sehen. Die anderen vier Marines sehen sich nur stumm an. Obwohl Chen nicht ausschließen kann, dass sie über den Helmfunk miteinander kommunizieren und sie von der Unterhaltung ausschließen. Da sie Navy ist und nicht Marine, ist eine solche Verhaltensweise erfahrungsgemäß nicht ganz unwahrscheinlich. Chen hingegen funkt auf der Frequenz für alle. „Was machen wir jetzt?", fragt sie einfach. Sie sieht, wie sich Bellini am Kopf kratzen will, was wegen des Helmes merkwürdig aussieht.

„Wir gehen rein", ordnet Bellini an. Ein Seufzen ist über die Funkverbindung zu hören. Dann ist auch sie im blauen Energiefeld verschwunden. Ebenso forsch. Dann folgen die restlichen drei Marines und am Ende steht Chen ganz allein vor dem Feld.

„Ma'am, wollen Sie zurück?", hört sie über den Helmfunk von dem Fähnrich, der das Shuttle vorne kommandiert und sich das Cockpit mit einem zweiten Crewman teilt. „Nein", erwidert sie und überprüft die Anzeigen ihres MeMas. Der meldet ihr Status Grün und einwandfreies Funktionieren seines Anti-Strahlungsfeldes. Dann verschwindet sie ebenso entschlossen im Energiefeld.

Auf der Flaggbrücke der *EFS Silverroad* einen Lichtmonat vor dem Socona-System

Fleet Admiral Thomas Brander

"Kampfgruppe in Position, Admiral", meldet ihm Lieutenant Rafferty, der Taktische Offizier der Flaggbrücke des Schlachtschiffes *Silverroad*. Admiral Brander nickt und sieht auf das Taktische Diagramm in der Mitte der großzügigen Flaggbrücke, die dazu dient, dass der Flottenkommandant hier die gesamte Flotte im Auge hat, während sich der Kapitän des Schlachtschiffs ein Deck tiefer nur um das Flaggschiff selbst kümmert und dort natürlich seine eigenen Stabsoffiziere hat. Brander sieht, dass die acht Schlachtkreuzer der *Capricorn*-Klasse mit ihren bauchigen Leibern und rundlichen Waffenauslegern ihre schützende Formation um das Flaggschiff eingenommen haben. Die acht Zerstörer der *Avalon*-Klasse, bis auf die Waffenausleger sperrigen Brotboxen nicht unähnlich, sind in alle sechs Richtungen verteilt. Die vier Himmelsrichtungen, sowie oberhalb und unterhalb der Ekliptik des Flottenverbandes. Zwei der Zerstörer sind nah an der *Silverroad* selbst gehalten. Peripher sind vier Korvetten auf Umkreisungskurs der Formation positioniert.

„Und die Anomalie?" Brander sieht seine OPS-Offizierin, Lieutenant Commander Ester Delmonde fragend an. Er weiß die Antwort zwar schon, will aber den Status noch einmal für alle ausgesprochen haben.

"Nach wie vor konstant fast einen halben Lichtmonat Abstand vom Socona Fixstern, fünfzigtausend Kilometer vor uns."

Zehn Milliarden Menschen, eben die Einwohner des schon lange besiedelten Socona-Systems, erwarten von ihm und seiner Einsatzgruppe, die durch die Anomalie ausgehende Bedrohung zu eliminieren. Ein Gedanke, bei dem ihm etwas schwindelig wird. Doch er schiebt den Gedanken beiseite. „Was ist mit den Schiffen, die wir geortet haben?" „Admiral, wir haben nach wie vor die schwankenden Werte dieser … Geisterflotte. Es sind zwölf Einheiten, die nicht klar anzumessen sind. Mal da und mal nicht, Sir. Selbst die Zahl Zwölf ist geschätzt, Sir. Sie sind vom Typ des illegalen Schiffs der Vereinigungskirche, Admiral, daran besteht kein Zweifel. Entsprechend der Spec, die wir von Sarah McKinley haben, Sir." Brander geht auf der Flaggbrücke auf und ab. „Also haben sie möglicherweise Schwierigkeiten mit der 3-Gen oder 4-Gen-Technologie. Deswegen die Fluktuationen. Das ist ein Vorteil für uns. Aber warum gehen sie nicht in Angriffsformation? Sie treiben da wie ein planloser Haufen herum."

„Es ist keine Taktik erkennbar, Sir", kommt von Lieutenant Rafferty von der Taktischen Konsole.

„Admiral, Sir, Captain Henderson schlägt roten Alarm für das Flaggschiff vor. Er weist darauf hin, dass sich die Signale der Kirchenschiffe verfestigen." Raffertys Stimme klingt plötzlich eindringlich. Admiral Brander sieht mit hochgezogener Augenbraue zur OPS-Offizierin rüber. Die läuft sichtlich rot an und drückt auf diversen Knöpfen herum. Brander baut unterdessen mit seinem strenggenommen illegalen Nanitenimplantat einfach eine Direktverbindung zum Hauptcomputer auf und bekommt sofort die „Diagnose" von Captain Henderson, dem Kommandanten des Flaggschiffs, bestätigt. Kurz darauf bestätigt es auch die Flagg-

OPS-Offizierin. Die Scanwerte der Feindflotte werden in der Tat stabiler, was keine guten Nachrichten sind. „Roter Alarm für die Kampfgruppe!", ordnet Brander an. Dann erhält er eine Textnachricht von seinem Taktischen Offizier. Rafferty hat Recht, wird ihm klar. Man muss die feindliche Flotte angreifen, solange sie noch so eigenartig fluktuierende Werte hat, was auf eine Fehlfunktion ihrer Schilde hindeutet. Sie sind immer noch im Normalraum erreichbar, also keinesfalls vollständig dem Einsteinraum entrückt. Seine Adjutantin, Commander Nancy Sober, die sich immer in seiner Nähe aufhält, flüstert ihm etwas zu, doch er ignoriert es. Über seinen medizinischen Status will er jetzt wirklich nicht reden.

„Flotte in Position bringen für konzentriertes Disruptorfeuer. Automatische Synchronisation aller Feuerleitrechner." Der Taktische Offizier bestätigt und gibt die Befehle an die Flotte weiter. Brander merkt kurz darauf förmlich, wie das massive Kriegsschiff sich dreht. Er atmet tief durch und sieht sich auf der Flaggbrücke um. *Wieder mal in der Schlacht. Eine von so vielen in meinem langen Leben*, denkt er.

„Zielcomputer geben Zeitpunkt zum Feuern vor", kommandiert er. Kurz darauf sieht er, wie die gesamte Flotte auf die zwölf Kirchenschiffe feuert. *Kirchenschiffe*, denkt Brander. Idiotische Bezeichnung, bei der man sich immer zwischen Kirchenbänken stehen sieht, anstatt an Rebellenschiffe zu denken. „Admiral, Sir. Wir erhalten Meldungen von Socona selbst, dass Menschen alle möglichen Dinge melden, bei denen es sich um Halluzinationen handeln muss. Monster, Kampfroboter, drachenähnliche Wesen und allerlei sonst. Wie Märchenfiguren, die mal da sind und dann wieder nicht. Es ist aber zu zahlreichen

Unfällen und Todesfällen gekommen!" Brander wirft dem COM-Offizier nur einen sorgenvollen Blick zu, sagt aber nichts. „Keine Schäden durch unseren Beschuss an den Kirchenschiffen!", meldet der Taktische Offizier. Brander schüttelt den Kopf. Das passt eigentlich nicht zu den Scanergebnissen. So fluktuierend wie ihre vermuteten 3-Gen oder 4-Gen-Schilde sind, müssten die Schiffe jetzt bereits Schäden aufweisen. Irgendetwas stimmt hier grundlegend nicht, wird ihm klar. „Die Dinge sind nicht so, wie sie scheinen", flüstert Brander. Dann, von einer Sekunde zur anderen, gehen die Feindschiffe plötzlich in Formation. Eine klassische Hohlspiegel-Formation, bei der die Feindschiffe so auf die Kampfgruppe Branders feuern können, ohne sich dabei selbst im Wege zu sein. Die Disruptorsalven der Feinde werden die 3-Gen- oder 4-Gen-Schildräume der Kirchenschiffe verlassen und als konventionelle Disruptorschüsse durch den Normalraum heranrasen. Brander sieht die beginnenden Ausweichmanöver seiner Flotte, doch dann spürt er schon die Einschläge. Doch die Schilde der *Silverroad* und aller anderen Schiffe der Kampfgruppe halten stand, wie das Taktische Diagramm aufzeigt. Doch in dem Augenblick öffnen sich mehrere Übergänge in den Hyperraum. „Föderationssignale. Einsatzgruppe der Ersten Flotte um die *Moondreamer* materialisiert zwischen uns und der Feindflotte", meldet die Taktik. Es sind zwölf Schiffe, angeführt von der *BigM*, wie die *Moondreamer* genannt wird, die jetzt unter dem Kommando von Captain Sandy Sisuk steht, einem Besatzungsmitglied der damaligen, entscheidenden Mission während des Nanitenkrieges der *BigM*. Trotz des wichtig klingenden Spitznamens ist das alte Schiff wie auch der Rest der Fregattenflotte klein im Vergleich zum riesigen Schlachtschiff, auf dessen Flaggbrücke Brander steht. Die *Silverroad* ist über dreimal so lang mit ihrer vorn und hinten verjüngten, gedrungenen Keilform. Am Taktischen Diagramm sieht man sofort, wie die sehr die alten Fregatten unter Feuer geraten und ihre Schilde fluktuieren.

„Schilde an den *Moondreamern* im Schnitt auf vierzig Prozent. Beginnende Hüllenbrüche", meldet Lieutenant Rafferty und meint damit die gesamte Einsatzflotte der *Moondreamer*-Klasse. „Sendung für den Admiral", meldet der COM-Offizier, da erscheint auch schon das Bild der im Kommandosessel auf der *Moondreamer*-Brücke sitzenden Kapitänin Sandy Sisuk. Die Stirn der asiatischen Frau mit dunklem Teint ist verschwitzt, so wie sie da in dem erhöhten, eckigen Kommandositz auf der Brücke des alten Schiffes sitzt.

„*Moondreamer* nimmt das Gros des Feindfeuers auf sich, wie sie das immer tut", erklärt die Asiatin verschmitzt. Sisuk ist Kommandantin der Einsatzflotte, wie er weiß.

„4-Gen-Torpedos ab!", kommandiert Brander verbal und gibt synchron über sein Nanitenimplantat dem Taktischen Flaggoffizier einen präziseren Befehl, der festlegt, dass die Hälfte der vorhandenen 4-Gen-Torpedos von allen Schiffen des Kampfverbandes inklusive der *Moondreamer*-Klasse-Flotte abgefeuert werden. Jedenfalls von den *Moondreamer*-Fregatten, die überhaupt welche haben. Was längst nicht alle sind. Denn sollten die Kirchenschiffe – er tadelt sich selbst für die geistige Verwendung dieses unglücklichen Wortes – wirklich komplett hinter ihren 4-Gen-Schilden verborgen sein, allen eigenartigen Scanwerten zum Trotz, dann können nur 4-Gen-Torpedos der Föderationsflotte irgendeinen Schaden bei ihnen verursachen. Der Augenblick Flugzeit vergeht und die Torpedos explodieren in der Mitte der Feindflotte. Eine Sekunde später erhält die *Silverroad* die Rückmeldung, dass keinerlei Schäden an den Feindschiffen feststellbar sind. Brander flucht deutlich hörbar und sieht zu seinem Entsetzen, dass zwei der *Moondreamer*-Klasse-Fregatte explodieren, als es ihre Maschinenkerne von Disruptorsalven getroffen werden. Vierundneunzig Mann Besatzung sind soeben gestorben, erhält er über sein Nanitenimplantat gemeldet. Dasselbe Implantat, das ihm jetzt dringend vorschlägt, die Mind-Reader-Umgebung zu benutzen. Doch er ignoriert es. Bei der Flotte gilt es als Unart für einen Admiral, der von einer Flaggbrücke eine ganze Flotte kommandiert, sich in die Mind-Reader-Trance zu begeben. Man stellt sich wohl den immer souveränen Flottenlenker vor, der über den elektronischen Kartentisch gebeugt alles unter Kontrolle hat, während höchstens die Kapitäne der einzelnen Schiffe die gedankenschnellen Mind-Reader verwenden. „Ein Klischee, das Sie selbst in Umlauf gebracht haben", wird Brander von seinem eigenen Nanitenimplantat getadelt. Für einen kurzen Moment wundert er sich, dass er Selbstgespräche führt. Dann erst wird ihm klar, dass sein Nanitenimplantat eigentlich eine getrennte Sache von seinem wahren Selbst sein sollte. Aber es fällt ihm zusehends schwerer zwischen seiner eigenen Identität und dem Nanitencluster zu unterscheiden. Daher kann er echte Selbstgespräche kaum noch von der Diskussion mit dem Nanitenimplantat unterscheiden.

„Admiral?", reißt ihn die verwunderte Anrede von Captain Sisuk vom Bildschirm aus seinen Gedanken. Er räuspert sich. „Captain! Sie sollten mit Ihrer Flotte hinter uns materialisieren und nicht vor uns!"
Doch Sisuk macht nur ein grimmiges Gesicht. „Wir schützen den Admiral der Flotte, Sir." Er will etwas erwidern, da sieht er, wie eine weitere der Fregatten explodiert und sieht auch, wie sich Sisuk

in ihrem Kommandositz festkrallt. „Mind-Reader?", fragt Sisuk jemanden außerhalb der Aufnahmeoptik, doch erhält sie offensichtlich eine negative Antwort. Vermutlich hat das alte Schiff durch den heftigen Beschuss Probleme mit der empfindlichen VR-Technologie, was keine Seltenheit ist.

„Die vier *Lotus* zwischen die *Moondreamer*-Fregatten und die Feindflotte! Unter konventionellen Schilden!", kommandiert Brander, um die vier modernen Warpschiffe schützend vor die alten Fregatten zu platzieren. Soweit man bei dem geringen Volumen der Korvettenflottille überhaupt von Schutz sprechen kann.

Doch in just diesem Augenblick erscheinen zahlreiche neue rote Symbole im Taktischen Diagramm. Er erhält eine Identifikation, noch bevor er die Meldung von der Taktik bekommt. Eine Flotte von achtzehn Einheiten der reptilienartigen Alienrasse *Tarts* hat sich plötzlich im Raum materialisiert, ohne dass vorher irgendwelche Hyperraumübertritte auf den Sensoren erschienen waren. „Was zur Hölle...?", murmelt Brander. Auch diese neuen Feindschiffe sind merkwürdig instabil im Scan. Und das alles in der Nähe einer Hyperraumanomalie, die auf den Normalraum übergegriffen hat. *Was wird hier gespielt?* Er versteht einfach nicht, was hier vor sich geht und fragt sich in diesem Augenblick, ob sein ursprüngliches Ich es verstanden hätte. Sein altes Ich, das sich nicht automatenhaft auf ein Nanobot-Implantat gestützt hat, sondern es höchstens als Hilfe benutzt hätte. Sein altes Ich, das er hatte, bevor er bei der Schlacht um die alte *EFS Asia* die Strahlungsdosis einer Fremduniversen-Tasche abbekommen und seine kognitiven Probleme angefangen hatten.

„Captain!", hört er da eine Stimme in seinem Geist, die völlig fremd wirkt. Weiblich und fremd. Unsicher, aber auch drängelnd. „Wie? Wer?", fragt er verwirrt zurück und schickt gleichzeitig eine Anfrage an sein Nanitenimplantat, ob es der Urheber dieser Konversation sei. Die Antwort fällt negativ aus. „Die Stimme ist in Ihrem eigenen Geist", melden seine Naniten.

„*Admiral* meine ich", korrigiert sich die Stimme. „Entschuldigen Sie, diese sozialen Feinheiten der Menschen sind mir immer noch fremd", tönt die Stimme in seinem Geist. *Du und ich, wir zwei haben das gemeinsam*, denkt er unwillkürlich.

„Wer zur Hölle bist du? Ein Geist aus dem Ancestornet?" Auch so ein Thema für sich, erinnert er sich. Während des Nanitenkrieges hatte es Übergriffe dieses längst vergessenen Dienstes der Ancient-Naniten auf völlig unvorbereitete Bürger und auch Flottenpersonal gegeben. Menschen waren wahnsinnig geworden, als sie plötzlich Stimmen von digitalisierten Verstorbenen in ihren Köpfen gehabt hatten. Einer der bizarren Seiteneffekte der Naniteninfektion während des Nanitenkrieges.

„Nein Admiral. Ich bin weder Mensch noch Ancient, noch irgendein anderes Intelligenzlebewesen aus einem eurer materiellen Universen, oder wie man sie nennen soll", antwortet die Stimme mit einem Hauch von Belustigung.

„Wer bist du dann?"

„Ich bin", beginnt die Stimme zögerlich, „ein Besucher in Ihrem Geist, den Sie seit Ihrem Kontakt mit unserem Universum in sich tragen. Seit dem, was Sie die *Asia*-Katastrophe nennen. Nur war ich bislang nur ein stummer Beobachter. Doch jetzt ist der Zeitpunkt gekommen, an dem ich eingreifen muss."

„Die Schlacht um die *Asia*", flüstert Brander erstaunt. In diesem Augenblick merkt er, wie ihn alle auf der Flaggbrücke ansehen. Von Captain Sisuk ist allerdings nichts mehr auf dem Bildschirm zu sehen, der dunkel geworden ist.

„Die *Moondreamer* hat COM-Probleme", meldet sich der Flagg-Kommunikationsoffizier. „Alle *Moondreamer*-Fregatten ziehen sich zurück." Brander nickt. „Die *Lotus*-Korvetten sofort unter 3-Gen-Schilde!", befiehlt er.

„Du bist…?", fragt er noch einmal die Stimme in seinem Kopf. „Ein Gast in deinem Geist und deinem Universum, ja in diesen zahllosen Variationen dieser bizarren Wirklichkeit, die ihr die materielle Welt nennt." Brander schließt für einen Augenblick die Augen. „Jetzt werde ich komplett wahnsinnig", murmelt er.

„Wir leben in einem anderen Universum. Einer Realität, die praktisch nichts mit eurer gemein hat. Der Gedanke, wie ihr hier in fester … Materie lebt, allein das Konzept ist bizarr für mich. So etwas gibt es bei uns nicht." Die Stimme scheint zu kichern. „Alles ist formbar bei uns, nichts ist fix. Aber hier… wie ihr Dinge zusammensetzt, um neue Dinge zu schaffen. Ja, ihr schreddert sie sogar, um sie neu zu formen mit anderen Komponenten.

„Ja", gibt Brander gedehnt von sich, der immer noch Probleme damit hat zu verstehen, mit wem er nun redet. „Anstatt einfach die neue Form zu denken", endet die Stimme.

„Also willst du das Fischbrötchen lieber herbeizaubern, statt den Fisch zu töten und in die Semmel zu legen", gibt Brander mit genervtem Unterton von sich.

„Ich weiß nicht wirklich, was du meinst", kommt es in seinen Gedanken verwirrt zurück. „Jedenfalls", fährt die Stimme eindringlich fort, „ist es jetzt gerade hier so. Jemand hat einfach erdacht, anstatt zusammenzusetzen. Und eure eigenen Gedanken können hier auch Dinge entstehen lassen. Wie in einer Wechselwirkung. Eure Ängste werden real, wie ihr es formulieren würdet. Aber das funktioniert nur dort, wo diese Anomalie ist. Eigentlich ist die Anomalie eine Zone, in der die Naturgesetze so ähnlich sind wie bei uns in meinem Heimatuniversum, aber nicht ganz genauso. Aber jemand erdenkt sich einfach Sachen. Und das funktioniert hier an der sogenannten Anomalie." „Dieses Flimmern", wirft Brander ein. „Es zeigt die Dinge, die nur erdacht sind?"

„Ja. Von etwas mächtigem, Fremdem. Und von euch Menschen selbst."
„Aber sie wirken auf uns wie reale Dinge?"

„Ja. Sie sind real. Nur eben erdacht."

Er seufzt. Er hat eine Ahnung, dass dieses Ding, das da in seinem eigenen Geist zu ihm spricht, aus einer der Einstülpungen fremder Universen auf ihn übergesprungen ist. Damals, als er bei der Schlacht um die *EFS Asia* weitgehend ungeschützt der Strahlung einer solchen Einstülpung ausgesetzt war. Weil er die Korvette *Asia* damals im Strahlungschaos dieser Extra-Universaltasche vor den Sensoren der Feinde verborgen hatte. Es gab Gerüchte. Seltsame Vorkommnisse einer alten Expedition, die ohne Schilde zu nahe an solche eine Anomalie geraten war und deren Crewmitglieder wahnsinnig geworden waren. „Die *EFS Sahin* und der im Hyperraum verschwundene Petty Officer Wendt", hört er eine Erklärung von seinen Naniten, die er aber ignoriert. Er seufzt noch einmal und ignoriert die besorgten Blicke seiner Flaggbrückencrew. „Gut, was tun wir?"

„Du musst sie einfach wegdenken. Die Feinde. In einem Krieg der Geister gegen den, der da Neues erdenkt, muss du gegen den anderen ankämpfen und die Feinde wegdenken … oder umändern."

Brander will fragen, wer es sein könnte, der sich diese Sachen erdenkt. Aber er merkt, dass dazu keine Zeit mehr ist. Denn jetzt sind auch zwei Zerstörer schwer beschädigt und einer der Schlachtkreuzer treibt tot im Raum. Nur vier der alten *Moondreamer*-Fregatten, darunter die *BigM* selbst, haben es geschafft, zu entkommen. Er erhält entsprechende Meldungen von der Taktik.

„Was soll ich tun?"

Die Adjutantin des Admirals berührt ihn am Arm. „Sind Sie in Ordnung, Admiral? Die Flotte wartet auf Befehle", erklärt sie eindringlich. Doch er schüttelt seine Adjutantin ab.

„Du musst deine Denkmaschine ausweiten. Sie mächtig genug machen, um gegen diesen großen Geist anzugehen, der sich das alles erdacht hat."

„Meine Denkmaschine?"

„Das, was deinen Geist am Arbeiten hält. Die kleinen Maschinen."

Dann schickt ihm die Wesenheit einen Gedankenstrom. Mehr Bilder als Worte, aber er versteht. Es ist wahrhaft Großes, was diese Stimme von ihm verlangt. Aber er ahnt, dass es das ist, was er jetzt tun muss. Seufzend schickt er seiner Adjutantin eine Nachricht.

Direkt von seinem Nanitenimplantat. Die Androidin empfängt die Nachricht sofort.

„Nancy, die Crew muss das Schiff verlassen. Alle bis auf mich. Sie eingeschlossen. Sofort!"

Dann gibt der Admiral über sein Hirnimplantat einen „Schiff-Verlassen"-Alarm, so dass „Abandon Ship" über die Deckenlautsprecher zu hören ist. Der Bordcomputer verlangt eine Erklärung und Brander schafft es, ihm einen massiven Nanitenbefall des Schiffes vorzugaukeln. *Davon habe ich immer genug, von dem Nanitenzeug,* denkt Brander amüsiert. Ihn hat so etwas wie eine lausbübische Erregung ergriffen. Als sei es ein Streich, den er hier aufführt. Alle zu täuschen, damit sie das Schiff verlassen. Er wundert sich selbst, dass er seinen eigenen bevorstehenden Tod nicht ernst nimmt. *Aber,* denkt er sich, *ich bin 286 Jahre alt. Nach meinem echten Geburtsdatum, nicht nach dem offiziellen. Da kann ich mich wirklich nicht beschweren, dass es irgendwann zu Ende geht. Und ein endgültiges Ende wird es sicher nicht sein,* denkt er und sieht schmunzelnd den ein oder anderen inoffiziellen Backupspeicher vor sich. Wenn auch seine Backups entweder viel zu alt sind oder schon den geistigen Defekt widerspiegeln, den er damals davongetragen hat.

„Admiral?", kommt es von seiner Adjutantin, die bei ihm bleibt, als alle anderen von der Flaggbrücke laufen. „Captain Henderson will das so nicht glauben." Brander seufzt. „Sagen Sie ihm, ich sei in einer Nanitentrance versunken und würde versuchen, den Befall von heimtückischen Kirchen-Naniten gerade so unter Kontrolle zu halten." Er gibt in diesem Augenblick einen Befehl an seine Naniten, wirklich eine bizarr wirkende Abart seiner Naniten im Schiff freizulassen. *Ich hoffe, ich kann mich auf die unverbrüchliche*

Loyalität meiner Adjutantin auch in dieser Extremsituation verlassen, denkt er.

„Ich kann ein paar Effekte veranlassen, dass es jeder glaubt", ertönt die Stimme in seinem Kopf. Wie als Demonstration bewegt und verzerrt sich plötzlich ein leerer Sessel an der COM-Konsole, als sei er plötzlich lebendig geworden.

„Unheimlich", kommandiert Brander. „Nur eine Manifestation meinerseits", erklingt es in seinem Geist. Er sieht, wie seine Adjutantin den Kopf schüttelt.

„Ich verstehe es nicht, Admiral." Seine Adjutantin sieht ihn erwartungsvoll an. Er legt seine Hand auf ihre Schulter. „Vertrauen Sie mir, Commander. Und jetzt gehen Sie!" Sie nickt und dreht sich um. Als sie am Ausgang der Brücke angekommen ist, dreht sie sich noch einmal nach ihm um. „Es war eine Ehre unter Ihnen zu dienen, Admiral." Brander grinst. „Gleichfalls, Commander."

Brander merkt, dass die einsetzenden, eigenartigen Verformungen überall auf dem Schiff ebenso wie die plötzlich durch die Gegend laufenden Möbelstücke ihre Wirkung tun. Unter den *„Abandon Ship"*-Aufforderungen verlässt die Crew das Schiff, strömt in Shuttles und Rettungskapseln. Er erschaudert, wenn er daran denkt, dass er jetzt sein nagelneues Schlachtschiff aufgibt. Das Gefühl des Verrats, das ihn kurz überkommt, verdrängt er sofort wieder. Schließlich tut er, was er tut, um die Schlacht zu gewinnen. *Mag der Gegner auch noch so bizarr sein und mit ungewöhnlichsten*

Mitteln kämpfen, die Göttin gibt mir die Gnade, wieder einen Trumpf im Ärmel zu haben, um das Steuer rumzureißen. Er wundert sich kurz über sich selbst, dass er sich nun am Ende mit Religion beschäftigt. *Die Göttin*, Teil seiner ureigenen religiösen Weltsicht. *Nur dass es diesmal der allerletzte Trumpf ist. Der letzte von allen*, denkt er. Er bekommt einen Feed vom Fortschritt der Evakuierung.

Gut fünf Minuten später sind neunzig Prozent der Crew von knapp Zweihundert von Bord, wie er sieht. „Wir können schon anfangen, es dauert ja eine Weile", sagt Brander ebenso zu sich selbst wie zu der Stimme in seinem Kopf.

„Lass mich den Prozess führen", fordert die Stimme. „Ich bin lange genug in deinem Kopf, um zu wissen, wie alles funktioniert." Brander gibt einen gedanklichen Seufzer von sich. „Sie haben das Ruder, Ma'am." Er spürt eine ungewohnte Mattigkeit in sich. So als würde er erst jetzt die Erschöpfung von knapp dreihundert Jahren spüren. *Es fühlt sich gut an, sich am Ende einfach zurückzulehnen und jemanden anderes „fahren" zu lassen*, denkt er sich. Er fragt sich, ob das wirklich noch seine eigenen Gedanken sind. Er merkt nicht mehr, dass er jetzt schon silbrig glänzt und seine Füße anfangen, mit dem Boden zu verschmelzen. „Leben Sie ein gutes Leben, Commander!", sind die letzten Worte, die Admiral Brander in diesem Leben spricht. Gerichtet an seine Adjutantin Nancy Sober, die allerding längst nicht mehr auf der Brücke ist.

Er wird zwar irgendwie wiederkommen, denkt er, aber für *genau* dieses Wesen, so wie er jetzt hier steht, ist es trotzdem ein endgültiger Abschied. Und es ist für diesen Körper, der einst im Jahre 1969 natürlich geboren worden ist, doch irgendwie der echte und endgültige Tod.

Denn genau so wie er jetzt ist, wird er ja nie wieder zurückkommen. Und wird sein neues Ich später wirklich ein seelenloses Faksimile von ihm selbst sein, wie die Radikalen der Wahre-Menschen-Kirche sagen?

Die Brücke des neuen Schlachtschiffs ist völlig verlassen, als Brander sich ganz und gar in einen silbernen Nebel verwandelt. Doch kurz bevor er aufhört, als das Individuum Thomas Brander zu existieren, da klärt sich sein Verstand wie auf magische Weise. Er steht vor einem weißen Steinhaus. Ein Reihenhaus, das etwas heruntergekommen ist. Es ist ein kalter, nebliger Morgen und die Sonne kann nicht durchkommen durch den grauen Himmel. Er drückt auf ein altmodisches Klingelschild, auf dem FUHRMANN steht. Es dauert lange, bis sich die Tür öffnet. Eine alte Frau steht dort, gebeugt von den Jahren. Sie sieht ihn überrascht an, mit ihrem faltigen Gesicht unter rot gefärbten, lockigen Haaren. „Richard!", sagt sie überrascht. „Bist du endlich nach Hause gekommen?"

In einer Rettungskapsel des Schlachtschiffs *EFS Silverroad*

Commander Nancy Sober

Nancy Sober, eben noch Adjutantin von Admiral Brander, hockt im gummierten Innern der Kapsel auf dem rudimentären Formenergiesitz, der sich aus dem Boden herausgebildet hat und ist angeschnallt mit einem Hosenträgergurt. Sie sieht stirnrunzelnd auf den kleinen Monitor, der ihr die *Silverroad* zeigt. Was Admiral Brander vorhat, ist ihr immer noch schleierhaft. Aber es ist wieder ein typisches Ende einer Schlacht für den Admiral. Denn immer wieder hat er in den kritischen Endphasen einer Krise sein Schiff allein verlassen, wie zuletzt in der Endschlacht des Nanitenkrieges. Viel anders war es auch nicht bei der Schlacht um die Korvette *Asia* im Jahre 2295. Damals hatte er das Kommando übernommen und in einem Husarenstück den Großteil der eigenen Crew getötet, so gefährlich und unkonventionell war sein taktisches Manöver. Vielleicht, denkt Nancy, ist es tatsächlich besser, dass er diesmal alle von Bord gelassen hat.

Etwa zwei Minuten später geht alles sehr schnell. Die weiße Außenhaut des Schlachtschiffs – weiß wegen dem Formenergiemantel – hört auf weiß zu sein und glänzt silbrig. Aber in einer merkwürdigen, kriselnden Variante. Dann gehen wellenförmige Bewegungen über die Oberfläche des Schiffes. *Ich würde jetzt schlucken, wäre ich ein Mensch*, denkt sie. Dann, merkwürdigerweise, bläht sich das Schiff förmlich auf und rekonfiguriert sich zu einer Kugel oder eher zu einem Ding, das man Kugeligel nennen könnte. Denn die Oberfläche dieses eigenartigen, neuen Gebildes ist mit unzähligen ungleichmäßigen

Stahlspitzen versehen. *Was zur Hölle?* Was hat sich da aus der Masse des ehemaligen Flaggschiffs der Flotte geformt? Durch Naniten? Und warum? Das ist vor allen Dingen die Frage. Das sind die sehr menschlichen Gedanken, die Nancy jetzt hat. Während sie noch versucht, allem einen Sinn zu geben, passiert etwas. Doch dieses neue Phänomen, bizarr wie es auch ist, kann sie wegen ihrer androidischen Natur nicht fühlen. Doch alle natürlichen Intelligenzlebewesen in der überlebenden Flotte fühlen mit unergründlichen Sinnen, dass irgendetwas anders ist. Dass etwas neu geformt wird. Genau gesagt ist es die Anomalie, die sich gerade verändert. Es ist, als gäbe es eine kurzzeitige Verwirrung des Universums, als zwei konkurrierende Denkzentren aufeinanderprallen.

Dann, von einer Sekunde zur anderen, sind die feindlichen Kirchenschiffe verschwunden und ebenso die angeblichen Tart-Zerstörer.

Es vergehen noch mehrere Minuten, da meldet sich ein Vice Admiral Robert Perkins, Kommandant eines der Schlachtkreuzer der Kampfgruppe und befiehlt allen Föderationsverbänden, auf gelben Alarm zu gehen. Und befiehlt Abstand von der eigenartig veränderten *Silverroad* zu halten, die als stählerner Stern bewegungslos im Raum hängt. Flottenweit geht danach die *Moondreamer* auf Durchsage.

„Hier spricht Captain Sandy Sisuk, Kommandantin der *EFS Moondreamer.*"

Die Frau thailändischer Herkunft räuspert sich und wischt sich auf der flottenweiten Übertragung den Schweiß von der Stirn.

„Wir wissen nicht, was Admiral Brander getan hat. Aber es sieht so aus, als ob er die Schlacht gewonnen hat."

Sofort geht Admiral Perkins wieder auf Sendung. „Wir alle haben alle gewonnen, Captain, alle. Ich gebe jetzt den Einsatzplan bekannt, der festlegt, welche Einheiten sich wann zurückziehen und welche hier zu Beobachtung bleiben.

NEUE WEGE

10:00 Uhr, Montag, 14.06.2255 Greenwich-Erdzeit

01:06 Uhr, 17.10.004 Bordzeit *EFS Nemesis*

Im Mond Hemor oder… irgendwo

Lieutenant Ingwen Chen

Es ist eine endlose Leere, die ihr irgendwie hellblau erscheint. Ewige, nervige Bläue. Sie hat keine Vorstellung davon, wie lange sie schon in diesem blauen Nichts dahinvegetiert und sie kann auch niemanden von ihrem Team sehen. Sie hat natürlich erwartet, auf der anderen Seite des Energiefeldes herauszukommen. Doch das ist offensichtlich nicht geschehen. Jetzt hier in diesem Nichts zu stecken, erfüllt sie mit unsäglicher Panik. Doch nach einer gewissen Zeit – sie hat keine Ahnung wie lange – scheint die Panik abzuebben. Sie nimmt es mit Erleichterung zur Kenntnis, doch dann befällt sie ein neuer Schrecken. Ja, die Panik lässt nach, aber sie hat nun das Gefühl, dass auch ihre Gedanken an Intensität verlieren. Ihr Gefühl für sich selbst. Als würde sie auch bald Teil dieser endlosen Bläue sein. Endlose Bläue. Endlose Bläue überall. Ein großes Nichts…

Doch halt, sie schafft es noch einmal, ihre Gedanken zu ordnen. Sie versucht, einen verzweifelten Ruf in das Nichts zu geben. Ein Ruf an ihre Studienobjekte, die Luminos. „Wo seid ihr?", schreit sie mit letzter Kraft in die Leere hinaus. Sie verliert sich weiter im Nichts, als sie auf eine Antwort wartet. Ein Prozess, an dem ihr sicherer Tod stehen wird, stellt sie fasst leidenschaftslos fest. Sie ist fast schon nicht mehr, als eine Antwort kommt. Eine Antwort, die nicht mehr aus dem Diesseits stammt. Doch die Angesprochenen sind noch vorhanden, das spürt sie. Das Individuum namens Ingwen Chen ist nur noch ein Schatten ihrer selbst, als sie die Antwort versteht.

„Wir sind durch dieses Tor im Mond gegangen", erklärt der Stimmenchor. „Und wir sind alle...", beginnt der Chor in ihrem Kopf und dann erhält sie statt weiterer Worten ein gedankliches Bild übermittelt. Und das ist der Moment, als sie zu schreien anfängt. Sie schreit, bis sie sich im Nichts auflöst.

Commander Nancy Bellini

Es ist eine endlose Leere, die ihr eigenartigerweise irgendwie hellblau erscheint. So als sei es der Himmel eines Sommermorgens, nur ohne Land und weiße Wolken. Ewige, nervige Bläue. Sie hat keine Vorstellung davon, wie lange sie schon in diesem blauen Nichts dahinvegetiert und sie kann auch niemanden von ihrem Team sehen. Sie hat erwartet, hier irgendetwas vorzufinden. Dass vielleicht nach einiger Zeit irgendein gottgleiches Wesen erscheinen würde. Vielleicht ein uralter Wächter dieser merkwürdigen Torvorrichtung, dessen Energietor sie durchschritten hat. Einer, der ihr in Form eines weisen alten Druiden oder etwas in der Art erscheinen würde und erklärte, er habe die Form eines alten Mannes mit grauem Haupthaar und gehüllt in einen mysteriösen Kapuzenmantel nur angenommen, um für ihren beschränkten Geist einfacher begreifbar zu sein. Irgendetwas in der Art. Gestützt wäre er natürlich auf einen großen hölzernen Stab mit starken Merlin-Vibes. So wäre es jedenfalls, wenn das hier ein Holovid wäre. Und sie wünscht sich wirklich, es wäre eins, denn hier ist einfach … nichts.

Es ist eine halbe Ewigkeit später oder vielleicht auch nur Minuten, da denkt sie: Was kann denn dieses Etwas hier von mir wollen? „Etwas" als Umschreibung für das, was auch immer sie erfasst hat, als sie in das Energiefeld eingetreten ist. Steckt sie im Feld selbst? Oder wurde sie irgendwo anders hin transportiert? Sie weiß es nicht. Sie versucht, konstruktiv zu bleiben. Nach einer Lösung zu suchen. Nachzudenken.

Stellt mir das Schweigen um mich herum am Ende selbst eine Frage? Und wenn ja, welche?

Sie grübelt darüber eine ganze Zeit, wie lange auch immer das genau ist. Am Ende stellt sie sich selbst eine einfache Frage. Schlichtweg, warum sie eigentlich hier ist. „Um den Admiral zu finden. Admiral Esparza, der verschwunden ist", antwortet sie sich selbst. Und wartet. Und wartet. Doch nichts geschieht. Sie seufzt gedanklich. Sieht an sich herunter, zum x-ten Male. Ja, sie hat hier einen Körper und schwebt im beunruhigenden Nichts, auch wenn sich bei ihr als erfahrene Raumfahrerin nicht das Gefühl einstellt, in die Unendlichkeit zu fallen, das hier wohl jeder Normalbürger hätte. Auch die Systeme ihres MeMa können ihr nicht helfen. Sie orten einfach nichts.

„Ich bin hier, um etwas über… das Leben zu lernen. Das Universum und den ganzen Rest", denkt sie und ist sich bewusst, dabei irgendein Literaturzitat verfälscht wiederzugeben. Und dann geschieht es. Sie ist raus! Wie sie es gleich zu Anfang erwartet hat, steht sie jetzt in einer bläulich beleuchteten, riesigen Höhle. Schnell dreht sie sich um. Ja, sie hat das Energiefeld im Rücken! Sie sieht sich um. In vielleicht fünfzig Meter Entfernung verengt sich das Ganze zu etwas mannsgroßen Durchgang. „Schön, dass Sie auch hier sind, Lieutenant", sagt das eine männliche Stimme in ihrem Helmfunk. Sie fährt erschreckt herum. Da steht der Marines-Captain Alastair Frederics, der genau in diesem Augenblick seine optische Tarnvorrichtung deaktiviert. „Sonst ist niemand da", stellt er fest. Bellini überlegt, ob die fehlenden Marines und die Luminos-Spezialistin Chen immer noch in dieser endlosen Bläue gefangen sind. Und dass ihnen vermutlich die Gefahr droht, dort ewig festzustecken, wenn Sie sich selbst nicht die richtige Frage stellen und diese auch noch richtig beantworten.

„Waren Sie auch…lange Zeit in einer blauen Leere?", fragt sie Frederics.

„Keine Ahnung, wovon Sie da reden", antwortet er schulterzuckend.

Bellini schüttelt den Kopf, lässt es aber dabei bewenden. Sie sieht auf ihre Zeitanzeige im Helmdisplay. Es sind nur Sekunden vergangen, seit sie in das Feld getreten ist. „Und die anderen? Ihre Marines? Lieutenant Chen?"

Doch niemand kommt mehr. Auch zu den vorher in das Energiefeld geschickten Sonden bekommen sie keine Verbindung. Die beiden beschließen hier vor der blauen Wand zu warten. Sie warten zwei Stunden, in denen Bellinis Anzug sie mit Wasser versorgt und auch Ausscheidungen nutzbringend verwertet. „Sollen wir?", fragt Frederics schließlich und deutet auf den engen Durchgang. Eine getarnte Sonde mit einer verschlüsselten Nachricht haben die beiden Offiziere in der Zwischenzeit vorbereitet und ihren Crewmitgliedern hinterlassen. Für den Fall, dass diese es auch noch aus der „hellblauen Falle" schaffen.

„Wir sollen", antwortet sie Frederics und folgt ihm, der forschen Schrittes voraus geht. Der Marine geht auf die Verengung zu. Er passiert sie energisch und sie sieht nur seinen Rücken in der Dunkelheit dahinter. Bellini ist nur drei Meter hinter ihm, da stößt er einen erschreckten Schrei aus.

„Ach du lieber Gott…!", ruft er. Bellini bleibt wie erstarrt stehen, als sie es schafft, an ihm vorbei zu sehen und erkennt, was da in dem durch das Mondmaterial führenden Gang an der Wand befestigt ist.

Zur selben Zeit

Im Hyperraum des *Nanitovers* genannten Universums, auf dem Weg zur Gegenerde

Sarah McKinley

„Der Übertritt funktioniert schon wieder nicht", stellt sie fest. Denn das Aufreißen des Hyperraums des *Nanitovers* genannten Universums, durch das der Himmlische Streitwagen *Michael* fliegt, führt zu einem Strauß kryptischer Fehlermeldungen. Es lässt sich aber partout nicht bewerkstelligen. „Na ja", bemerkt Paulus dazu. „Ist ja irgendwie logisch, dass wir hier nicht so einfach in *unser* Plus-100 Universum übertreten können beziehungsweise dessen Hyperraum. Der Startpunkt ist ja auch nicht unser eignes Universum." Er legt seine Stirn in Falten. „Ob es hier ein Gegenstück zum Plus-100-Universum gibt? Vielleicht eine Art Plus-100-Komma-Eins Universum?"

Sarah macht ein saures Gesicht und zuckt mit den Schultern. „Irgendwas ist hier jedenfalls anders. Vermutlich müsste man den Graviton-Impuls irgendwie anpassen." Sie zögert. „Wenn wir ohne den Plus-100-Raum fliegen, dann dauert die Reise tatsächlich zwei Jahre. Auch vom Normalraum aus gesehen, nicht nur an Bordzeit wie sonst."

Da grinst Paulus schelmisch. „Na, wer beobachtet uns schon hier? Und bei unserer Rebellen-Vita ist es nur gut, mal eine Zeitlang abzutauchen." Sarah will erst gegen die Bezeichnung „Rebellen-Vita" protestieren, doch schließlich zuckt sie wieder nur mit den Schultern. In just diesem Augenblick ertönt eine Sirene und das Taktische Diagramm, das sich sofort manifestiert, zeigt plötzlich etwas wie stählerne Säulen an, die den sonst grauen und teils bunten Hyperraum einnehmen, als würde die *Michael* plötzlich eine Halle der Götter durchfliegen, wenn man so ein gedankliches Bild zulassen will. „Fuck!", entfleucht es dem Kirchenmann und Sarah und er bewegen sich schnell zu ihren Pilotensesseln. Der Anblick, der sich ihnen bietet, ist wirklich atemberaubend. „Die Vorhalle Gottes", stößt der Kirchenmann atemlos hervor. „Die Anomalien... sie sind auch hier in diesem Universum!", ruft Sarah aus, statt auf die religiöse Interpretation ihres Kompagnons einzugehen.

„Das kannst du sagen, Babe, das kannst du sagen", antwortet ihr Paulus gepresst.

Hauptquartier der Earth Federation Space Navy, Terrania City, Erde

Admiral Niels Coronelson

Fleet Admiral Coronelson steht missmutig im Büro des Oberkommandierenden der Raumflotte der Erdföderation und kann sich noch immer nicht entschließen, sich hinter den breiten Schreibtisch zu setzen. Dem Schreibtisch, den sein Kollege Thomas Brander seit ziemlich genau zwanzig Jahren eingenommen hat; seit dem Nanitenkrieg. Kopfschüttelnd sieht er seine Adjutantin an, einen jung aussehenden Commander mit roter Pferdeschwanzfrisur.

„Brander hat es wieder getan, oder?"

„Ja Sir", antwortet Coronelsons Adjutantin nur.

„Ist bei einer großen Krise von seinem Posten hier verschwunden und hat im Alleingang das Problem gelöst. Vorläufig jedenfalls." Die Adjutantin verzieht das Gesicht. „Wirklich nur einstweilen, Admiral. Er hat vielleicht Socona mit seinen Milliarden Menschen gerettet, aber jetzt treten neuerlich Anomalien im Normalraum in der Nähe von Arret und auch Cona auf. Bis sie sich auch auf die Erde erstrecken und den Planeten selbst erreichen, ist nach Ansicht der Wissenschaftler nur eine Frage der Zeit."

Coronelson nickt. „Und von Brander wissen wir gar nichts. Kein Hinweis, was er gemacht hat. Wieder eine reine Ego-Show von ihm. Wie ist doch gleich der aktuelle Status?"

„Unverändert, Sir. Von Branders Flaggschiff *Silverroad* ist eine Art Dornenkugel übrig, Sir, die an der ehemaligen Anomalie treibt. Vernünftige Scanwerte sind da immer noch nicht zu bekommen. Man erhält Strahlungswerte, wie sie an manchen Hyperraum-

Anomalien auftreten. Extreme Psi-Strahlung", fasst die Adjutantin noch einmal zusammen.

„Wie damals die bei der *Asia*-Katastrophe, als Brander einer Extrauniveral-Tasche zu nah gekommen ist", murmelt Coronelson mehr zu sich selbst und schüttelt den Kopf. „Und ein Backup hat er nicht hinterlegt, der gute Admiral? Da wir ja nun davon ausgehen müssen, dass er sein letztes Husarenstück nicht überlebt hat."

„Er hat sein 2232er-Backup und alle vorherigen gelöscht, Sir. Ich habe noch einmal beim Wiederauferstehungs-Institut nachgefasst. Man munkelt ja, er habe illegale eigene Backups, aber offiziell ist jedenfalls nichts mehr vorhanden."

Coronelson setzt sich schließlich zögerlich an den Schreibtisch. „Ich sage es ja ungern, aber ich hoffe, dass es nicht das letzte Mal ist, dass wir etwas von Brander hören." Er schüttelt den Kopf. „Ich hätte nicht gedacht, dass ich so etwas mal sage."

ENDE

Ich hoffe, Ihnen hat der zweite Roman der Earth Federation Saga, „Der Verräter des Herrgotts" gefallen.

Die Earth Federation Saga wird fortgesetzt mit dem 3. Band, „Die Tore der Luminos", dessen Neuauflage unmittelbar in Vorbereitung ist.

Karl Layton hat in diesem Erzähl-Universum außerdem den Roman **„Das letzte Schiff der Föderation"** als unabhängig zu lesendes Prequel der Reihe geschrieben. In dieser opulenten Space-Opera ist die Fregatte *EFS Moondreamer* unter dem zu legendärem Status aufgestiegenen Fleet Admiral Thomas Brander im Jahre 2235 zwanzig Jahre vor diesem Roman auf besonderer Mission. Die Fregatte und die Menschheit sehen sich einer Bedrohung aus den Tiefen des Universums gegenüber, die den Bestand der gesamten Föderation der Erde bedroht. Allein hinter feindlichen Linien stellt sich das Schiff des Admirals dem Feind. Eine Konfrontation, die als „Nanitenkrieg" in die Geschichte eingehen soll.

Und es stehen Ihnen die Storybände „Moondreamer" und „Bluelark" zur Verfügung.

KARL LAYTON

DAS LETZTE SCHIFF
DER FÖDERATION
Science Fiction

PERSONENVERZEICHNIS

Föderation der Erde

Bellini, Nancy, Commander. Erste Offizierin der EFS NEMESIS.

Berry, Wanda, Petty-Officer. Eine Navigatorin der EFS GILGAMESH

Bradley, Mino. Biologin auf New Ire. Ehefrau von Edward Collins.

Brander, Thomas, Fleet Admiral. Oberkommandierender der Earth Federation Space Navy.

Chen, Ingwen, Lieutenant. Eine Luminos-Spezialistin auf der EFS NEMESIS.

Collins, Edward. Ein Anhänger der Vereinigungskirche der Wahren Menschheit auf New Ire.

Coronelson, Niels, Fleet Admiral. Ehemaliger Kommandant der EFS ASIA und ehemaliger Oberkommandierender der Space Navy.

Cross, Peter, Lieutenant Junior-Grade. 2. OPS-Offizier EFS NEMESIS.

DeKlerk, Anne. Unionisten-Partei. Gegenwärtige Präsidentin der Föderation der Erde

DeSoto, Francis, Captain. Stellvertretender Kommandant der Gateway-Defense, Avianer System

Deveraux, Claire, Lieutenant. Zweite Offizierin der EFS GILGAMESH

Delmonde, Ester, Lieutenant Commander. OPS-Flaggbrücken-Offizierin der EFS SILVERROAD.

Dooley, Tomas. Lebensgefährte von Sarah McKinley in der Kolonie New Ireland.

Esparza, Rodrigo, Fleet Admiral. Ehemaliger Oberkommandierender der Earth Federation Space Navy..

Felton, Frank, Lieutenant-Commander. Zweiter und Taktischer Offizier der EFS NEMESIS.

Frederics, Alastair, (Marines-)Captain. Kommand. Offizier des Marines-Kontingents der EFS NEMESIS. Hält auch den Dienstgrad eines Lieutenant Commanders der Navy.

Gwyldis, Jakubas, Vice-Admiral. Stellvertretender Kommandant der 1. Flotte.

Henderson, Robert, Captain. Kommandant der EFS SILVERROAD.

Jackson, Anthony, Unionisten-Partei, zukünftiger Präsident der Föderation der Erde, steht der *Lifer*-Partei und der *Glaubensfront* nah.

Jäger, Franca, Lieutenant. OPS-Offizierin der EFS NEMESIS.

Kawasaki, Hitomi, Master Chief Petty Officer. 3. Navigatorin der EFS NEMESIS.

Lane, Henry, Chief Petty Officer. Kommunikationsteam der EFS GILGAMESH.

Latifa, Jane, Lieutenant. 1. OPS-Offizierin der EFS SACHAROW.

Lawrence, Darla, Lebensgefährtin von Weber, Jes.

Lee, Brandon, Petty Officer. Rudergängerteam der EFS GILGAMESH.

Lews, William, Master Chief Petty Officer. 1. Navigator der EFS SACHAROW.

McKinley, Sarah, Lieutenant. Kolonistin auf New Ire, ehemalige OPS-Offizierin der EFS MOONDREAMER.

Meyers, William. Baute in den 2090ern den Prototypen eines Warpantriebs.

Mutoni, Miriama, Chief Petty Officer. COM-Spezialistin der EFS NEMESIS.

Parker, Harold, Fähnrich. Navigator der EFS NEMESIS.

Petrova, Saskia, Captain. Kommandantin der EFS NEMESIS.

Peters, Thorsten, Chief Petty Officer. Petty Officer of the Deck der EFS NEMESIS.

Pultrow, James, Lieutenant. 2. Taktischer Offizier EFS NEMESIS.

Rafferty, Henry, Lieutenant, Taktischer Flaggbrücken-Offizier der EFS SILVERROAD.

Rodriguez, Mateo, Captain. Kommandant der EFS ATLANTIS.

Scaffold, James, Fähnrich. Offizier des OPS-Teams der EFS GILGAMESH.

Shoe, James, Commander. Kommandant der EFS SACHAROW.

Smith, Leticia, Lieutenant. Chefingenieurin der EFS GILGAMESH.

Sober, Nancy, Commander. Adjutantin von Fleet Admiral Thomas Brander.

Thorau, James, Captain. Ein ehemaliger Offizier der Space Navy der Erdföderation und seit dem Nanitenkrieg als „Verräter der Menschheit" gebrandmarkt. Aufenthaltsort unbekannt.

Tomasz, Paul, Lieutenant. Officer of the Deck der EFS NEMESIS.

Wang, Kaiwen, Lieutenant Junior-Grade. 3. Taktische Offizierin, EFS NEMESIS.

Waters, Frank, Captain. Kommandant der EFS GILGAMESH.

Watts, Charly, Lieutenant Junior-Grade. Ein Taktischer Offizier der EFS GILGAMESH.

Weber, Jes (Jessica), Captain und Eigner der EPS

DEVILBUSTER.

Wenobi, Ken, ehemaliger Kommunikationsoffizier der Fregatte EFS MOONDREAMER.

Westman, Paul, Fähnrich, 1. Rudergänger der EFS SACHAROW.

Wichert, Hanna, Fähnrich, 1. Kommunikationsoffizierin der EFS SACHAROW.

Wilkins, Henry, Lieutenant, 1. Taktischer Offizier der EFS SACHAROW.

Wilcox, Tamara, Lieutenant. Chefingenieurin der EFS NEMESIS.

Vereinigungskirche der Wahren Menschheit

Dolores, eine Schwester des Ordens der Gratificadas
Halifax, Peter. Bürgerlicher Name von Paulus
Jacob, ein Knappe der Ritter der Wahren Menschheit
Karlow, Juri, bürgerlicher Name von Pjotr dem Ersten.
Paulus, ein Ritter der Wahren Menschheit
Pjotr der Erste, Der Prophet der Vereinigungskirche der Wahren Menschheit

ZEITLEISTE

12355 v.Chr.

Die (überlichtschnell) raumfahrende Rasse der *Avianer* erfährt ein katastrophales Ereignis, im Zuge dessen ihr wichtigster Industrieplanet ausgelöscht wird. Auch große Teile ihrer Raumflotte werden vernichtet. Die avianische Zivilisation erfährt einen drastischen Einbruch.

ca. 12000 v.Chr.

Das Imperium der *Ancients*, auch *Ancient-Gloaks* genannt, erreicht seine maximale Ausdehnung und umfasst die zwangsweise eingebundenen Rassen der Tarts, Leonen, Luminos und Greys. Außerdem die Avianer, die in diesem Zeitraum eingegliedert werden. Die Ancient-Gloaks haben eine Dienerrasse als körperlich massivere Ausgabe ihrer selbst erschaffen. Deren ursprünglicher Name ist nicht überliefert, weil nur als „Diener" in den alten Aufzeichnungen wiedergegeben. Später nennen sich diese Diener selbst *Gloaks*. Menschen nennen die neuen Gloaks später Nova-Gloaks, um Verwechselungen mit den Ancient- Gloaks zu vermeiden.

ca. 10000 v.Chr.

Die Ancient-Gloaks ziehen sich von den letzten von ihnen beherrschten Welten zurück. Mögliche Ursache ist das vermutete weitgehende Eingehen der Ancient-Gloaks in eine digitalisierte Umgebung als versuchtem Evolutionssprung und eine dabei auftretende Katastrophe. Da die kontrollierten Rassen wie Luminos und Leonen, inklusive der

Dienerrasse (später: *Nova-Gloaks* genannt) durch Naniten mental kontrolliert werden, kommt es zu einem extremen zivilisatorischen Zusammenbruch der beherrschten Rassen. Was mit den schließlich völlig verschwundenen Ancient-Gloaks geschieht, ist unklar. Ihre Raumflotten sind bereits größtenteils in Stasefeldern im Minus-100 Raum eingemottet. Ein Exodus von überlebenden Ancient-Gloaks wird angenommen.

Der Planet Erde mit seinen primitiven Menschen wird noch von Ancient-Gloak-Forschern besucht. Möglicherweise gibt es eine versehentliche oder experimentelle Verseuchung mit Ancient-Gloak-Naniten um diese Zeitspanne herum.

ca. 5000 v.Chr.

Die Greys erschaffen sich eine eigene raumfahrende Zivilisation.

ca. 4000 v.Chr.

Leonen, Tarts und Nova-Gloaks entwickeln eigene, raumfahrende Zivilisationen.

ca. 2100 v.Chr.

Die Avianer entwickeln eine neue, nur unterlichtschnell (stellar) raumfahrende Zivilisation und kennen nur noch Mythen ihrer Vergangenheit. Sie werden von Leonen, Tarts, Luminos und Greys bedrängt.

2042

Thomas Brander wird gemäß Geburtsregister in Pattensen, Deutschland geboren.

2065

Alexandre Gerad versucht in Kalifornien eine Tech-Firma unter dem irrwitzigen Namen „Terra Shipyards" zu errichten, was als irreführend abgelehnt wird. Die Firma wird unter dem Namen „Terra Tomorrow Technology" gegründet, kurz „TTT".

2069

Alexandre Gerad stellt der Welt den Antigrav-Generator vor. Außerdem eine revolutionäre Kraftwerkstechnologie, die Energie aus einem höherenergetischen Universum „absaugt" (sog. *XU*-Kraftwerke). Er wird mit seiner Firma TTT Milliardär.

2071 – 2075

Alexandre Gerad als Gründer des Unternehmens TTT gilt als Genie des ausgehenden 21. Jahrhunderts. Er stellt der Welt in diesen Jahren Energieschirme und sogar Energiewaffen vor. Das US-Militär setzt im großen Stil planetare Antigrav-Waffenplattformen und –Flugzeuge ein, die sich auch in anderen Ländern verbreiten. Ein neuer gefährlicher Rüstungswettlauf mit Russland und China, die beide die Technologien durch Spionage erhalten haben, droht einen dritten Weltkrieg auszulösen. Das Unternehmen TTT stellt der Welt durch seine neue Tochterfirma *Terra Shipyards* (TSY) einen Prototyp eines Überlicht-(*Faster than light, FTL*)-Antriebs vor, der auf Antienergie/Energie-Basis funktioniert, wobei die Energie aus einem energetisch höherwertigem Kontinuum gewonnen wird, während die Antienergie entsprechend aus einem Antienergieuniversum stammt. TTT präsentiert miniaturisierte Form der XU-Kraftwerke, die *XU-Zellen*, teils in Batterieform.

2076

Alexandre Gerad bricht mit seinen Prototypen, der *Lutecia* und der *Vercingetorix* zu Flügen zu Mond, Mars und anderen Planeten des Sol-Systems auf. Das US-Militär rüstet mit Antienergiewaffen auf. TSY stellt die beiden Schiffe *Mars I* und *Mars II* vor, die als eckige Frachter mit 100 Meter Länge von nun an regelmäßig zum Mars verkehren. Der Antrieb, der dem FTL-Triebwerk der *Lutecia* entspricht, kann jedoch nur theoretische 0.5 Licht erreichen.

2077

Gerad/TTT gründet eine eigene, ausufernde Forschungsstation auf dem Mars. Gerüchte, er suche nach außerirdischer Technologie, machen die Runde. Andere Gerüchte lassen verlauten, Gerad habe von Anfang an Zugang zu Alien-Artefakten gehabt, die seinen kometenhaften Aufstieg ermöglicht hätten. Nach Presseberichten wehrt die Security von TTT auf dem Mars mehrfach Eindringungsversuche von Geheimdiensten ab. Auf dem Mars werden verstärkt Sichtungen von untertassenartigen Ufos der damals der Öffentlichkeit noch weitgehend unbekannten Greys gemeldet, die jedoch in das Reich der Mythen und Gerüchte verwiesen werden. Die Führung des Unternehmens TTT liegt beim bisherigen Zweiten der Tech-Company, Thomas Brander.

2078

TSY, NASA und ESA gründen zusammen die *„Luna Shipyards"*, LSY, die in der Folge TSY obsolet machen wird. Hier wird die 4fach lichtschnelle *Unity* gebaut. Die *American European Space Administration* (*AESA*) wird als Dachverband von LSY, NASA und ESA zwecks Betriebs der *Unity* gegründet.

2079

Ein Antienergiewaffentest der Volksrepublik China in der Nähe der Erde schlägt aus unerklärlichen Gründen fehl. Ebenso ein russischer Test auf der Erde. Erst sehr viel später wird Thomas Brander eine Beteiligung Gerads an Sabotageaktionen einräumen.

2080

Mysteriöser Tod von Gerad. Brander (38) übernimmt Leitung von LSY. Vorstellung der Atom/Molekülmanipulationstechnik zur Herstellung beliebiger Materialien und Produkte aus irgendeiner Grundmaterie (sog. Manipulatoren).

2081

Zwei Unternehmen irdischer Milliardäre und ihre aus einer Fusion entstandene Firma *Space Origin* stellen Unterlicht-Raumschiffe als Personentransporter und Frachtschiffe her und nehmen Kurierverkehr zum Mars auf.

2082

Jungfernflug der *Unity* im Sol-System. Brander selbst bricht mit der *Unity* zum Proxima Centauri Sonnensystem auf und verbringt die ca. 1 Jahr dauernde Reise in einer Stasekammer. Die *Brotherhood* als Schwesterschiff der *Unity* ist im Bau.

2084

Großes Aufsehen, als die *Unity* überfällig ist.

TTT stellt ein Hyperfunkgerät vor, das über eine Distanz von 10 Lichtjahren Funksignale aller Art (Daten, Sprache) mit 100facher Lichtgeschwindigkeit transportieren kann.

Brander kehrt überfällig zur Erde zurück, allerdings nicht mit der *Unity*, sondern einem *Moondreamer* getauftem Großraumschiff der Ancients, das von einer in Stase befindlichen Ancient-Flotte stammt. Brander wird auf der Erde zum Outlaw. TTT wird zerschlagen und ihr Vermögen eingezogen. Brander ruft die Gründung der souveränen *Planetary Republic of Arret* (PRA) auf einem in Umkehr von *Terra* einfach *Arret* genannten ehem. Ancient-Planeten aus. Der militärische Arm der PRA wird die *Earth Federation Space Navy* (*EFSN*), deren Name die Gründung der späteren *Earth Federation* präjudiziert. Brander wird ihr Oberkommandierender, zunächst als (einziger) *Rear Admiral*.

2085

In einer Überraschungsaktion erklären Litauen und Estland zusammen mit der diplomatisch nicht anerkannten PRA die Gründung eines gemeinsamen föderalen Staates, der *Earth Federation*. Erste Präsidentin wird Leticia A. Miller, eine US-Amerikanerin, der daraufhin die US-Staatsbürgerschaft aberkannt wird. Miller erklärt, die Earth Federation sei „eine zukünftige Regierung einer vereinigten Menschheit in Wartestellung" (*Erklärung von Vilnius*). Lettland tritt der Earth Federation als 3. Nation der Erde bei (und 4. Nation insgesamt). Der Reststaat der nicht russisch besetzen Ukraine wird 5. Mitgliedsstaat. Ein russischer Militäraufmarsch an der russischen Westgrenze bleibt ohne Folgen. Im *Georgienkrieg* wird eine beginnende Invasion Russlands durch Eingriffe der EFSN abgewehrt. Georgien wird offizieller Beitrittskandidat der Föderation und tritt im Folgejahr bei.

2087

Beitritt Katars und Israels zur Föderation. Südafrika und Nigeria werden offizielle Beitrittskandidaten. Brander erhält Rang eines *Vice-Admirals* als Oberkommandierender (formaler Titel: *Chief of Operations*).

2090

Beitritt mehrerer EU-Länder und südamerikanischer Länder. Beitritt Nigerias, Kenias und kleinerer afrikanischer Länder. Beginn des „Energy and Healthcare for all"-Programms der Föderation, das entsprechende Technologien mit allen Ländern der Erde teilt.

2093

In der „Europäischen Reorganisation" treten EU-Länder als Föderationsmitglied aus, aber die EU insgesamt ein.

2100

Fortschreitende Besiedlung Arrets durch gemischte Bevölkerung vorwiegend aus Mitgliedsstaaten. Die Föderation umfasst 25 Mitgliedsstaaten und tritt in Weltraumangelegenheiten zunehmend wie eine globale Regierung auf und setzt ihre Gesetze und Vorschriften in der internationalen Raumfahrt durch, die zusehends von der EFSN dominiert wird. Brander wird (3-Sterne-) Admiral und ist weiterhin Oberkommandierender der EFSN.

2107

TTT, in fast allen Ländern der Erde wieder legal agierend und mit wiederhergestellten Finanzmitteln, stellt der Welt eine Zellregenerationsbehandlung vor, die unbegrenztes Leben verspricht. Freigabe des Ancient-Planeten *Socona* zur Besiedlung. Mitgliedsstaaten erhalten dort eigene Territorien. Socona wird als *Planetare Republik Socona* konstituiert mit einem bundesstaatlichen Aufbau. Socona wird wie Arret Mitglied der Earth Federation mit Nationenstatus. Kanada tritt der Föderation bei.

2109

Der Rang *Fleet Admiral* wird für den Oberkommandierenden der EFSN eingeführt. Funktional ersetzt der *Supreme Commander* den *Chief of Operations.* Brander wird erster *Fleet Admiral.*

2111

Admiral Esparza wird neuer Supreme Commander und damit 2. Fleet Admiral der EFSN.

Die USA treten der Föderation bei, die damit 55 Mitgliedsstaaten inklusive Thailand, Indonesien und Malaysia hat.

2112 – 2150

Fast alle Staaten der Erde treten der Föderation bei.

2140

Taiwan erhält nach kurzzeitigem Zerfall der Regierungsgewalt der Volksrepublik China im Zuge der Transformation ganz Chinas zur "Republik China" nach einem Referendum seine Eigenständigkeit zurück und nennt sich „Republik Taiwan".

2142

Einführung der Nanitentechnologie durch TTT, basierend auf den Naniten der Ancients (Ancient- Gloaks).

2145

Erstkontakt mit den Avianern, die über eine beginnende Überlichttechnologie verfügen.

2151

Erstkontakt mit Vertretern der *Hohen Rassen*, einer Kooperation aus Rassen, die mindestens so alt wie Ancients sind und sich gegenüber neuen raumfahrenden Rassen gerne als Lehrmeister/Schiedsrichter gerieren.

2179

Angriff einer Flotte der Hohen Rassen, die die Oberherrschaft über die Erdföderation übernehmen wollen. Kurz vor einer Schlacht in der Nähe von „Johnson's Star" löst sich Admiral Brander mit seinem Flaggschiff, der *EFS Moondreamer* von der Flotte und führt Geheimverhandlungen mit der Angriffsflotte. Kampfloser Rückzug der Hohen Rassen.

2185

Vorstellung der „Human Backup"-Technologie durch TTT mittels (durch Atom/Molekülmanipulation) rekonstruierter Körper inkl. Gedächtnis. Gründung der Protestbewegung „Natural Humans" und ihres religiösen Ablegers „God's Natural Children" in den USA mit dem Motto "Fight the Soulless".

2195

Uni-Pocket-Katastrophe der Korvette *EFS Asia*. Brander erhält den Beinamen *Unipocket-Schlächter* oder auch *Extrauniversal-Schlächter*.

2200

Die Human Backup-Technologie beginnt sich durchzusetzen. Admiral Ngongo wird Supreme Commander und damit nach Admiral Coronelson 4. Fleet Admiral der Space Navy. Admiral Brander tritt in den Passivstand.

2223

Captain Thorau tritt vom Kommando der *EFS Invincible* zurück und tritt permanent in den Ruhestand.

2235

Der *Nanitenkrieg* von Juli bis August 2235 nach Erdzeit, findet kurz, aber verlustreich statt. (Vgl. Earth Federation Saga Prequel: *Das letzte Schiff der Föderation*)

2238

Die *EFS Jeanne D'Arc* trifft auf eine Vertreterin einer unbekannten Rasse, die als *Maladisten* bezeichnet wird und bestrebt ist, Intelligenzlebewesen offenbar zu Forschungszwecken ritualisiert mit Krankheiten zu infizieren. (Vgl. Earth Federation Saga Band 1: Das Schiff der Vergessenen)

2255

Romanhandlung